OLTRE LE COLLINE DISTANTI

SERIE DISTANTE
LIBRO DUE

ANNEMARIE BREAR

BREAR

OLTRE LE COLLINE DISTANTI

errima, Nuovo Galles del Sud. Luglio 1853.

RIEMERGENDO DALL'OMBRA della capanna in legno, Ellen Emmerson si stiracchiò, poi rabbrividì leggermente. Nella colonia britannica dell'Australia, luglio significava pieno inverno, mentre nella sua natia Irlanda, sarebbe stata estate. L'alba e il sorgere del sole gettavano una luce rossa opaca sulla fredda terra verde-argentea. La brina scintillava sull'erba, mentre gli uccelli cinguettavano e cantavano sugli alberi di eucalipto. I conigli saltellavano qua e là, finché non venivano disturbati dall'attività mattutina degli operai, e scomparivano rapidamente nelle tane scavate nel terreno.

Ellen si fermò per un istante, pensando alla sua terra natia, al paesaggio verde ondulato che scendeva fino al mare della costa di Mayo, dov'era nata e cresciuta, il luogo dove aveva sposato Malachy Kittrick e, contro ogni previsione, aveva allevato quattro figli, fino a quando la carestia non colpì, rovinando le loro vite.

Le morti del suo terzo figlio Thomas e di suo padre furono i primi di molti eventi che le lacerarono l'anima. Malachy perse la retta via, passando dall'essere un felice agricoltore di successo a un ubriacone disoccupato. Morì in una rissa, abbandonando Ellen a dover intraprendere un altro percorso da vedova solitaria. Quando il procuratore del padrone di casa incendiò il suo cottage per via delle rate di affitto non onorate, Ellen sapeva di dover prendere una decisone che avrebbe cambiato la sua vita.

Osservando la terra che ora possedeva insieme al suo nuovo marito inglese Alistair, sentì un profondo senso di appartenenza a quel Paese selvaggio e indomito. Il confine della loro terra iniziava in cima a una cresta montuosa e si estendeva fin giù alla valle, per poi interrompersi al letto del fiume. Nella piana, un branco di bovini dalle lunghe corna pascolava sereno.

Al margine della catena montuosa, su dieci acri piani e larghi, un alveare di attività si stava risvegliando, accolto da un nuovo giorno.

Ellen osservava, mentre le squadre degli uomini uscivano dalle loro tende e accendevano i fuochi da campo per far bollire l'acqua e preparare del tè. Falegnami, scalpellini, manovali, quaranta uomini in totale, avrebbero continuato a costruire la bella villetta in arenaria locale, che sarebbe stata circondata su tutti i lati da una veranda, offrendo a Ellen e al resto della famiglia una vista panoramica sulla valle sottostante. La casa era quasi ultimata. Mancavano circa sei settimane al suo completamento. C'era voluto più di un anno per costruirla e, dopo aver vissuto in una capanna in legno per quasi l'intera durata dell'edificazione e averci anche dato dentro alla luce una bambina, ora Ellen si sentiva pronta a vivere in una vera casa arredata coi migliori mobili che Alistair avrebbe potuto importare dall'Inghilterra.

Alle sue spalle, sentì i movimenti di Riona, sua sorella, e il sussurrare di Bridget, sua figlia di otto anni. Nella culla accanto al letto, dormiva la piccola Lily, sua figlia di cinque mesi, una bambina non concepita da suo marito, ma segretamente dal migliore amico di lui, Rafe Hamilton, l'uomo che Ellen aveva amato sin dal loro primo incontro in Irlanda, due anni addietro.

Per quanto lo ammirasse, rispettasse e accudisse, Alistair non aveva mai conquistato il suo cuore, ma il loro matrimonio funzionava. Lui non era consapevole di quale fosse la reale paternità di Lily ed Ellen credeva che non dirglielo fosse stata la scelta giusta. Rafe era in Inghilterra ed era improbabile che avrebbe mai fatto ritorno nella colonia. Alistair adorava Lily e i due figli di Ellen, Austin e Patrick, oltre a Bridget, e li trattava tutti come se fossero suoi. Così, lei e sua sorella mantennero il segreto, concentrandosi sul futuro; un futuro che Ellen era determinata a rendere radioso, e ciò implicava il dover diventare una delle proprietarie terriere più redditizie del Paese.

La terra, un possedimento che le era stato negato in Irlanda, era la misura del successo. Grazie ai terreni, una persona si garantiva la sicurezza economica. La terra offriva infinite possibilità per provvedere a una famiglia. La terra avrebbe rimosso l'ombra e lo stigma dell'essere la povera contadina cattolica irlandese che era stata una volta.

Dirigendosi verso il pollaio, Ellen salutò alcuni degli uomini che stavano caricando asce e seghe nel carro, pronti ad abbattere altri alberi. Il legname era necessario non solo per la costruzione di alcune parti della casa, ma anche per gli altri edifici che sarebbero stati parte della nascente tenuta. I piani includevano stalle, fienili, una latteria, una lavanderia e gli alloggi per la servitù.

Ellen aprì il pollaio e due dozzine di galline uscirono allegramente sull'erba. Controllò i nidi e raccolse otto uova, notando una chioccia che covava dei pulcini appena nati.

'Brava ragazza. Tienili al caldo. Li hai avuti troppo presto,' Disse Ellen con tono dolce, lanciando alla gallina un po' di grano dalla tasca del grembiule.

'Buongiorno, Ellen.'

Mentre tornava verso la capanna, Ellen rispose al saluto di Moira, la sua amica, una vedova irlandese, che era arrivata con la stessa nave di Ellen. 'Buongiorno. Otto uova.' Il suo respiro era visibile nell'aria fredda del mattino.

'Benissimo.' Moira, che stava vicino al barile dell'acqua, ne rimosse il coperchio, prima di immergervi una brocca. Ellen considerava Moira, dai capelli scuri e più anziana di lei, come una sorella.

Dietro la capanna c'era la zona cottura. Un rudimentale camino di mattoni era stato eretto lontano dalla capanna, per evitare il pericolo di un incendio. Un tavolo e degli sgabelli di legno erano posizionati sotto una tettoia in corteccia realizzata con degli alberelli. La cucina all'aperto era il regno di Moira, dove era lei a preparare da mangiare per la famiglia.

'Mamma,' Chiamò Bridget, uscendo dalla capanna con la bambina in braccio. 'Lily ha messo un dente.'

'Oh, non è una notizia fantastica?' Ellen sorrise, prendendo Lily tra le braccia. Fissò il dolce volto paffuto della figlia più giovane e il suo cuore si gonfiò d'amore. Gli occhi azzurri di Rafe la guardavano, ricordandole dell'uomo che le mancava tanto.

'Presto masticherà ossa,' Rise Moira. 'Fino ad allora, solo porridge.'

'Ho fame,' Disse Bridget, avvicinandosi a Moira, mentre fissava il fuoco.

'Ed è giusto che tu lo sia, una ragazza che cresce come te. Ora prepara le ciotole e iniziamo con la colazione.'

'Hai le tue lezioni stamattina,' Disse Ellen a Bridget.

'Voglio andare a cavallo, Mamma.' Bridget mise il broncio. Aveva perso del tutto il suo accento irlandese e trascorrere il tempo con Alistair le aveva donato un più educato tono inglese. Lui le aveva insegnato a chiamare Ellen Mamma e lui Papà, invece dei termini irlandesi Mami e Papi.

'Solo dopo le lezioni.'

'Zia Riona ha detto che potevo.'

'Non mi interessa cosa ha detto zia Riona. Ti dico io che prima vengono le lezioni, ragazza mia.'

Bridget si avviò infuriata ad apparecchiare la tavola.

Ellen osservò Bridget per un momento, notando che i capelli neri della figlia le arrivavano ora ai fianchi. Dovevano essere raccolti in delle trecce, perché fossero presentabili, ma sua figlia tendeva a essere un po' selvaggia. Tutti coloro che incontravano Bridget commentavano sulla sua giovane bellezza ed Ellen sapeva che gli atteggiamenti cocciuti della figlia dovevano essere tenuti sotto controllo, altrimenti, i due fattori insieme, avrebbero potuto portare guai. Aveva dei piani per Bridget, desiderava che frequentasse l'alta società di Sydney, ma per ambire così in alto, Bridget doveva essere cresciuta come una vera signora, il che era difficile in un cantiere di campagna, lontano dalle cerchie beneducate.

Tuttavia, tornare a Sydney nella casa di Alistair lungo il porto era qualcosa che Ellen non intendeva fare nel futuro prossimo.

Sposando Alistair, aveva frequentato l'alta società di Sydney, subendo ogni tipo di pettegolezzo, a causa del suo passato da serva. Non era una di *loro* e non voleva nemmeno esserlo, ragion per cui si era trasferita a Berrima per supervisionare la tenuta. Ma desiderava che i suoi figli facessero parte della scena sociale, che stringessero amicizie con i figli dell'élite della colonia. Voleva che avessero dei buoni matrimoni, per far sì che nessuno li guardasse dall'alto in basso a causa delle loro umili origini irlandesi. Aveva persino rinnegato la sua fede cattolica, diventando protestante e facilitando così il loro ingresso nelle case più prestigiose.

Il lignaggio inglese e la ricchezza di Alistair avrebbero dato loro un vantaggio che lei da sola non avrebbe mai potuto offrire, e per incrementarlo ulteriormente, Ellen incoraggiava Alistair ad accrescere la sua attività e espandere la sua cerchia di amici ricchi e influenti.

'Buongiorno.' Riona venne a mettersi accanto a lei. 'Sei persa nei tuoi pensieri.'

Ellen cullava Lily tra le braccia, mentre la bambina cominciava a lamentarsi. 'Devo andare a Berrima a ritirare la posta. Spero che Alistair abbia scritto riguardo al nuovo terreno in vendita a Moss Vale.'

'Perché preoccuparsi di quei terreni? Ne hai già più che a sufficienza.' Riona scosse la testa.

Prima che Ellen potesse rispondere, il signor Watkins, il carpentiere che lavorava al progetto della casa, si avvicinò a lei dagli alloggi degli uomini.

'Signora Emmerson, posso parlarle un momento, per favore?'

Ellen passò Lily a Riona. 'Dalle un po' di porridge. Le darò del latte quando ritorno.' Si rivolse all'anziano uomo. 'Come posso aiutarla?'

Lui srotolò la piantina col progetto della casa. 'Abbiamo trovato della roccia qui all'angolo della veranda sul lato est, di fronte a dove avevamo pianificato i giardini. Non possiamo romperla. Sarà più grande di sei metri e probabilmente altrettanto profonda.'

'Che sfortuna.' Ellen studiò la piantina. 'Dovremo semplicemente costruirci sopra, allora. Possiamo estendere la veranda su questa roccia e proseguire per qualche metro, finché non troverete del terreno.'

'Ma non funzionerà, signora Emmerson, perché la linea del tetto si ferma proprio sopra la roccia.'

Lei guardò la casa. 'Estenda la veranda, signor Watkins, e crei una forma come questa.' Si chinò e, con un bastoncino, disegnò una forma esagonale a terra. Non conosceva il nome di quella sagoma, ma le piaceva. 'Poi costruisca un nuovo tetto perché combaci con quella forma.'

'Ma così non seguirà la linea delle pareti della casa. Spunterà fuori come un… come un molo.'

'Concordo sul fatto che non sarà convenzionale, signor Watkins, ma creerà una bella area per la seduta, non crede? Pianteremo alberi o viti, sì viti, che cresceranno al di sopra dell'aria da seduta.'

'Ne è sicura, signora Emmerson?' Non sembrava convinto.

'Decisamente.' Sapeva che lui volesse aspettare e chiedere l'opinione di Alistair, ma con suo marito a Sydney, Watkins era ben consapevole che Ellen fosse al comando e che la sua opinione fosse l'unica di cui necessitava.

'Molto bene. Darò istruzioni agli uomini. Oggi arriverà un carico di cedro. Dovrebbe essere l'ultimo per allestire il pavimento.'

'Eccellente. E le porte in cedro, signor Watkins?'

'Le stanno levigando e le installeranno oggi. L'artigiano dovrà essere pagato.'

'Ho dato istruzioni di inviare le fatture a mio marito a Sydney.'

Lui tirò un sospiro di sollievo. 'Bene, e i salari degli operai?'

'Le darò i soldi questo pomeriggio per pagarli.' Fece un passo indietro, poi si fermò. 'Signor Watkins, sono consapevole che gli uomini devono andare a Berrima a ubriacarsi per un paio di giorni, soprattutto dopo essere stati pagati, me le risse e gli arresti del mese scorso non si ripeteranno, chiaro?'

Il carpentiere arrossì. 'Non potrò mai scusarmi abbastanza per ciò che è accaduto il mese scorso, signora. Non succederà di nuovo.'

'Se accadrà, lei e i suoi uomini sarete licenziati. La casa è quasi finita. Posso assumere qualcun altro per completare il lavoro. Deve capire che mio marito ha una reputazione da preservare. Avere cinque uomini arrestati e messi alla gogna davanti al tribunale è un'onta per mio marito. Non lo tollererà di nuovo, e neanch'io.'

'Non succederà, signora Emmerson. Tuttavia, gli uomini hanno bisogno di sfogarsi un po', dopo aver lavorato duramente per tutto il mese. È difficile trattenerli qui, quando il richiamo delle terre dell'oro li attrae come una donna lasciva, mi perdoni l'espressione.'

Reprimendo un sorriso, Ellen annuì. 'La tentazione di mettersi alla ricerca dell'oro è difficile da resistere. Vorrei andarci io stessa—'

'Lei vorrebbe?' Domandò Watkins incredulo.

'Certo. Perché non dovrebbe volersi tentare la fortuna?' Rise. 'Sarò pure una donna minuta, ma piacerebbe anche a me vedere i campi d'oro con i miei occhi. Ma come mio marito mi ha detto mille volte, benché le scoperte dell'oro siano molte, altrettanti sono gli uomini che perdono il senno, quando non trovano nient'altro che terra.'

'Ho sentito dire lo stesso, eppure ciò non impedisce agli uomini di inseguire le loro ombre attraverso il Paese alla ricerca dell'oro.' Watkins si rimise il cappello e rivolse un cenno a Ellen, prima di allontanarsi.

Rientrata nella capanna, Ellen si spazzolò i capelli e li raccolse in uno chignon dietro la testa, per poi indossare il cappello. Prese dal baule il suo scialle di lana blu, che si abbinava al suo vestito. Con i guanti indosso e la borsa a reticella intorno al polso, uscì pensando ai campi d'oro che stavano spuntando in tutto il Paese. Alistar le aveva detto che le navi in arrivo stavano raddoppiando, e che erano tutte piene di uomini desiderosi di fare fortuna a sud. La nuova città di Melbourne, all'estremità meridionale del continente, si stava espandendo così rapidamente con nuovi edifici che si mormorava avrebbe presto superato Sydney nella sua qualifica di principale città.

'Stai andando ora?' Chiese Riona, seduta al tavolo esterno, mentre dava da mangiare a Lily.

'Sì, prenderò il calesse.' Ellen baciò prima Bridget e poi Lily sul capo. 'Moira, abbiamo bisogno di altro da aggiungere alla lista?'

Moira, ricurva sul fuoco fumante, non alzò lo sguardo. 'No, credo di no. Anche se una cucina decente non farebbe male.'

'Ancora sei settimane e saremo in casa, e avrai una grande cucina.'

'E un po' di aiuto? Ho bisogno di aiuto e di una grande cucina.'

'Troverò qualcuno che ti aiuti.' Ellen le lasciò e attraversò lo spazio aperto verso l'area delle stalle, che, in realtà, non era altro che un cortile recintato dove venivano custoditi i cavalli. Una piccola capanna dove dormiva Douglas, il garzone, ospitava anche l'attrezzatura. La carrozza a due ruote che Ellen usava per spostarsi era custodita sotto un albero nelle vicinanze.

'Buongiorno, signora Emmerson.' Douglas, un giovane di diciannove anni, condusse Betsy fuori dal recinto.

Ellen guidava il calesse solo da sei mesi. Una volta nata Lily, aveva insistito per imparare a guidare, in modo da avere la libertà di poter viaggiare in giro per il distretto. Alistair aveva comprato la vecchia giumenta da un contadino e aveva dato lezioni a Ellen. Lei era entusiasta di avere ora la libertà di poter andare dove voleva. Per tutta la vita, aveva camminato verso le sue destinazioni. In Irlanda, nella neve e nella nebbia, nel caldo estivo o nella pioggia glaciale, aveva camminato. Ora, guidando il suo calesse fino a Berrima o in qualsiasi altro villaggio, si sentiva una vera donna benestante.

Un giorno, avrebbe avuto la sua carrozza, ma per ora, quella che possedevano era a Sydney con Alistair. Tuttavia, il suo piccolo calesse le regalava grande gioia. Lo preferiva al cavalcare un cavallo, cosa che stava imparando a fare. Bridget, già eccellente cavallerizza, rideva dei suoi tentativi impacciati, ma Ellen ci stava lentamente prendendo la mano.

Una volta sul sentiero sterrato che portava al villaggio, Ellen si rilassò sul sedile e si godette il ritmo tranquillo di Betsy. Passò davanti a diversi carri trainati da buoi, tutti carichi di grano, legname e vari beni di famiglia.

Ai piedi della collina, ammirò la casa a due piani in mattoni rossi appartenente alla famiglia Harper, una dimora elegante che dominava il villaggio.

Giunta a Berrima, Ellen fu sorpresa dall'enorme traffico

nel villaggio dormiente. Un grande gruppo di persone si era radunato davanti all'imponente tribunale in arenaria, e Ellen suppose che ci fossero delle udienze in corso. Più avanti, aldilà della minacciosa prigione e di fronte al Surveyor General Inn, un altro gruppo di uomini stava montando a cavallo, mentre dall'altra parte della strada c'erano diversi carri carichi.

Ellen fece fermare Betsy di fronte a uno degli uomini a cavallo. 'È successo qualcosa?'

'I bushranger, signora.'

'Bushranger?' Rabbrividì leggermente.

'Hanno assaltato una locanda vicino a Murrimba. Alcuni di noi stanno andando a vedere se possiamo catturarli. Un piccolo contingente di soldati è già partito per Hanging Rock.'

Ellen strinse le redini, un po' allarmata. I bushranger, uomini armati e notoriamente dediti alle rapine, avevano assaltato la carrozza di Alistair lungo la strada vicino a Bargo Bush, quando lui le aveva mostrato per la prima volta la sua proprietà, prima che si sposassero. Lei aveva parlato con quegli uomini pericolosi e quando il loro capo irlandese aveva sentito il suo accento, li aveva lasciati andare senza far loro del male, tranne che per i portafogli.

Si chiese se la stessa banda avesse assaltato la locanda. 'Conosce il nome dei bushranger?'

'Un irlandese di nome Eddie Patterson e la sua banda.'

Eddie. Lo stesso nome del capobanda irlandese in cui Ellen si era imbattuta l'anno precedente. Doveva essere la stessa persona. Ellen ricordò che indossava un fazzoletto rosso sul viso. 'Ha ucciso qualcuno?'

'No. Ma stanno causando molti problemi. Rubano cavalli, soldi e cibo.'

'E sono ancora in zona?'

'Crediamo di sì, e se è così, li troveremo.'

'Speriamo che ci riusciate. E gli altri?' Ellen annuì, indicando più avanti sulla strada un gruppo numeroso, composto da carri ripieni di attrezzature.

'Cercatori d'oro. Sono diretti in un luogo chiamato Braidwood, a sud.'

'Non ho mai visto il villaggio così affollato. Se troveranno dell'oro più vicino, potremmo essere invasi.'

'Infatti, ed è un pensiero piuttosto sgradevole. Melbourne sta riscontrando ogni tipo di problema coi minatori che si oppongono alle tasse sulle licenze. Poi ci sono i bushranger, che derubano le carrozze che trasportano oro. Qui non vogliamo niente di tutto ciò, signora…' Il gentiluomo a cavallo la osservò e inclinò leggermente la testa. 'Non credo che ci siamo mai incontrati prima, signora?'

'No, non credo. Sono la signora Alistair Emmerson, Ellen.'

'Oh, ho sentito parlare di lei, signora Emmerson. Io sono George Riddle di Elm Lodge, Sutton Forest. Mi hanno detto che sta costruendo una bella casa sulla collina di Oxley.'

Ellen si irrigidì. 'Quella terra è nostra, signor Riddle, non del Signor Oxley. Non siamo affittuari. La sua proprietà è più a est, con vista su Bong Bong. Condividiamo un confine.'

'Era solo un modo di dire, signora Emmerson. Non intendevo offendere. Il signor Oxley e la sua famiglia possiedono molte terre qui intorno.'

Ellen si fermò per un momento, rimproverandosi mentalmente per essere stata troppo rapida nella risposta, sentendo menzionare la proprietà degli Oxley. Doveva tenere a mente che tutti la giudicavano per le sue umili origini irlandesi. Alcuni erano ben inclini a stringere amicizie basate sulla sua rinnovata identità. 'Forse, quando la costruzione della nostra casa sarà ultimata, potrà venirci a trovare per vedere la proprietà di persona?' Ellen lo invitò, infondendo del calore nella voce. 'E sua moglie, naturalmente, se ne ha una?'

'Sì, ce l'ho e grazie. La signora Riddle e io ne saremmo lieti. Avete già un nome per la vostra proprietà?'

Un nome… Ellen si agitò. Lei e Alistair non ne avevano ancora parlato. Tutte le proprietà in quella zona avevano un nome perché potessero essere facilmente identificate. 'Si chiamerà… Emmerson Park, signor Riddle.' Sperando che Alistair fosse d'accordo.

'Emmerson Park. Buona giornata, signora Emmerson.' Poi si allontanò insieme agli altri uomini, tra clamore e eccitazione.

Ellen agitò le redini, incitando Betsy affinché raggiungesse l'altro lato della piana verde, e si fermò davanti al White House Inn. Fuori, alcuni contadini avevano allestito bancarelle e stavano vendendo i loro prodotti.

Entrò nella locanda, il luogo dove ritirava normalmente la sua posta, e fu sorpresa dal trovarvi un pacco per lei da parte di Alistair, oltre a diverse lettere, legate insieme da un fascio di spago marrone.

'Suo marito è ancora a Sydney, signora Emmerson?' Chiese il locandiere da dietro al bancone.

'Sì. Spera di venire qui la prossima settimana e di portare con sé i ragazzi. Hanno due settimane di vacanza dalla scuola.'

'Sarà felice di vederli.'

'Non potrei descrivere quanto sarà meraviglioso vedere i miei ragazzi.' Il pensiero di vedere Austin e Patrick la riempiva di gioia. Le mancavano terribilmente, da quando frequentavano la scuola a Parramatta.

'La costruzione della vostra casa sta procedendo bene, stando a quanto ho sentito dire.'

Lei sorrise. Poche cose sfuggivano al locandiere. 'Sì. Siamo molto soddisfatti. Altre sei settimane dovrebbero essere sufficienti per completarla.'

Lui fece scivolare un opuscolo sul bancone lucidato. 'Potrebbe interessare a suo marito.'

Ellen lo prese e lesse l'annuncio che pubblicizzava alcuni appezzamenti di terra in vendita a nord di Goulburn. 'Goulburn è a sud di qui, vero?'

'Sì, signora Emmerson. È un buon terreno per il pascolo, soprattutto per le pecore. Ho pensato che potesse interessare a suo marito. Un tizio l'ha portato ieri, mentre andava a Sydney. Gli appezzamenti saranno pubblicizzati sul giornale il mese prossimo. Quindi, se volete scegliere i migliori, vi consiglio di non perdere tempo.'

'Grazie per avermelo mostrato. Buona giornata.'

Depositando il pacco nel calesse. Ellen annuì a una donna di passaggio, che sapeva lavorare alla panetteria più avanti sulla strada.

Avendo vissuto nella zona per oltre un anno ormai, riconosceva molti volti, venendo gradualmente accolta nella società locale, dopo aver passato del tempo a casa prima di dare alla luce Lily e non accettando inviti.

D'impulso, Ellen decise di visitare la panetteria e comprare delle pagnotte fresche, per risparmiare a Moira la fatica di doverle cuocere nel loro capriccioso forno esterno.

'Signora Emmerson?' Una donna la chiamò dall'altra parte della strada.

Ellen aspettò che un carro carico di legnane segato passasse, prima di attraversare e raggiungere la signora Dawson. 'Buongiorno.'

'Sono così felice di vederla, signora Emmerson,' Esclamò la donna. 'Avevo tutta l'intenzione di visitare la sua proprietà per invitarla a un tè che terrò sabato prossimo alle tre. So che il preavviso è breve, ma sono tornata da Sydney solo questa mattina e ho deciso di organizzarlo. Spero vivamente che potrà unirsi a noi.'

'Ne sarei lieta, signora Dawson.' Ellen fu sincera nella sua risposta. Aveva incontrato la famiglia Dawson due volte prima di allora e le erano piaciuti. 'Alistair dovrebbe arrivare venerdì.'

'Splendido. Porti con sé anche sua sorella e i bambini. Sarà una cosa informale.'

'Grazie. Il suo viaggio a Sydney è stato un successo?'

La signora Dawson sospirò drammaticamente. 'Sì, per la maggior parte, anche se per alcuni aspetti non lo è stato. Temo che la moda sia ancora piuttosto scadente. Ricevo pubblicità di nuovi stili di abiti e cappelli prodotti in Inghilterra. Mia sorella, che vive a Highgate, vicino Londra, me li manda ogni volta che può, ma temo di non riuscire mai a stare al passo in questo Paese. Siamo così fuori dal mondo, non crede?'

'Temo che la moda non sia di mio particolare interesse.'

'No? Bene, non avrebbe senso qui, vero? Siamo destinati a fallire, signora Emmerson. Londra è così lontana. Tuttavia, rimedierò al mio guardaroba una volta arrivata in Inghilterra a fine anno.'

'Lascerà la colonia?' Gli occhi di Ellen si spalancarono per la sorpresa.

'Solo per un anno o due. Mio figlio maggiore, Frederick, inizierà a frequentare Eton a settembre. Partiamo tutti insieme. Sono così felice di rivedere mia sorella. Andremo via a fine agosto, ed è per questo che vorrei organizzare un tè prima di chiudere la casa e partire. Ci darà la possibilità di salutarci.'

'Non so come farei a non vedere i miei figli per anni. È già abbastanza difficile che siano a Parramatta.'

Gli occhi della signora Dawson si offuscarono per la tristezza. 'Mi spezzerà il cuore. Tuttavia, devo fare la cosa giusta per Frederick. Mio marito insiste che debba frequentare Eton come ha fatto lui. I padri prendono le decisioni e le madri devono adeguarsi, vero?'

Ellen fu sul punto di controbattere, perché lei aveva il totale controllo sui suoi figli. Alistair era un buon patrigno, ma non avrebbe mai preso le redini senza il suo consenso.

'Oh, c'è Mathers.' La signora Dawson fece una smorfia. 'Ho assunto una nuova cameriera, signora Emmerson, una creatura tale non l'avevo mai incontrata. La ragazza è così pigra, ma la addestrerò e spero di riuscire a fare qualcosa di lei.'

Ellen osservò la ragazzina che camminava lungo la strada. Il pensiero di avere dei domestici la faceva rabbrividire. Doveva assumerne alcuni per la casa, ma dopo essere stata una domestica lei stessa, era riluttante al pensiero di tramutarsi improvvisamente in una padrona esigente. 'Devo andare, signora Dawson. Attenderò con ansia il tè di sabato. Arrivederci.'

Passeggiando lungo la strada, diretta verso la panetteria, Ellen evitò un cane rognoso che annusava un mucchio di spazzatura. L'aria piuttosto fresca non scoraggiava i bambini dal giocare fuori dai loro cottage, né le donne dallo stendere il bucato.

Entrò nel cottage in mattoni che ospitava la panetteria. L'odore di pane fresco le fece venire fame. Un uomo le stava davanti, discutendo con la ragazza al banco.

Con le spalle rivolte verso di lei, Ellen non poteva vederne il viso, ma il suo accento irlandese la avvisò che si trattava di un compatriota, il cui tono belligerante la infastidì.

'Gesù, ragazza, ascoltami!' Gridò. 'No, non voglio comprare il tuo dannato pane. Voglio solo farti qualche domanda.'

'Ho detto che non posso aiutarla, signore.' La ragazza lo fissò con astio. 'Non ho la minima idea di chi stia parlando.'

'Mi è stato detto che la donna che cerco vive da queste parti. Quante donne irlandesi ci sono in questo posto dimenticato da Dio? Ha i capelli rosso scuro, occhi blu, è bella e—'

'Non la *conosco*, signore. Vada a chiedere in una delle locande. Ho dei clienti da servire.'

L'uomo sbatté il berretto contro la gamba e si voltò, ritrovandosi Ellen davanti. Per un momento, lei fu sul punto di scusarsi e farsi da parte, quando si ritrovò invece a fissare dritto in faccia Colm Kittrick, suo cognato. La sorpresa la immobilizzò, lasciandola senza parole.

Colm si riprese per primo. 'Ellen! Santa Madre di Dio. Sei tu!'

Lei sbatté le palpebre più volte. Colm era dimagrito e le ricordava così tanto Malachy da farla leggermente barcollare.

Lui la afferrò per il gomito per sostenerla. 'Non ci posso credere, davvero, non ci posso credere.'

'Colm… cosa… io…'

'Sapevo che ti avrei trovata.' La condusse fuori, mentre un altro cliente entrava nella panetteria. 'Dovrei essere così arrabbiato con te, e lo sono stato per molto tempo, ma vederti ora, non posso che essere felice.' La squadrò da capo a piedi. 'Mamma mia, sei una donna splendida, Ellen. Questo Paese ti fa bene. Guarda come sei vestita bene. Sembri una signora!'

Ellen fece un passo indietro. La gonna blu zaffiro del suo vestito ondeggiò per il movimento improvviso. 'Perché sei qui?'

'Per trovare te e i bambini.'

'Perché?'

Lui aggrottò la fronte e indossò il cappello. 'Perché siete la mia famiglia. Sei partita senza una parola, davvero. Hai promesso che avresti portato i bambini da me per salutarmi. Poi ho sentito che siete partiti di notte come una banda di ladri.'

'Il nostro cottage era stato bruciato dal Maggiore Sturgess e i suoi uomini!'

'Perché non sei venuta da me?'

Lei gli lanciò uno sguardo di disprezzo. 'Perché volevi più di quanto ero disposta a dare, Colm, e lo sai.' Suo cognato aveva l'aveva sempre desiderata, cosa che lei trovava ripugnante.

'Vi avrei salvati tutti dalla traversata dei mari verso una terra straniera. Avresti dovuto fidarti di me.'

'Fidarmi di te?' Lo derise lei. 'Con tutti i tuoi affari segreti?'

'Mi sarei preso cura di te. Non dovevi scappare, Ellen. Dovevi venire da me, quando hanno bruciato il tuo cottage. Io sono la tua famiglia.'

'Non volevo venire da te, Colm,' Si difese lei, iniziando a sentirsi più sé stessa. 'Il Maggiore Sturgess minacciò di mandarmi in prigione. Mi avrebbe portato via i bambini. La mia famiglia sarebbe finita in una casa di accoglienza.'

'Certo, ma io non l'avrei permesso se fossi venuta da me.'

Ellen rabbrividì nel vento freddo, mentre i ricordi di quella terribile notte le tornavano alla mente. La notte in cui non solo il suo cottage fu arso al suolo, ma anche suo zio, Padre Kilcoyne, era stato colpito e ucciso dagli uomini del Maggiore. Il Maggiore le aveva addossato la colpa di quella morte, dicendole di scappare e non tornare mai più nel villaggio. Non vedendo via d'uscita da quell'incubo, aveva radunato i suoi figli, sua madre e Riona e aveva camminato tutta la notte fino alla tenuta Wilton, dove lavorava. Sapeva che lì la servitù l'avrebbe aiutata, così come fece anche il signor Wilton, quando venne a sapere dell'accaduto. La generosità del signor Wilton aveva aiutato la sua famiglia ad arrivare a Liverpool, in Inghilterra, dal suo amico Rafe Hamilton, dove si trovava la sua nave che li condusse fino a Sydney.

Ora Colm l'aveva trovata, l'unico uomo che non avrebbe mai voluto rivedere. Portava con sé solo ricordi dolorosi. Non era andata da lui per chiedere aiuto, perché lui la voleva nel suo letto. Anche prima che suo fratello morisse, Colm aveva reso molto chiaro quanto la desiderasse. Ad Ellen ciò non era mai piaciuto e non si fidava di lui.

Gli occhi di lei si strinsero su di lui. 'Come mi hai trovata?'

'È una storia lunga, Santa Madre, davvero.' Sorrise. 'Ma ce l'ho fatta. Sapevo che ti avrei trovata, una volta giunto in Australia.'

'Non saresti dovuto venire fin qui, Colm,' Gli disse.

'Certo che dovevo. Dovevo sapere che eri viva. Kathleen, la cameriera della tenuta Wilton, ha detto che eri emigrata in Australia e che avevi scritto una lettera alla cuoca del maniero, la signora O'Reilly. Appena l'ho saputo, ho acquistato un posto sulla prima nave in partenza per Sydney.'

Ellen chiuse gli occhi. Aveva scritto una volta alla sua vecchia amica, la signora O'Reilly, dicendole che era arrivata a Sydney sana e salva. Ovviamente, la signora O'Reilly aveva condiviso la notizia con il personale del maniero. Ellen non poteva avercela con lei per averlo fatto. Non si sarebbe mai aspettata che Colm lo venisse a sapere.

Colm la fissò. 'Non sembri contenta di vedermi?'

'Sono sorpresa. Non mi aspettavo che venissi fin qui.'

'Louisburgh non era più la mia casa, senza la mia famiglia. Ero solo e, beh, l'atmosfera del posto si stava facendo sempre più lugubre. Tante persone sono andate via a causa della malattia delle patate. Sono morte, emigrate o finite nelle case di accoglienza. La situazione a casa è desolante per via degli inglesi. La carestia ha distrutto il Paese per mano degli inglesi.'

'Abbassa la voce,' Sibilò Ellen. 'Questa è una colonia britannica, non l'America. Qui non puoi sbraitare cose simili!'

'Peccato. Questo posto necessita della sua indipendenza dalla Gran Bretagna proprio come l'America. Perché non hai attraversato i mari in direzione dell'America?'

'Volevo venire qui.' Non disse altro, non volendo spiegargliene il motivo. Non avrebbe mai dovuto scoprire di Rafe Hamilton e dell'aiuto che aveva ricevuto da lui.

Colm guardò il piccolo villaggio intorno a sé. 'Questo posto mi ricorda un po' casa. È verde. È per questo che hai deciso di lasciare Sydney e venire qui? Il viaggio per arrivare in questa zona è infernale e attraversa delle pessime strade.'

'Sono venuta qui perché è qui che si trova la proprietà di mio marito.' Attese la reazione a quelle parole.

Gli occhi di lui si spalancarono. '*Marito*? Sei già *sposata*?'

'Lo sono.' Alzò il mento in segno di sfida. Sapeva che l'avrebbe giudicata. Ma invece di arrabbiarsi, sembrò accasciarsi su sé stesso. Ai suoi occhi, l'altezza di Colm sembrò accorciarsi. Lui non la spaventava più e ne provò un sollievo immenso.

'Pensavi che sarei rimasta vedova per il resto della vita?' Chiese aspramente.

'No… sì… speravo che fossi ancora libera…'

'Così avresti potuto sposarmi?'

'Sì, e cosa c'è di male?'

'Perché non ti volevo in Irlanda, Colm, e non ti vorrei neanche ora, nemmeno se fossi libera di sceglierti.'

Lui indietreggiò di qualche passo, la bocca che si muoveva,

come se volesse parlare, ma dopo un breve momento, abbassò la testa come in segno di sconfitta. 'Ti ho sempre voluta, Ellen.'

'Avresti dovuto voltare pagina quando eravamo giovani, Colm. Trovarti una moglie tutta tua.'

'Posso vedere i bambini?'

L'istinto la implorò di dire no, ma lei lo ignorò. Sebbene in passato l'avesse tormentata coi suoi sguardi lussuriosi e le proposte di diventare la sua donna, era stato un buon zio per i bambini. Li aveva nutriti durante la carestia, quando la malattia delle patate aveva distrutto i loro raccolti, anno dopo anno. 'Va bene.'

In silenzio, lo condusse di nuovo al calesse. Ellen guidò Betsy attraverso il villaggio e su per la collina, lontano dagli occhi indiscreti di coloro che si sarebbero chiesti chi fosse l'uomo seduto accanto alla signora Emmerson nel suo calesse.

'Come hai scoperto che ero a Berrima?' Alla fine lei ruppe l'aria tesa tra loro, mentre conduceva Betsy lungo il sentiero alberato che portava alla fattoria.

'A Sydney, ho incontrato un uomo che era stato sulla stessa nave con te. Abbiamo lavorato insieme un paio di settimane. Sapeva tramite sua moglie che lavoravi per un certo Emmerson. Per giorni, ho chiesto in giro per alcune locande, ma nessuno aveva sentito parlare di Ellen Kittrick. Ho trovato gli uffici della Emmerson Imports e Exports giù al porto e ci ho girato intorno per giorni, ma non ti ho mai vista. L'ufficio era chiuso ogni volta che ci andavo. Poi, una notte, ho incontrato per caso un conducente di buoi che disse di aver trasportato delle pietre per un gentiluomo di nome Emmerson a sud del Paese. Così, sono venuto qui e ho iniziato a chiedere in giro. Ieri mi sono fermato al Prince Albert Inn a nord di Mittagong, e mi hanno detto di andare a Berrima.

'Hai fatto tutta questa strada per niente, Colm.'

'Sono venuto per la mia famiglia, questo ho fatto.'

'Cosa intendi dire?'

'Posso riportarti in Irlanda, Ellen. Possiamo vivere a Dublino. Lavorerò sodo per tutti noi."

'Sono *sposata*.'

Lui imprecò tra i denti.

Ellen fermò Betsy vicino alla capanna. Per un momento, rimase semplicemente seduta a fissare gli uomini che lavoravano alla casa. Quando quella mattina era uscita per ritirare la posta, non avrebbe mai pensato che si sarebbe imbattuta nel cognato che tanto detestava.

Dovette impiegare tutte le sue forze per combattere l'istinto di girare il calesse e riportarlo indietro, a nord verso Sydney, e sbatterlo fuori dalle loro vite. Ma ora era troppo tardi.

'Quella è Bridget?' Chiese meravigliato.

Ellen girò la testa verso il punto indicato da lui. Bridget stava osservando il muratore al lavoro, col suo vestito bianco che creava un contrasto con lo sfondo verde degli alberi. 'Sì.'

'È così grande,' Mormorò. 'Era così piccola l'ultima volta che l'ho vista.'

'La fame fa questo… rallenta la crescita. Qui è benvoluta dal suo nuovo padre e non le manca nulla. È felice, Colm. Non turbarla con le storie del passato. Ricorda a malapena Malachy. Era così spesso lontano da casa, prima di morire.'

'Il mio povero fratello non aveva ciò che serviva per sopravvivere.' Scese dal sedile del calesse.

'Non cominciare, Colm. Non parlerò di Malachy e di tutto ciò che è accaduto a casa. È finito. Passato.'

Douglas si avvicinò per prendere le briglie di Betsy,

mentre Ellen recuperava il suo pacco e si dirigeva verso la capanna. Giunta alla porta, esitò per un attimo, e poi la aprì.

Riona era seduta al tavolo impegnata a cucire alla luce della finestra senza vetri. Alzò lo sguardo con un sorriso. 'Sei tornata prima di quanto mi aspettassi.'

'Sì.'

'Cosa c'è che non va?' Riona si alzò e fissò Colm, mentre chinava il capo per entrare nella capanna. 'Colm Kittrick?'

'Buongiorno a te, Riona O'Mara.' Si tolse il berretto.

'Santa Vergine Maria.' Lo sguardo di Riona si spostò da Colm a Ellen, per poi tornare sul primo. 'Non mi aspettavo di vederti qui.'

'È venuto a vedere i bambini.' Ellen si avvicinò al tavolo e mise giù il pacco. Affrontò Colm. 'Avrei dovuto menzionare che i ragazzi sono via a scuola. Una scuola meravigliosa che li renderà dei gentiluomini come il loro patrigno.'

'Non sono qui?' Chiese stupito. 'Voglio vedere i ragazzi.'

'No. C'è solo Bridget.' Ellen si avvicinò alla culla. Lily dormiva profondamente. 'Questa è mia figlia, Lily.'

Gli occhi di Colm si spalancarono. 'Hai un'altra figlia?'

'Sì.' Sentì di nuovo il bisogno di mettersi sulla difensiva. 'Mio marito è a Sydney.'

Tutti si voltarono verso la porta, quando Bridget entrò tenendo in mano un piccolo pezzo di arenaria. 'Mamma, guarda cosa mi ha dato il signor—' Le parole di Bridget si bloccarono, mentre fissava l'uomo.

'Non ti ricordi di me, Bridie?' Chiese Colm.

Ellen si avvicinò alla figlia e le mise un braccio intorno alle spalle. 'Questo è tuo zio Colm dall'Irlanda.'

'Mi ricordo.' Bridget inclinò la testa e lo studiò.

'Sei diventata una giovane donna, così elegante.'

Bridget guardò Ellen. 'Posso fare la mia lezione di equitazione con Douglas adesso?'

'Sì, vai pure.'

Bridget uscì di corsa dalla capanna ed Ellen incrociò le mani. 'La vita è cambiata per noi. Non siamo più dei poveri contadini irlandesi.'

Lui si guardò intorno nella capanna. 'Però vivete ancora in un cottage.'

'Solo fin quando la costruzione della casa principale non sarà ultimata.'

'La casa principale... ora sei diventata ricca?' Lui si guardò intorno. 'Sono felice per te, davvero, ma i bambini sono ancora la mia famiglia. Voglio vederli.'

'E poi? Rimarrai in Australia?'

'Il mio unico pensiero era vedervi tutti,' Rispose lui, senza guardarla negli occhi.

L'istinto comunicò a Ellen che stava mentendo. Colm era sempre stato viscido come un'anguilla e furbo come una volpe. 'Non c'è niente qui per te, Colm. I miei bambini sono cresciuti in un ambiente diverso da quello che conoscevamo. Il passato appartiene all'Irlanda.'

'Stai dicendo che non c'è un ruolo per me nelle loro vite?' Le sue labbra si assottigliarono per la rabbia.

'Non hai voce in capitolo, no. Hanno un padre, un buon padre. È un gentiluomo che può dare loro tutto ciò di cui necessitano. Non hanno bisogno di ricordare ciò che ci siamo lasciati alle spalle a casa.'

'Ti vergogni di essere irlandese?'

'Non mi vergogno di nulla, Colm Kittrick,' Disse Ellen infervorata. 'Ma voglio solo il meglio per i miei bambini, dopo tutto quello che abbiamo passato. Mio marito provvederà a loro. I miei figli saranno dei gentiluomini. Le mie figlie sposeranno dei gentiluomini. Avranno tutti la possibilità di avere successo. Non soffriranno mai più la fame, né rimarranno senza vestiti adeguati o stivali. Mai più sapranno cosa voglia dire essere trattati peggio degli animali. L'Irlanda è nel passato e lì resterà.'

'Me compreso?'

Lei annuì.

'Allora sei diventata inglese?' Ringhiò lui. 'Sposata con un inglese e i tuoi figli saranno cresciuti come degli inglesi.'

'È un'alternativa migliore dell'essere dei poveri irlandesi che vivono in una palude.'

'Avresti dovuto fidarti di me. Saresti ancora a casa in Irlanda, se solo fossi venuta da me! Ti avrei tenuta al sicuro!'

'Dal Maggiore Sturgess e dalle sue bugie? Come avresti potuto tenermi al sicuro? E quale sarebbe stato il prezzo da pagare?'

'Mi fai sembrare il diavolo.'

'E non lo eri? Per anni sono girate voci sul fatto che facessi parte del Movimento dei Giovani Irlandesi, ma eri anche conosciuto per intrattenere rapporti amichevoli con gli inglesi. Giocavi su entrambi i fronti, vero? Eri una spia per gli inglesi?'

'No!'

'Allora cosa stavi facendo? I soldati non venivano mai alla tua fattoria a darti fastidio, non è così?'

'Perché potevo pagare l'affitto. Non mi affidavo completamente a quelle maledette patate, come Malachy. Gli avevo detto di piantare altre colture, ma naturalmente, non mi ha ascoltato.'

'Andava oltre il non piantare solo le patate, Colm, e lo sai bene. Non ti è mai mancato niente.'

'Se vuoi la verità, te la darò,' Sbottò. 'Ero un corriere per il

Movimento. Portavo messaggi avanti e indietro nelle aree periferiche. Non sono mai stato catturato perché pagavo i soldati o chiunque avesse potere e si interessasse troppo dei miei affari.'

Lei incrociò le braccia al petto. 'Quindi era tutto vero. E ora? Perché sei qui? Sei in fuga?'

'No.'

'Non ti credo. Chi ti cerca? Gli inglesi o il Movimento? Cos'hai fatto?'

'Non sono un ricercato. Giuro su tutto ciò che è sacro che non lo sono. Sono semplicemente venuto a prendere la mia famiglia per riportarla a casa.'

'Non siamo la tua famiglia e l'Irlanda non è la nostra casa. L'Australia è la nostra casa, il nostro futuro.'

Lui sbuffò. 'L'Irlanda ci scorre nelle vene, Ellen. Ci ha plasmati. Sei la donna che sei grazie all'Irlanda.'

'Sono la donna che *sono* grazie alla *mia* forza di volontà, perché volevo sopravvivere, contro ogni previsione.'

'I bambini devono capire da dove vengono,' Dichiarò. 'Non sono inglesi! Non puoi farli diventare degli inglesi. Non è giusto! Dovrebbero essere a casa a lottare per la nostra libertà!'

Ellen socchiuse gli occhi pensierosa. 'Mio dio, fai ancora parte dei Giovani Irlandesi, vero?'

Colm si irrigidì, le guance arrossate. 'Non sai niente. È tutto finito.'

Lei non credeva a una parola di quello che diceva. 'Qual era il tuo piano, una volta trovatami?'

'Portarti a casa, dove appartieni. L'Irlanda è la nostra casa, la casa dei ragazzi.'

'Non si tratta solo di riportare indietro la tua famiglia. Sei qui per altri motivi, vero? *Dimmelo.*'

Le guance di lui si arrossarono ancor di più. 'L'Irlanda ha bisogno dei suoi figli e delle sue figlie per combattere e ottenere la libertà dal giogo britannico. Austin e Patrick devono farne parte. Ci sono uomini qui nella colonia che sostengono la causa. Li ho incontrati.'

'C'è un gruppo di ribelli a Sydney?'

'Sono dei brav'uomini. Veri irlandesi! Sono stati mandati qui da giovani, strappati dal loro Paese dagli inglesi. Uomini che desiderano combattere, ma che sono ora troppo vecchi per farlo. Non possono tornare in Irlanda, quindi aiutano in altri modi.'

Ellen capì. 'Hanno denaro e armi che porterai indietro per la lotta. Armi, denaro e i miei figli.'

'Sì, ma—'

'Ahh…' Aveva indovinato. 'La *causa* vuole nuove reclute. Troppi uomini hanno lasciato le coste dell'Irlanda.'

'Gli inglesi ci hanno affamati, costringendoci a vivere in paesi stranieri. I figli dell'Irlanda devono riprendersi ciò che un tempo era *nostro*.'

'È una guerra che non puoi vincere, Colm. Hanno tentato la ribellione nel '48 ed è fallita.' Provava pena per lui. 'I britannici sono troppo potenti. I figli dell'Irlanda sono troppo poveri e oppressi dopo anni di carestia.'

'Possiamo ricostruire. Dobbiamo ricostruire!'

'Non con i miei figli.' Il tono amaro di lei lo fece sussultare.

'Erano anche figli di Malachy, i miei nipoti. Sono figli dell'*Irlanda*.'

'Austin e Patrick sono *miei*!' Ringhiò lei come un cane all'angolo.

Lily cominciò a muoversi. Riona saltò in avanti, la prese in braccio e uscì dalla capanna senza dire una parola.

'Forse tua sorella potrebbe essere una buona moglie per

me…' Mormorò Colm. 'Sospetto che sarebbe una tua buona sostituta.' Sorrise malvagiamente.

'Stai lontano da mia sorella e dai miei figli.'

Lui rise. 'Potrei prenderla di notte, e non lo sapresti fino al mattino.'

Ellen si irrigidì per la rabbia, ma un brivido di paura le percorse la schiena. 'Penso che tu debba andartene ora. Farò in modo che qualcuno ti riporti al villaggio o dovunque tu voglia andare.'

'Voglio vedere i ragazzi.'

'Non li vedrai. Sono via.'

'Li troverò.'

Il sangue le si raggelò nelle vene. 'Se tocchi i miei figli, ti darò la caccia fino alla morte, lo giuro sulla Santa Vergine.'

'Voglio i miei nipoti, Ellen. Sono il mio *sangue*! Hanno il diritto di vivere in Irlanda con me. L'Irlanda ha bisogno di loro per combattere contro il dominio britannico. È quello che Malachy avrebbe voluto, è così.'

'Malachy è *morto* e anche tu lo sarai se ti avvicini ai ragazzi.' Rimase in piedi immobile. 'Ora vattene.'

Lui ignorò il comando. 'Sono a scuola a Sydney, vero? Una scuola di lusso per ragazzi… sarà facile trovarli. Ho trovato te, no?' La provocò. 'E troverò anche loro. E quando ci riuscirò, non li rivedrai mai più. I tuoi figli non esisteranno più per te, Ellen, così saprai come ci si sente, quando si viene derubati della propria famiglia!' Si abbassò il cappello sulla fronte e uscì furiosamente dalla capanna.

Tremando, Ellen si avvicinò al suo scrittoio, tirò fuori un foglio di carta e iniziò a scrivere.

. . .

Alistair, Colm Kittrick è qui e minaccia di portare i ragazzi in Irlanda con sé. Per favore, prendili da scuola e portali via. Forse da tuo cugino Robin a Melbourne? Scrivimi quando siete al sicuro.

Tua moglie, Ellen.

Lei si affrettò fuori dalla capanna, scrutando gli uomini che stavano costruendo la casa, alla ricerca del signor Thwaite, il sovrintendente. Colm stava parlando con Bridget vicino al recinto dei cavalli; mentre era distratto, Ellen si precipitò verso i costruttori in cerca del signor Thwaite. Lo trovò che parlava con uno dei mandriani che erano stati assunti per sorvegliare il bestiame, ora che il signor Thwaite era stato promosso al ruolo di sovrintendente della tenuta.

'Signor Thwaite.' Ansante, Ellen gli mise in mano l'involucro. 'Trovi un uomo di fiducia o vada lei stesso a Sydney, ma consegni questa lettera al signor Emmerson il prima possibile.'

'Sembra sconvolta, signora.'

'Quell'uomo laggiù che parla con Bridget è suo zio dall'Irlanda. Ha minacciato di portare Austin e Patrick con sé in Irlanda.'

'No!' Il petto di Thwaite si gonfiò di incredulità e rabbia. 'Andrò a chiamare il poliziotto!'

'Non c'è tempo per questo, lui negherebbe tutto e io non ho prove. Mio marito deve essere informato perché possa portare i miei figli via da Sydney.'

'Andrò io stesso, signora Emmerson, questo è un compito troppo importante per poter essere affidato a qualcun altro. Prenderò due cavalli e viaggerò velocemente. Lascerò Mick Jones in carica, col suo permesso?'

'Grazie, sì. Per favore, faccia presto.'

Lui si tolse il cappello. 'Può contare su di me.'

Thwaite si allontanò a grandi passi ed Ellen fece un sospiro di sollievo. Sapeva che lui avrebbe raggiunto Alistair prima che Colm avesse il tempo di scoprire dove fosse situata la scuola dei ragazzi, viaggiasse fin lì e li trovasse. Austin e Patrick sarebbero stati felici di vedere lo zio e avrebbero creduto a qualsiasi bugia lui raccontasse loro, lasciando così la scuola senza sapere nulla delle sue reali intenzioni.

Fu raggiunta dal pianto di Lily. Riona stava camminando per il cantiere con la bambina, cercando di calmarla. Colm stava ancora parlando con Bridget, mentre lei era a cavallo di Princess. Ellen stava ribollendo di rabbia. Come osava quell'uomo arrivare lì, portando minacce e disarmonia nella sua nuova vita! Aveva sopportato troppo perché lui potesse rovinare tutto ora.

Un velo rosso di rabbia riempì Ellen, mentre marciava verso di loro. 'Ti ho detto di andartene, Colm.'

Lui le lanciò uno sguardo gelido. 'Me ne andrò quando sarò pronto, Ellen. Non puoi darmi ordini. Non sono un tuo servitore.'

'Forse a casa non avevo potere, ma qui è diverso,' Ringhiò lei. 'Questa è la mia terra! Voglio che tu te ne vada. Ho una dozzina di uomini che saranno ben felici di buttarti fuori. Vuoi una lotta?'

'Lo zio Colm non resta, mamma?' Chiese Bridget innocentemente, scendendo da cavallo.

Ellen cercò di ritrovare la calma in presenza di Bridget. 'No. Ha altri piani.'

'I ragazzi non lo vedranno.' Bridget portò Princess al recinto.

Colm la accarezzò sulla testa. 'Non preoccuparti, tesoro.

Tu e i tuoi fratelli mi vedrete di nuovo.' Se ne andò, rivolgendo un'occhiata di intesa a Ellen, mentre si allontanava.

Ellen si chinò e afferrò Bridget per le spalle. 'Cosa ti stava chiedendo?'

'Chiedeva di papà e dei ragazzi.' Scrollò le spalle indifferente. 'Douglas dice che il maniscalco deve mettere nuovi ferri a Princess. Posso andare con lui al villaggio?'

'Non andrai dal maniscalco. Non è ciò che fanno le giovani donne. Devi praticare il disegno e la pittura. Resterai nella capanna finché non dico il contrario, capito?'

'È noioso.'

'Vieni.' Ellen osservò il Signor Thwaite uscire dal cortile, alla guida di un altro cavallo. Passò accanto a Colm, che si fermò e lo osservò. Colm si girò e guardò Ellen, sorridendo. Sapeva cosa avesse appena fatto.

'Mamma, non voglio disegnare,' Si lamentò Bridget.

'Lo farai e senza discutere.' Ellen tornò verso la capanna, mentre Riona si univa a lei, insieme a Lily.

'Ha bisogno di essere allattata.' Riona passò la bambina a Ellen. 'Colm se n'è andato?'

Ellen baciò le guance paffute di Lily con le mani ancora tremanti. 'Per ora. Ma sento che non sarà l'ultima volta che lo vedremo.' Ellen abbassò la voce. 'Ha minacciato di portare i ragazzi in Irlanda.'

Sconvolta, Riona si ritrasse. 'Santa Maria!'

'Vuole che si uniscano alla lotta per la libertà irlandese.'

'È del tutto insensato. Non può farlo. Quell'uomo ha perso il senno. Sono i tuoi figli.'

'Crede di avere voce in capitolo su cosa debba accadere ai suoi nipoti.'

'Quell'uomo è un idiota.'

'Ho mandato il signor Thwaite da Alistair.' Ellen si spostò, in modo che Bridget non potesse sentire dal tavolo dov'era seduta a disegnare. 'Ho detto ad Alistair di portare i ragazzi a Melbourne.'

'Melbourne? Santa Vergine! Perché così lontano?'

'Il cugino di Alistair, Robin, vive a Melbourne. Colm andrà lì.'

'Nessuno può sapere cosa farà Colm. E di sicuro non ci saremmo mai aspettati che sarebbe venuto in Australia.'

'È l'unico posto che mi è venuto in mente. Se Colm tornerà a Sydney, presto scoprirà qual è la scuola dei ragazzi. È la principale scuola dove l'alta società manda i propri figli, come alternativa all'Inghilterra.'

'Beh, se andare a Melbourne significa che i ragazzi sono al sicuro, questo è tutto ciò che conta, sì. Ma quanto a lungo Alistair li terrà lì?'

'Non so risponderti.' Ellen si massaggiò la fronte, mentre si sedeva e si sbottonava il corpetto per allattare Lily.

Mentre la bambina succhiava serena, Ellen cercava di pensare a una soluzione. 'Potrebbero volerci alcuni mesi. Fino a quando Colm non tornerà in Irlanda.'

'Come sapremo quando lo farà?'

'Alistair conosce ogni nave che arriva e riparte dal porto, grazie alla sua attività di importazione e esportazione. Potrebbero facilmente controllare le liste dei passeggeri tramite i suoi contatti a Sydney.'

'Ma se Alistair è a Melbourne, non saprà se Colm è partito o no, vero?'

Ellen gemette, spaventando la bambina. 'Dolce Gesù e i Suoi Santi! Ho rovinato tutto, vero? Sono stata frettolosa nel mandare quel messaggio, senza pensarci bene.'

'Shh. Andrà tutto bene. Alistair è un uomo assennato.

Troverà una soluzione per tenere i ragazzi al sicuro. Come dici, ha molti contatti.'

All'improvviso, Ellen si alzò e mise Lily tra le braccia di Riona. 'Andrò a riprendere Colm. Se rimarrà qui, non potrà essere una minaccia per i ragazzi.' Si abbottonò il corpetto.

Tra i gemiti di Lily, Riona aggrottò la fronte. 'È una scelta saggia? Lo vogliamo davvero qui?'

'Per niente, e dubito che tornerà con me, perché capirà che sto cercando di trattenerlo. Ma tutto quello che posso fare è guadagnare del tempo per permettere ad Alistair di elaborare un piano.'

Ellen corse fuori dalla capanna con la mente in subbuglio. Il signor Watkins le fece cenno di volerle parlare, ma lei lo allontanò con un gesto della mano e si affrettò lungo il sentiero che fungeva da vialetto. Non riuscì a intravedere Colm.

Fermandosi, scrutò i campi circostanti, supponendo che potesse averli attraversati per raggiungere il sentiero che portava al villaggio, ma tranne il bestiame nell'erba alta, nulla si muoveva. L'aveva perso.

CAPITOLO DUE

*E*llen trascorse una settimana inquieta in attesa di un qualsiasi segno di Colm. Sapeva che il signor Thwaite avrebbe impiegato tre giorni per raggiungere Sydney e, se avesse cambiato i cavalli dopo aver parlato con Alistair e fosse partito per Berrima lo stesso giorno in cui era arrivato a Sydney, avrebbe fatto ritorno in giornata.

Camminava avanti e indietro per il cantiere, incapace di concentrarsi su qualsiasi cosa. Il signor Watkins aveva smesso di chiederle approvazione su alcune cose, percependo il suo stato di malessere e aveva invece messo gli uomini a lavorare sodo per terminare la pavimentazione.

Distrattamente, Ellen osservava i lavoratori rimuovere le coperture di tela dalle aperture delle finestre, mentre i nuovi vetri venivano posizionati nelle stanze. Quella vista avrebbe dovuto regalarle grande gioia, ma non riusciva a concentrarsi su nient'altro che non fosse la sicurezza dei suoi ragazzi.

Preoccupata che Colm potesse portare via Bridget per dispetto, Ellen aveva tenuto sua figlia sotto controllo per l'intera settimana, facendo impazzire un po' entrambe. Bridget era abituata alla sua libertà di poter girovagare per la proprietà, ed Ellen a non averla tra i piedi.

Riona fece del suo meglio per essere d'aiuto, ma con Lily che metteva i denti e tutto il da farsi in giro per la proprietà, quel pomeriggio Ellen era al limite della sopportazione.

'Diamine!' Ellen sbatté le mani.

'Che c'è?' Chiese Riona dal punto in cui era seduta su una coperta all'ombra di un grande eucalipto. Lily stava imparando a gattonare con l'incoraggiamento di Bridget.

'Dovrei essere al tè dei Dawson!'

'Allora vai.'

'Come potrei mai?'

Riona la guardò con un cipiglio. 'Non ti fidi che io riesca a prendermi cura delle bambine? Le proteggerei con la mia stessa vita, davvero.'

'Certo che mi fido di te. Ma non potrò andare finché il signor Thwaite non tornerà da Sydney e non sentirò quale messaggio ha mandato Alistair.'

Il rumore di uno sparo le fece sobbalzare.

Proteggendosi gli occhi dal sole del mezzogiorno, Ellen fissò la valle. 'Un gruppo di cacciatori. Il signor Jones aveva detto che dovevano cacciare dei canguri per gli uomini. Hanno mangiato maiale e manzo sotto sale per tutta la settimana e hanno chiesto il permesso di cacciare un po' di carne fresca.'

'Mi chiedo se il signor Jones mi darà la pelle, se gliela chiedo,' Disse Riona. 'Potremmo avere bisogno di qualche altro tappeto sul pavimento della capanna, ora che questa piccola si muove in giro.'

'Glielo chiederò.' Ellen si prese un momento per accovacciarsi accanto a Lily e le diede un bacio, mentre la bambina rotolava sul pavimento. 'Che bambina sveglia.'

'Mamma, dei cavalieri!' Annunciò Bridget, sedendosi e indicando il sentiero.

Ellen sollevò la gonna e corse verso il vialetto attraverso i detriti dei lavori di costruzione. Alistar cavalcava dietro al signor Thwaite. 'Alistair!' Non poteva credere ai suoi occhi. Cosa ci faceva lì?

I loro cavalli, ansimando forte, si fermarono bruscamente davanti a lei.

'Mia cara.' Alistair scese dalla sella di slancio e la strinse a sé. 'Sono venuto il più velocemente possibile.' Si tolse il cappello e la baciò.

'I ragazzi! Dovresti essere con i ragazzi.'

'Sono al sicuro,' Ansimò Alistair, i suoi capelli biondi madidi di sudore.

'Come? Dove? Dovresti essere con loro!' Le sembrò che il cuore le si fosse fermato in petto per la paura.

Il signor Thwaite scese dalla sella e prendendo il cavallo di Alistar, Pepper, si allontanò.

Alistair inspirò profondamente. 'È stata una cavalcata difficile.'

'Dove sono i ragazzi!' Voleva urlargli contro.

'Su una nave.'

'Cosa? Perché non sei con loro?'

'Sono sulla nave mia e di Rafe, la *Blue Maid*. Era nel porto e pronta a salpare, quando il signor Thwaite mi ha trovato. Il capitano Leonards è al comando e Austin e Patrick sono sotto la sua protezione.'

'Il capitano Leonards?' Sbatté rapidamente le palpebre confusa.

'Ti ricordi il capitano della nave su cui sei venuta in Australia? Un uomo bravo e onesto. Con lui saranno ben accuditi.'

'Sì, sì, ma perché sono con lui e non con te? Non capisco. Li porterà da Robin?' Trattenne la rabbia che voleva scagliargli contro per aver lasciato i ragazzi da soli.

'Quando ho letto il tuo messaggio, ho capito che questo Kittrick mi avrebbe presto trovato ovunque fossi nella colonia. Il mio nome è troppo noto. Ho chiesto in giro, e sembra che Kittrick sia coinvolto in una nota causa di ribellione irlandese, che ha un piccolo gruppo di membri a Sydney. Sono per lo più ex galeotti, un gruppo piuttosto violento. Tuttavia, hanno simpatizzanti tra alcuni degli abitanti più benestanti di Sydney, che mi vergogno a confessare sembra stiano aiutando a finanziare la causa a Dublino. Sono decisi a liberare l'Irlanda dal dominio britannico.'

'Sì, lo so,' Rispose lei impaziente. 'Colm è con loro, lo sciocco che è. È per questo che avevo bisogno che allontanassi i ragazzi prima che lui li trovasse e li portasse in Irlanda.'

'Ora non li prenderà, mia cara. Te lo prometto. Ho agito rapidamente e i ragazzi hanno lasciato Sydney senza che nessuno se ne accorgesse.'

'Saresti dovuto andare con loro. Sei sicuro che Robin si prenderà cura di loro a Melbourne?'

'Melbourne?' Sembrava sconcertato.

'Li hai mandati a Melbourne col capitano Leonards e lui li porterà sani e salvi da Robin?'

'No, mia cara. La *Blue Maid* sta salpando per Liverpool, in Inghilterra. Ho mandato i ragazzi da Rafe.'

'In Inghilterra? Da Rafe?' Il sangue le defluì dal viso. L'aria abbandonò i suoi polmoni e le ginocchia le cedettero. Si sentì cadere e vacillò.

'Cara!' Alistair la sostenne per i gomiti.

Lei si ritrasse. 'Stammi lontano!' Gridò, spingendolo indietro.

'Ellen, mia cara.'

Lei gemette; l'angoscia era troppo profonda da potersi contenere.

Riona corse verso di lei. 'Ellen! Che succede?'

Singhiozzando, Ellen si girò e affondò il viso nella spalla della sorella. 'Sono andati via!'

'Colm li ha presi?' Urlò Riona.

'No. No,' Disse rapidamente Alistair. 'Li ho mandati in Inghilterra da Rafe Hamilton. Saranno al sicuro lì.'

'Al sicuro?' Ellen si girò verso di lui, detestandolo. 'Hai mandato i *miei* figli in Inghilterra senza il mio permesso! Come hai potuto farlo?'

'Stavo agendo con le migliori intenzioni. Non volevo che Kittrick li rapisse, e non li avremmo mai più visti.'

'Tutto quello che volevo era che li tenessi con te, finché Colm non se ne fosse andato. Non resterà qui a lungo. Sta portando denaro e armi in Irlanda. Potrebbe partire entro poche settimane.' Il suo viso si deformò sotto il peso delle azioni di Alistair. 'Mi aspettavo che li portassi da tuo cugino Robin a Melbourne. Santa Vergine Madre!' Ellen non riusciva a capacitarsene. 'Avrei preferito che li portassi qui e che fossimo noi a sorvegliarli, piuttosto che mandarli così lontano.'

Sentiva il petto stringersi per il dolore. Non riusciva a respirare. Ellen si allontanò barcollando, piangendo col viso tra le mani.

'Pensavo fosse la cosa migliore da fare. Austin mi ha detto una volta che gli sarebbe piaciuto ricevere la sua istruzione in Inghilterra, come ho fatto io e gli altri ragazzi del nostro ambiente. Ho chiesto a Rafe di iscriverli a Harrow, la mia vecchia scuola. Ho anche scritto a mio padre. Li incontrerà, e mia madre e mio padre li accoglieranno per le vacanze.'

'No!' Urlò Ellen. 'Devi scrivere a Rafe che deve riportarli a casa da me! Manda una lettera sulla prossima nave in partenza per l'Inghilterra. Sbrigati!'

'Cara, per favore, questa è la loro migliore alternativa. I ragazzi sono lontani da Kittrick e riceveranno un'eccellente educazione, degna dei miei figli. Diventeranno dei gentiluomini. Devono frequentare la scuola in Inghilterra. È quello che fanno tutti, cerca di capire.'

Ellen ricordò la signora Dawson e il suo accenno alla partenza per l'Inghilterra ad agosto affinché suo figlio potesse frequentare Eton. Tuttavia, la consapevolezza che quella fosse la giusta cosa da fare non teneva a bada l'agonia.

Ellen fissò Alistair. 'Non te lo perdonerò mai.'

'Ellen…'

'Non riesco a guardarti.' Distolse lo sguardo da lui, prima di dire altro di cui si sarebbe potuta pentire.

Tornando verso la coperta, Ellen raccolse Lily. 'Vieni, Bridget.'

Per una volta, sua figlia, nonostante la sua abituale caparbietà, fece come le fu detto, senza discutere e seguì Ellen, mentre si dirigeva giù per la collina e verso il fiume in lontananza.

'Mamma?' Bridget finalmente parlò, dopo cinque minuti di cammino.

'Sì?'

'Cos'è successo ad Austin e Patrick?'

Con le braccia stanche, Ellen si sedette sulla riva e si poggiò una sonnolenta Lily in grembo. 'Sono andati in Inghilterra per la scuola.'

'Quindi lo zio Colm non li porterà in Irlanda?'

Ellen la scrutò con attenzione, rendendosi conto che sua figlia capisse molto più di quanto lei credesse. 'Sì.'

'Non voglio tornare in Irlanda.' Bridget scosse la testa col fare di una giovane regina. 'Questa è la mia casa.'

'Allora sii grata di essere una femmina e non un maschio. La maggior parte dei ragazzi va via per la scuola.'

'Quindi non andrò mai via per la scuola?'

'No. Te lo prometto. Troveremo un'istitutrice per te e Lily.'

'Qualcuno che sappia cavalcare?'

'C'è più nella vita che i cavalli, bambina,' La rimproverò dolcemente Ellen. Abbracciò Bridget e strinse Lily più vicina a sé. Erano tutto ciò che le rimaneva dei suoi figli.

'Un giorno, avrò una grande casa con delle stalle e cavalcherò tutto il giorno, ogni giorno, e di notte danzerò alle feste da ballo.' Bridget annuì con convinzione.

'Sembra terribilmente impegnativo,' La voce di Ellen tremò. Ingoiò il nodo che aveva in gola.

'Possiamo organizzare un ballo, quando sarò più grande, mamma?'

'Certo che possiamo.' Lasciò cadere le lacrime, mentre guardava il fiume. Le gallinelle d'acqua nere scivolavano serenamente nel mezzo del fiume, fino alla sponda opposta, un martin pescatore sedeva sul ramo basso di un albero, con gli occhi puntati sui pesci che nuotavano al di sotto.

Bridget strappò un filo d'erba. 'Patrick e Austin mi mancheranno, ma soprattutto Patrick. Gli piace cavalcare con me.'

'Stava diventando un eccellente cavallerizzo.'

Un fruscio nell'erba alle loro spalle le fece voltare.

Riona si sedette e sistemò dietro l'orecchio di Bridget una ciocca dei suoi capelli corvini. Fissò Ellen. 'Moira ha preparato del tè. Vuoi venire?'

'Non ancora.' Ellen guardò in basso verso Lily che dormiva tra le sue braccia. Vedeva i tratti di Rafe nel volto della bambina e il suo cuore pianse di nuovo. Presto, Rafe avrebbe avuto i suoi figli on sé. Per un folle momento, desiderò di poter essere anche lei sulla nave che stava per salpare verso di lui. Ardeva dal desiderio di sentire le sue braccia intorno a sé, di vedere l'amore per lei nei suoi occhi.

Ellen toccò la guancia soffice di Lily con la punta del dito. Amava così tanto quella bambina, la loro figlia. In Lily, avrebbe avuto un pezzo di Rafe per sempre.

'Ho fame,' Disse Bridget.

'Allora, vai a mangiare qualcosa.'

Riona si alzò e tese le braccia. 'Dammi Lily. La metterò a letto e io e Bridget berremo un po' di tè.' Prese la bambina dalle braccia di Ellen. 'Bridget, corri e avvisa Moira.'

Mentre Bridget si affrettava sull'erba, tenuta corta dal bestiame, Riona fissò Ellen. 'Alistair è fuori di sé, davvero. Pensava di fare la cosa giusta.'

In silenzio, Ellen guardava un martin pescatore.

'Adesso, Colm non troverà mai i ragazzi.' Riona sospirò. 'Non lasciare che tutto questo rovini il tuo rapporto con Alistair, Ellen. Non lasciare che questo unico errore rovini il tuo matrimonio.'

'È un errore piuttosto grave.' Guardò Riona. 'Quando li rivedrò mai? Ho perso Thomas, e ora sento di aver perso anche Austin e Patrick.' Piangeva ancora per suo figlio Thomas, morto durante un incidente in barca insieme a suo padre, prima che lei lasciasse l'Irlanda.

Le lacrime scendevano inarrestabili sul volto di Riona. 'Nemmeno io riesco a sopportare l'idea che siano andati via. Mi fa tanto male, davvero. Ma potrei dare la colpa a te tanto quanto ad Alistair.'

'A me? Perché?'

'Per aver sposato un ricco protestante inglese. Volevi fare

la tua scalata nell'alta società, e a causa del tuo bisogno insensato di rendere i ragazzi dei gentiluomini, ora sono diretti dall'altra parte del mondo.'

'Ero semplicemente felice che venissero istruiti a Sydney. Mentre questo è colpa di Alistair, e di Colm!'

'No, non proprio. È colpa tua, Ellen. Se fossimo rimaste persone semplici, se fossimo rimasti a lavorare per Alistair, tutto ciò non sarebbe accaduto.'

'Colm sarebbe comunque venuto a prenderli e io non sarei stata in grado di proteggerli da lui, se fossi stata una semplice governante, no?'

'Avremmo potuto fuggire, andarcene nella notte e non essere trovati. Non lo abbiamo già fatto una volta? Potevamo farlo di nuovo.'

'Non volevo scappare di nuovo, senza soldi, senza casa, preoccupandomi a morte del dove trovare il prossimo pasto. Ne ho avuto abbastanza di tutto ciò a Mayo! È così sbagliato che io voglia dare una bella vita ai miei figli, in un luogo in cui siano felici e al sicuro? Che io desideri il meglio per loro?'

'No… e si potrebbe dire che ora hai raggiunto questo obiettivo. I ragazzi saranno ben istruiti. Diventeranno dei gentiluomini. Solo che per anni, non saranno con noi…' Riona si allontanò con Lily.

Sentendo un disperato desiderio di stringere forte i suoi figli, Ellen si raggomitolò nelle ginocchia, mentre il martin pescatore si tuffava nell'acqua e risaliva stringendo nel becco un pesce che si dimenava.

* * *

TRASCORSERO DIVERSI GIORNI, prima che Ellen rivolgesse la parola ad Alistair o fosse anche solo in grado di guardarlo, e quando la mattina del terzo giorno lui decise di tornare a Sydney, lei ne fu lieta.

'Tornerò il prossimo mese, quando la casa sarà completata,' Disse Alistair, mentre preparava le bisacce e alcuni operai smontavano la tenda in cui aveva dormito.

Douglas condusse Pepper al recinto e iniziò a sellarlo.

'Vuoi organizzare una cena per celebrare la fine della costruzione della casa?' Chiese a Ellen.

'No.' Ellen teneva Lily, mentre Bridget saltellava verso Douglas. Riona e Moira stavano vicino alla capanna, aspettando di salutare.

'Come desideri.' Alistair allacciò la seconda borsa. 'C'è del denaro nella capanna, in un portafoglio di cuoio sullo scaffale superiore. Serve a comprare la terra che desideravi a Moss Vale.'

'Grazie.'

Lui sospirò. 'Immagino che non mi perdonerai mai, e non te ne do colpa. Ho agito impulsivamente e senza considerare come ti saresti sentita. Mi sono scusato diverse volte. Non lo farò di nuovo perché non avrebbe senso… Ellen, per favore, guardami, se riesci a sopportare la vista.'

Lei sollevò la testa e guardò Alistair in volto.

I suoi bei tratti erano tormentati dalla sofferenza. 'Non desidero che il nostro matrimonio finisca. Forse del tempo lontani guarirà il danno che hai fatto.' Gli occhi di lui caddero sul dolce viso di Lily, e le baciò la guancia paffuta. 'Arrivederci, piccola. Fai la brava per la tua mamma.'

Ellen gli voltò la guancia, mentre lui la baciava.

Senza dire una parola, lui si allontanò.

Ellen strinse Lily ancor più forte e Alistair abbracciò Bridget, promettendole che le avrebbe portato un vestito nuovo al suo ritorno. Mentre Douglas fissava le bisacce, Alistair montò a cavallo e abbassò la tesa del cappello. Salutò tutti con un cenno della mano, poi girò Pepper e trottò lungo il vialetto.

Ellen sospirò profondamente, sentendosi sollevata, mentre lui si allontanava.

Tornata alla capanna, appoggiò Lily sul tappeto. Tirò fuori una scatola da sotto al letto e la spolverò. Vi estrasse tre libri, *Canto di Natale* di Charles Dickens, *Orgoglio e Pregiudizio* di Jane Austen e *Cime Tempestose* di Emily Brontë. I tre libri che Rafe le aveva regalato quando erano salpati da Liverpool. Ogni volta che li teneva tra le mani, si sentiva più vicina a lui.

I romanzi erano consunti, un po' malconci per il continuo uso, essendo stati frequentemente letti durante il viaggio; da allora, Patrick le aveva chiesto di leggere di nuovo *Canto di Natale*, il Natale precedente.

Le lacrime le riempirono gli occhi. Quel Natale, non lo avrebbe letto.

Riona entrò nella capanna in uno stato di eccitazione. 'Ellen, non indovinerai mai chi è appena arrivato.'

'Chi?' Ellen ripose i libri nella scatola, non avendo l'energia necessaria per essere socievole. Aveva mandato un biglietto alla signora Dawson per scusarsi di non aver partecipato al tè di quel pomeriggio.

'La famiglia Duffy.'

Ellen aggrottò la fronte. 'I Duffy della nave? Quelli con cui abbiamo navigato fin qui?'

'Sì, proprio loro.'

'Perché sono qui?'

'Sono in cerca di lavoro. Vieni fuori a incontrarli.' Riona prese in braccio Lily e uscì.

Trovando un po' di energia, Ellen si sistemò i capelli e uscì a salutare.

All'inizio, riuscì unicamente a fissare quella famiglia

trasandata, spettinata e dall'aria desolata, poi si ricordò delle sue buone maniere e avanzò per stringere la mano a Seamus Duffy. Seamus le era piaciuto molto. Sulla nave, era stato il primo ad aiutare chiunque, a differenza di sua moglie, Honor, che aveva un'opinione su tutto, che la si volesse ascoltare o meno. Le loro due figlie, Caroline e Aisling, avevano giocato con i ragazzi e con Bridget ed erano delle bambine dolci. Ellen non li vedeva da quando avevano lasciato l'alloggio due giorni dopo essere sbarcati a Sydney, per andare a lavorare da Alistair. Ma i diciotto mesi trascorsi da allora non erano stati clementi con la famiglia Duffy, a giudicare dalle apparenze.

'È un piacere vederti, Seamus,' Disse Ellen calorosamente, notando i buchi nei suoi stivali e i bottoni mancanti dalla giacca. I suoi capelli ricci e neri sembravano un nido di uccelli.

'Altrettanto, signora Kitt… ehm… intendevo signora Emmerson.' Sorrise per il suo errore.

'Sulla nave mi chiamavi Ellen, e io ti chiamavo Seamus. Non c'è bisogno di tornare alle formalità.' Ellen lo mise a suo agio.

'Hai davvero una bella proprietà.' Si guardò intorno.

'Grazie. Sarà magnifica una volta che la casa sarà ultimata e i giardini piantati. Ci vorranno anni di lavoro, ma ne varrà la pena.'

Ellen sorrise a Honor Duffy. 'Benvenuta a Emmerson Park.'

'Grazie, signora Emmerson.' La donna annuì, ma il suo sguardo non incrociò quello di Ellen. Honor Duffy aveva reso ben chiaro in passato che non fosse d'accordo col fatto che Ellen avesse rinunciato alla fede cattolica e non parlasse più la loro lingua madre, l'irlandese.

'Anche Moira è qui,' Annunciò Riona.

'La signora O'Rourke?' La signora Duffy sbuffò. 'L'intera lista passeggeri della nave è qui?'

'Solo Moira.' Riona cullava Lily tra le braccia. 'E questa è Lily, la bambina di Ellen e Alistair.'

La signora Duffy scrutò la bambina. 'Non ha perso tempo, vero?'

Ellen serrò i denti forzando un sorriso.

'Sto cercando lavoro, signora Emmerson, Ellen,' Disse Seamus, dando una gomitata alla moglie. 'Entrambi siamo alla ricerca. Ho lavorato un po' dovunque a Sydney, provando vari mestieri. Ma abbiamo perso la nostra casa. È stata demolita e gli altri posti erano troppo costosi da affittare, quindi abbiamo pensato di tentare la fortuna in campagna. A Honor non piaceva la città.'

'Sporca e rumorosa,' Aggiunse la signora Duffy con un'annusata. 'Temevo per la vita delle ragazze ogni volta che uscivano di casa. Osterie e locande a ogni angolo, uomini che bighellonavano, immondizia che si accumulava nelle fogne. Se ho mai visto un luogo maledetto, quello lo è indubbiamente.'

'Non tutte le strade sono così brutte. George Street è una bella via e ce ne sono molte altre. Dopo il matrimonio, ho visitato diverse magnifiche case lungo il porto e ne sono rimasta impressionata, non sfigurerebbero né a Londra, né a Dublino.'

'Abbiamo lavoro per Seamus, Ellen?' Chiese Riona mentre Honor stava per controbattere.

'Sono sicura che abbiamo qualcosa per te, se sei disposto a fare un po' di tutto?' Chiese Ellen a Seamus.

'Lo sono. Certo e lavorerò solo per lei, signora Emmerson.'

La signora Duffy sbuffò leggermente, ma Ellen la sentì.

'Signora Emmerson, Austin e Patrick sono qui?' Chiese

Caroline timidamente, con la sua solita aria tranquilla e riservata.

Ellen deglutì. 'No... sono... sono in viaggio verso l'Inghilterra per andare a scuola.'

'L'Inghilterra?' Honor Duffy sussultò. 'Hai mandato i tuoi figli a scuola in Inghilterra?'

'Mio marito credeva che i ragazzi avrebbero beneficiato di un'educazione da gentiluomini,' Si difese Ellen. Indipendentemente da ciò che sentiva dentro di sé, in pubblico avrebbe difeso Alistair.

'Ma non siete stati qui a lungo e li stai già mettendo a rischio in un viaggio così pericoloso?'

'È l'unico modo per arrivare in Inghilterra,' Ellen cercò di sdrammatizzare, nonostante la sua apprensione.

'I ragazzi diventeranno degli uomini prima del loro ritorno.' La signora Duffy era incredula. 'Non riuscirei a immaginare nulla di più devastante del non vedere le mie ragazze per interi anni.'

Ellen si irrigidì per l'insulto. 'Stia tranquilla, signora Duffy, i ragazzi sono ben accuditi e sotto la protezione del signor Hamilton, se lo ricorda? L'uomo che possedeva la nave su cui abbiamo viaggiato?'

'Lo ricordo. Ora tutto ha senso.'

'Che vuol dire?'

'Beh, il signor Hamilton era molto interessato ai suoi affari, vero? Più di quanto non lo fosse ai nostri, quando eravamo a Liverpool.'

Riona spostò Lily sull'altro fianco. 'Sono sicura che avete tutti bisogno di qualcosa da bere. Moira sarebbe felice di vedervi, davvero. Venite con me, ragazze, prendiamo qualcosa da bere. Signora Duffy?' Riona si allontanò, seguita dalle ragazze e, dopo una breve esitazione, la signora Duffy si unì a loro.

'Perdoni mia moglie, signora Emmerson,' Disse Seamus sottovoce. Non ha avuto una vita facile da quando siamo arrivati, e ciò l'ha resa… beh, diciamo solo che trova facilmente il lato negativo in ogni cosa.'

Ellen pensò che Honor Duffy lo facesse dal giorno in cui era nata. 'Sono disposta a darti un lavoro, Seamus, perché so che sei un uomo capace e assennato, ma non accetterò di essere giudicata da tua moglie perché mi sono sistemata bene.'

'E lo rispetto. Honor terrà le sue opinioni per sé, glielo prometto.'

'Lì,' Ellen indicò l'altra spaziosa capanna sul lato est della proprietà, 'Quella è la capanna degli uomini. Qui non abbiamo ancora famiglie, solo uomini. Ci sono carpentieri, scalpellini, manovali, giardinieri e chi si occupa delle recinsioni, mentre per le bestie abbiamo un allevatore e uno stalliere. Il signor Thwaite è il sovrintendente e il signor Watkins il capocantiere. Dove ti inserirai qui dipende solo da te.'

'Certo, sono bravo a usare le mani. Mi renderò utile, se me ne daranno la possibilità.'

'Bene. Dopo una tazza di tè, ti porterò dal signor Thwaite per le presentazioni.' Ellen osservò i loro pochi averi, tutti contenuti in delle sporche borse di tela. 'Faremo montare una tenda per voi. Temo che sarà il vostro alloggio per un po'.'

'Una tenda andrà benissimo. Abbiamo dormito all'aperto per l'intera settimana, quindi una tenda sarà un lusso.'

Lei lo condusse alla cucina all'aperto dietro la capanna, dove Moira stava dando da mangiare alle ragazze dei piatti di focaccine con uvetta e delle tazze di tè dolce con dell'aggiunta di latte, che persino la signora Duffy stava gustando serena.

Il rumore di un carro carico di alberi lunghi e spogli rimbombò lungo il vialetto.

'Oh, saranno gli alberi da frutto di Camden Park che ho ordinato,' Disse Ellen, mentre il signor Thwaite salutava il conducente del carro. 'Seamus, vieni, ti presenterò il signor Thwaite.'

'Forse potrei aiutarlo a scavare le buche per gli alberi?' Domandò Seamus.

'Scavare buche per gli alberi da frutto?' La signora Duffy gli lanciò uno sguardo severo. 'Santa Madre di Dio, Seamus Duffy, tu sai costruire coi mattoni meglio di qualsiasi uomo. Perché dovresti scavare delle buche?'

'Farò qualsiasi cosa la signora Emmerson mi chiederà, moglie, questo è quanto.'

Ellen non osò guardare quella donna indisponente, e portò Seamus al carro, facendo le presentazioni e chiedendosi se avrebbe mai potuto vivere con Honor Duffy sulla sua proprietà.

CAPITOLO TRE

Ellen si guardò nel piccolo specchio appeso alla parete, accertandosi che il suo vestito di lana non avesse macchie. Il motivo a scacchi rossi e neri era rifinito da una frangia nera all'orlo, presente anche alle estremità dei polsini. Una fila di bottoni neri ornava il corpetto aderente e il tutto era coronato da guanti neri e da un cappellino anch'esso nero, che indossava inclinato sulla testa per mettere in mostra i fiori di stoffa rossa cuciti sotto la falda.

Negli ultimi giorni, la pioggia era stata intermittente, con violente gelate e notti fredde, ma finalmente quel giorno, il giorno ufficiale in cui si sarebbero trasferiti nella casa, il debole sole invernale di agosto splendeva e la festa che avevano organizzato stava procedendo.

Ellen aveva ceduto alla richiesta di Alistair di organizzare un ricevimento per celebrare il completamento della casa. Fuori, gli ospiti, molti dei quali erano residenti del luogo e amici di Alistair venuti da Sydney ansiosi di vedere *Emmerson Park*, stavano socializzando, chiacchierando, bevendo tazze di tè o sorseggiando bicchieri di vino e gustando una selezioni di delizie che Moira aveva cucinato per giorni.

Alistair, tornato da Sydney due giorni prima, stava facendo gli onori di casa, mostrando con entusiasmo la tenuta ai suoi amici, che nel sole invernale appariva al meglio. I detriti delle costruzioni erano stati rimossi e quasi tutte le tracce dei lavori erano state eliminate o nascoste.

Dei giardini ornamentali erano stati scavati e riempiti di rose, e tutt'attorno a essi erano state piantate camelie, che col tempo sarebbero state potate e modellate in siepi per circondare i roseti. Le aiuole dalle forme intricate che Ellen aveva riempito con un misto di piante native e importate dall'Inghilterra davano l'impressione dell'aspetto che i giardini avrebbero avuto in futuro. La madre di Alistair, un'appassionata giardiniera, le aveva invitato diversi pacchi di semi di fiori da coltivare, e questo aveva dato a Ellen un passatempo che non si sarebbe mai aspettata di apprezzare.

Coltivare, disegnare i progetti delle aiuole e piantare la distoglievano dal doloroso pensiero di non avere Austin e Patrick con sé. Voleva realizzare per loro una casa bellissima, per quando sarebbero tornati. Aveva piantato il glicine lungo la ringhiera della veranda, in modo che la vite crescesse a ridosso dei pilastri di supporto e, negli anni a venire, offrisse un magnifico spettacolo di fiori pendenti blu-viola e fogliame ombreggiante.

Oltre ai giardini formali, Ellen aveva fatto costruire anche una serra e un giardino murato per le verdure. Lì, il terreno era coltivato e arricchito col letame fornito dal bestiame, e file di verdure erano state piantate allo scopo di nutrire l'intera tenuta. Ellen aveva assunto il signor Fenton, un vecchio ex detenuto che aveva lavorato nei giardini botanici del governo a Sydney finché non aveva ricevuto il suo certificato di liberazione. Nonostante avesse almeno settant'anni, il signor Fenton si era integrato subito nella tenuta e, anche se era a capo di altri tre uomini, non alzava mai la voce, parlava piano e con un'autorità ben definita, che tutti rispettavano senza fare domande, inclusa Ellen.

Sotto la guida del signor Fenton, Ellen aveva imparato molto sulla botanica. In Irlanda, aveva lavorato nei campi, scavando, seminando e piantando patate, finché la peronospora non aveva distrutto i raccolti, anno dopo anno. Ripensando a quegli anni bui e desolati, non avrebbe mai immaginato che un giorno avrebbe piantato fiori per il puro piacere di farlo. Nessuno della sua famiglia aveva mai piantato fiori prima di allora. Le verdure erano fonte di cibo e di reddito; nessuno aveva il tempo o l'energia per piantare qualcosa che non producesse guadagno.

'Sei pronta?' Alistair si fermò davanti alla porta della capanna, vestito di un elegante completo coloro castagno. I suoi capelli biondi erano pettinati all'indietro, ed era ben rasato, tranne per il paio di baffi che ora sfoggiava. Ellen non poteva negare che fosse un uomo attraente e, dal suo ritorno due giorni prima, lui aveva fatto di tutto per renderla felice. Non era stata mai fatta menzione dei ragazzi, e la questione aleggiava su di loro come una nuvola grigia.

'Sì, sono pronta.'

'Sei bellissima.'

'Grazie.' Ellen guardò di nuovo lo specchio, sapendo di dover apparire al meglio davanti all'alta società del luogo e agli amici di Alistair di Sydney.

'Però sei troppo magra. Stai mangiando abbastanza?' Domandò lui preoccupato.

'Ho trascorso le ultime tre settimane a realizzare giardini e decorare la casa come una pazza. Mangiare non era nella mia lista degli impegni.' Ellen sistemò la frangia di pizzo nero al collo, senza soffermarsi sul vero motivo per il quale avesse perso l'appetito: l'apprensione per i ragazzi.

'Riona ha detto che hai lavorato tutto il tempo. Ellen, abbiamo assunto degli uomini per fare quel lavoro.'

'È un'abitudine che è difficile da dismettere. Sono abituata a tenermi occupata, lo sai. Ho lavorato per tutta la vita, per poi diventare improvvisamente una signora impegnata in nient'altro che visite… beh, non è facile da accettare. Sto facendo del mio meglio.'

'Non mi sto lamentando, mia cara.' Alistair si guardò intorno. 'Il tuo ultimo giorno in questa capanna. D'ora in poi, vivrai in una casa degna di te.'

'È molto gentile da parte tua, Alistair.' Sapeva che lui stesse facendo del suo meglio per riparare il loro rapporto. Inspirando profondamente, si voltò e uscì dalla capanna.

Insieme, uniti solo per quello scopo, sorrisero e chiacchierarono coi loro ospiti per alcuni minuti, prima di salire sulla veranda davanti alle doppie porte in cedro.

Alistair alzò una mano per richiamare il silenzio. 'Signore e signori. Io e mia moglie desideriamo ringraziarvi per essere qui oggi per celebrare e condividere con noi la meravigliosa occasione del completamento della nostra casa. Per noi è un momento decisivo, poiché questa sarà la nostra dimora di famiglia e speriamo, per molte generazioni future. Il successo della costruzione e dei nuovi giardini è il frutto dello strenuo lavoro di molte mani abili, il tutto avvenuto sotto l'occhio vigile di mia moglie, che ha realizzato una bellissima casa per tutti noi.' Alistair le prese la mano e la baciò. 'Grazie a tutti per essere venuti da luoghi vicini e lontani e brindiamo ora alle molte future occasioni in cui ci ritroveremo a Emmerson Park.'

Tutti alzarono i bicchieri di vino, applaudirono e fecero loro i migliori auguri.

Alistair spalancò le doppie porte ed Ellen entrò per prima, provando un senso di realizzazione e orgoglio. L'ampio ingresso attirava lo sguardo degli ospiti verso il cortile della casa, dove Ellen aveva fatto costruire uno stagno dallo scalpellino e aveva piantato viole del pensiero in delle vecchie botti tagliate a metà e posizionate nei quattro angoli del cortile.

Dal corridoio, delle porte doppie si aprivano su un salotto formale e sulla sala da pranzo, entrambi affacciati sul pendio che scendeva verso il fiume.

Ellen e Riona, con l'aiuto di Moira e persino della signora Duffy, avevano appeso delle tende in pizzo bianco e dei pesanti drappeggi blu navy per incorniciare ciascuna delle quattro alte finestre a ghigliottina. Mobili pregiati in rovere, noce e palissandro mostravano un'eleganza di stile. Tessuti chiari color azzurro e crema erano stati usati per la tappezzeria delle sedie degli ospiti, dei divani e dei cuscini. Il pavimento in cedro lucidato completava ogni stanza.

Ellen e Alistair condussero i loro ospiti di stanza in stanza. Dalla sala da pranzo, col suo tavolo in palissandro lucidato e le dodici sedie di velluto in borgogna, alla sala del mattino dipinta di giallo e bianco, fino al mascolino studio di Alistair realizzato in legni scuri e ornato da scene di campagna sulle pareti.

Gli ospiti passeggiavano lungo le verande che circondavano la casa, sbirciando attraverso le porte francesi nelle sei camere da letto. Cenni di approvazione e complimenti entusiasti sulla casa regalarono a Ellen un senso di felicità. Non aveva i suoi ragazzi con sé a condividere quella giornata, ma aveva creato per loro una bellissima casa.

Sposare Alistair l'aveva aiutata a raggiungere il suo obiettivo di mettere la sua famiglia al sicuro. Sorseggiando il suo vino, Ellen rilassò la tensione nelle spalle e per la prima volta da settimane, sorrise con autentica sincerità.

Passeggiò lungo la veranda che dava sulla valle e sul fiume. Lì, aveva disposto che fossero posizionati dei tavoli col rinfresco. Sorrise alla giovane Caroline che stava aiutando a rimpinguare le teiere e i piatti di dolci che Moira aveva preparato nella nuova ala della cucina costruita sul lato della casa, accessibile dalla veranda della sala da pranzo tramite un passaggio coperto.

Gli ospiti sceglievano il cibo tra piatti di manzo affettato, formaggio e prosciutto stagionato, accompagnati da ciotole di patate, insalata e sottaceti. Un altro tavolo offriva piatti di pane non lievitato, dolci e focaccine con barattoli di marmellata e crema.

Per Ellen, quel banchetto rappresentava molto più che del semplice cibo; era il simbolo di quanta strada avesse fatto in appena qualche anno. Ora poteva mangiare a sazietà ogni giorno, mentre non molto tempo addietro doveva cercare il cibo tra le siepi o sulla spiaggia, oppure mettere da parte gli avanzi della cucina del della tenuta Wilton, dove lavorava per sfamare i suoi figli.

Osservò i giardini e vide Bridget giocare con Aisling Duffy. Bridget indossava un nuovo abito a righe gialle e bianche, i suoi lunghi capelli neri erano raccolti in nastri bianchi, e ai piedi portava degli stivaletti neri lucidi. Sua figlia sembrava nata nello sfarzo, quando in realtà era venuta alla luce in un cottage malandato, davanti a un fuoco di torba. Da bambina aveva indossato abiti logori ereditati dai suoi fratelli. Nessun capo di abbigliamento era mai stato nuovo per Bridget, fino al giorno in cui Ellen andò a fare compere a Liverpool coi soldi che Rafe Hamilton le aveva dato. Tutto ciò era accaduto due anni prima…

'Ellen, c'è qualcosa che non va?' Alistair le si avvicinò.

'No, Stavo solo ricordando il passato.' Continuò a guardare Bridget. 'Non avrei mai immaginato che mi sarei trovata in una posizione del genere. Oh, l'ho desiderato, sognato, ma non avrei mai pensato che sarei arrivata così in alto.'

'Questo è ormai da secoli il prodotto di un buon matrimonio.' Lui sorrise.

'Come lo è stato per me. Senza di te, nulla di tutto ciò sarebbe stato possibile. Mi aspettavo che sarei riuscita a ottenere una terra tutta mia da sola, senza sposarmi. Forse ci sarei riuscita, ma non ne avrei mai avuta una come questa.'

'Non ti penti di avermi sposato? No, non rispondere.' Lui accennò un sorriso e guardò altrove. 'Non mi hai ancora detto se hai comprato la terra a Moss Vale.' Fu sollevato dall'aver cambiato argomento.

'No, non l'ho ancora fatto. Sono stata troppo occupata, ma ora che la casa è stata ultimata, vorrei ampliare le nostre proprietà.'

'Emmerson Park non ti basta?' Sembrava un po' turbato.

'Non per quattro figli, no. Più terra abbiamo, più i bambini avranno un futuro assicurato.'

'Ah, Emmerson,' Il signor Palmer, uno degli amici di Alistair, si avvicinò a loro. 'Che splendida casa.'

'Grazie.' Alistair prese un bicchiere di vino dal tavolo e lo offrì a Palmer, prima di prenderne uno per Ellen, ma lei scosse il capo.

'E lei, signora Emmerson, cos'è una casa senza l'amore e l'attenzione di una donna elegante come lei? Ho appena visitato i giardini. I suoi alberi da frutto sono ben disposti. Sarà un bel frutteto, tra qualche anno.'

'È ciò che speriamo, signor Palmer.'

'Dovete visitare la mia nuova dimora a Campbelltown, la prossima volta che sarete in viaggio verso Sydney. Mi piacerebbe avere il vostro parere sulla disposizione del mio giardino.'

'Grazie, signor Palmer, ne sarei lieta.' Ellen guardò Alistair e vide l'espressione triste sul suo volto. Sapeva, come lei, che andare a Sydney non sarebbe stato possibile per qualche tempo. Sydney significava feste e balli, ospitare eventi e partecipare a cene e tè pomeridiani, tutte cose che non le interessavano.

'Emmerson mi ha riferito che le vostre casette a schiera a Balmain sono tutte occupate da inquilini. Mi ha detto che l'intero concetto è stato una sua idea. Ne costruirete altre?'

'Sarei interessata a farlo di nuovo, sì, ma Emmerson Park ha preso tutto il mio tempo, di recente.'

Alistair sorseggiò il suo vino. 'Mia moglie è una donna dai molti talenti, Palmer. Temo che le giornate non siano abbastanza lunghe per realizzare tutto ciò che si prefigge.'

'Che uomo fortunato che sei allora, Emmerson.' Palmer ridacchiò. 'Avere una moglie che preferisce fare soldi, piuttosto che spenderli! Io dovrei avere una miniera d'oro per stare al passo con le spese della signora Palmer.'

'Parlando d'oro, hai letto della rapina dei bushranger alla scorta d'oro che partiva dal McIvor Goldfield?' Chiese Alistair a Palmer.

'Spero che li impicchino tutti. Quei bushranger stanno diventando troppo audaci, troppo potenti,' Palmer sbuffò.

Al margine del giardino, Ellen vide Riona che parlava con Bridget con fare agitato.

'Se mi scusate, signori,' Mormorò Ellen. 'Credo che mia sorella abbia bisogno di me.'

Aggirando gli ospiti, Ellen uscì dalla veranda e attraversò in fretta i giardini di rose fino al lato opposto della casa, dove Riona era sparita.

'Riona!' Chiamò Ellen, mentre girava l'angolo del vialetto, che era stato appena ricoperto di ghiaia chiara. Si fermò bruscamente alla vista di Colm che litigava con Riona.

Furiosa, Ellen si avvicinò a lui. 'Che ci fai qui?'

Lui la guardò dall'alto in basso. 'Che signora raffinata che sei,' Biascicò.

La puzza di alcol avvolse Ellen. 'Sei ubriaco.'

'E tu sei una strega!' Barcollava con gli occhi iniettati di sangue. 'Pensi che mandare via i ragazzi sia sufficiente? Un giorno saranno degli uomini! Allora vorranno tornare a casa. Vorranno essere dei veri irlandesi.'

'Vai via, Colm. I miei figli non sono affar tuo,' Ribatté Ellen.

'Sono il mio sangue!'

'Guardati! Sei vergognoso.'

'Ti dirò una cosa che saprai già, donna, non conoscerai mai un giorno felice finché sarò in vita,' Ghignò. 'Te lo prometto.'

Un brivido le percorse la schiena, ma lei continuò a fissarlo. 'Non mi fai paura.'

'No, ma il diavolo all'inferno sì, perché è lì che finirai, strega che non sei altro. Hai lanciato un incantesimo su di me quando eravamo bambini. Un incantesimo che ha fatto sì che ti desiderassi. Sei come una febbre nel mio sangue, che mi distrugge la vita, ma hai scelto mio fratello, per quel che glie è servito. È morto spezzandosi la schiena per te!'

'Malachy è morto in una rissa per via del troppo bere e del gioco d'azzardo, e quanto a te,' Fece un passo verso di lui, detestando la sua anima nera, 'Vorrei essere una strega per poterti maledire all'inferno per aver costretto i miei figli a stare lontani dalle tue grinfie a causa degli anni di sguardi lussuriosi che ho ricevuto da te. Spero che tu non veda mai un giorno felice, Colm Kittrick, questa è la mia *maledizione* su di te.'

Lui barcollò all'indietro e si fece il segno della croce. 'Santa Madre, proteggimi!'

'Torna in Irlanda, Colm, e se mai farai ritorno nella mia casa, ti ucciderò io stessa!' Si girò sui tacchi e si allontanò.

Più tardi, quando la casa si fece silenziosa, gli ospiti se ne andarono e il sole tramontò, Ellen si sedette in veranda, tenendo tra le braccia Lily che dormiva. Le ombre si allungavano sulla valle e il muggito della mucca da latte spezzava i richiami degli uccelli.

Riona uscì e le si avvicinò. 'Tutte le nostre cose sono state portate dentro. La capanna è vuota e pronta per i Duffy. Bridget sta giocando nella sua stanza, riorganizzando tutto quello che ho portato dentro.' Sorrise e si sedette su un'altra sedia.

'Grazie per aver sistemato tutto.' Ellen strinse la mano di Riona. 'Sei la miglior sorella che si possa desiderare.'

'Beh, devo fare la mia parte, no? Dopotutto, vivo in questa magnifica casa senza dover sopportare alcun costo.'

'Sei mia sorella, non una serva. Dove altro dovresti essere?'

Riona si lasciò andare sullo schienale con un sospiro profondo. 'Vorrei che Mamma potesse vederci ora. Sarebbe orgogliosa.'

'Davvero?' Ellen sembrava dubbiosa. 'Mamma non avrebbe mai accettato che sposassi un protestante.'

'Io l'ho fatto. Alla fine, lo avrebbe fatto anche Mamma.'

'Ne dubito. Sarebbe solo stato un altro dei miei errori, come lasciare Mayo e portarci tutti a Liverpool, e farci emigrare nella colonia.'

'Non avrebbe avuto scelta. Senza di te, saremmo tutti finiti in una casa di accoglienza e lei lo sapeva.'

'Beh, non sapremo mai cosa avrebbe pensato del mio matrimonio con Alistair, vero?'

Ellen cercò di non pensare alla morte di sua madre sulla nave diretta in Australia. Una notte era caduta in mare, o si era gettata, come Ellen credeva, e non era mai più stata vista.

'Perdonerai Alistair, Ellen?' Sussurrò Riona. 'È un brav'uomo. Pensava di fare la cosa giusta.'

Ellen scrollò le spalle. 'È troppo presto.'

'Ma—'

'Non voglio parlarne, Riona.' Spostò un po' la bambina tra le braccia.

'Vuoi che la porti nella culla?'

'No, mi piace tenerla in braccio. Ha messo un altro dentino ed è un po' agitata.'

'Sì, volevo dirtelo stamattina, ma con tutto quello che c'era da fare per i preparativi della festa, l'ho completamente dimenticato.'

'Ho notato che il signor Connelly ti ha prestato particolare attenzione questo pomeriggio.' Ellen alzò le sopracciglia guardando sua sorella.

'Il signor Connelly è un uomo gentile, ma non farti idee strane. Non voglio sposarmi.'

'E lui, però?'

'Smettila.' Riona alzò gli occhi al cielo. 'E comunque, abbiamo parlato soprattutto di te.'

'Di me?'

'Sì, tutti gli uomini presenti erano molto impressionati da te. Sono gelosi di Alistair perché ha una moglie come te, una che è desiderosa di fare cose. Una che ha un cervello nella testa e vuole parlare di argomenti che non siano la moda, il pianoforte, il tempo o la pigrizia della servitù.' Rise.

'Non è vero. Gli uomini desiderano tutto questo nelle loro mogli. Non vogliono parlare di affari con le donne. Capiscono le regole. Sono io a non capirle. Sono l'anomalia.'

'Se fosse vero, allora perché si affollerebbero intorno a te, desiderosi di ascoltare ogni tua parola? Il signor Connelly ti ha definita la migliore tra le donne, piacente e intelligente, e non è l'unico a pensarla così. Ho visto il signor Riddle farti molte domande, così come anche il signor Palmer. Il signor Stuart e il signor Amos non ti avrebbero mai lasciata andare se Alistair non ti avesse salvata dalle loro incessanti domande.'

'Il pomeriggio è riuscito bene, è tutto ciò che conta.' Ellen si stiracchiò per sciogliere la tensione nel collo. 'Sono solo contenta che Alistair non abbia visto Colm.'

'Kittrick era qui?' Alistair uscì dalla portafinestra. 'Era qui oggi?'

'Sì.' Ellen sospirò.

'Era ubriaco, ma non si è trattenuto,' Aggiunse Riona. 'L'ho tenuto d'occhio finché non è sparito dalla mia vista.'

'Pensavo che ormai fosse su una nave diretta in Irlanda.'

'Anch'io.' Ellen guardò Lily, non volendo pensare a Colm.

'Cos'ha detto? Cosa voleva?'

'Sa che i ragazzi sono andati via.' Ellen guardò Alistair e vide le sue spalle crollare. 'Ho detto a Colm di andarsene e non tornare mai più. Qui non c'è nulla per lui.'

'Speriamo che lo faccia,' Disse Riona. 'Incontrerà i suoi compagni ribelli e tornerà a casa. Pregherò che sia così.'

Alistair tirò fuori l'orologio da taschino dalla tasca del panciotto. 'Gli ospiti che torneranno per cena saranno qui tra un'ora.'

Ellen si alzò. 'Metterò la bambina a letto e poi mi vestirò.

Caroline starà con Bridget e guarderà Lily mentre i nostri ospiti saranno qui.'

'Caroline è una ragazza servizievole. Matura per la sua età di nemmeno dodici anni,' Disse Riona. 'Ha un'ottima influenza su Bridget, la calma un po''.'

Ellen guardò Alistair. 'Questo mi ricorda che vorrei pubblicare un annuncio per trovare una governante per Bridget, ma dato che non c'è una scuola adeguata nel villaggio, potrebbe anche dare lezioni a Caroline e Aisling, e poi a Lily, quando sarà più grande.'

'Un ottimo piano, sono d'accordo.'

Meno di un'ora dopo, Ellen si era lavata e cambiata in un abito verde chiaro con stampe a fiori e bordato da pizzi argentei.

Alistair entrò nella loro camera da letto. 'Sei bellissima.'

'Grazie.'

'Volevo parlarti in privato prima di andare a cena.'

Ellen si voltò e finse di riporre la spazzola e il pettine nella loro custodia.

'Oh?'

'Stanotte dormiremo tutti in casa per la pima volta. Condividiamo una stanza, Ellen…'

La sua mano si fermò sulla spilla di perle che Alistair le aveva comprato per il suo ultimo compleanno.

Lui fece un passo in avanti. 'Se lo desideri, porterò le mie cose nel guardaroba, dopo che gli ospiti se ne saranno andati.'

Rivolgendogli le spalle, Ellen si sentì incapace di muoversi. Negargli il letto avrebbe significato la fine del loro matrimonio. Ma acconsentire a dormire insieme voleva dire perdonarlo per aver mandato i ragazzi in Inghilterra, e non se la sentiva ancora di farlo.

'Ellen, so che non mi perdonerai per la mia decisione di

mandare via Austin e Patrick, e lo capisco. So anche che non mi ami e non mi hai mai amato...'

Il cuore le batteva forte nel petto e il corsetto le sembrò improvvisamente troppo stretto.

'Ma ti ho ammirata dal primo momento in cui ti ho incontrata e da allora ho finito con l'amarti più di quanto credessi possibile. Non mi aspetto che tu provi lo stesso, e so che non è così. Tuttavia, volevo solo ricordarti quanto ci tengo a te, non farei mai nulla per ferirti o causarti dolore, e sapere di averlo fatto è il più grande rimpianto della mia vita.'

Si voltò verso di lui con le lacrime che le bagnavano le ciglia. 'Non ho avuto la possibilità di dire loro addio. Non ho potuto abbracciarli e dire loro quanto li ami, prima che partissero. Mi hai rubato tutto ciò e non importa quante lettere scriverò loro, nessuna di quelle parole avrà lo stesso significato dello stringerli tra le mie braccia.'

'Ne sono profondamente addolorato.'

'Trascorreranno anni, prima che possa rivederli. Anni in cui diventeranno giovani uomini che non potrò veder crescere. Non potrò essere lì per proteggerli dai pericoli. Mi sento come se avessi fallito di nuovo come madre, come accadde con Thomas.'

Lui chinò il capo. 'Ora me ne rendo conto. Al tempo, pensavo di aver preso la decisione giusta. Da tempo sentivo che i ragazzi avevano bisogno di un'educazione adeguata in Inghilterra, ma tu non saresti mai stata d'accordo. Con la minaccia di Kittrick, ho colto l'occasione per fare ciò che desideravo. Ho sbagliato. Sono stato egoista. Eppure, ti assicuro che ho agito davvero nel miglior interesse dei ragazzi. Ad Harrow, diventeranno dei veri gentiluomini. Con un'educazione del genere potranno tenere testa a chiunque ed essere ben accolti.'

Ellen lo guardò e qualcosa dentro di lei morì. 'Ti vergogni di loro? Sono i tuoi figliastri e non sono altro che dei contadini irlandesi.'

Lui sembrò inorridito. 'No! No. Santo Dio, è questo che pensi?'

'Non ne sono sicura, Alistair. Dici che saranno ben accolti ovunque, ora che saranno educati come dei gentiluomini inglesi, quindi ovviamente prima mancava loro qualcosa. Pensavo che il matrimonio con te sarebbe stato sufficiente perché venissero accettati, ma ora vedo che mi stavo illudendo.'

'Ellen, per favore, non pensare che io non adori i ragazzi e Bridget. Farò tutto il possibile per renderli felici, ma ci saranno sempre persone che vedranno il loro passato, e il tuo, lo sai. Ne hai fatto esperienza a Sydney.'

'Quindi, se il nostro matrimonio non cancella la macchia del mio passato, come pensi che la scuola a Harrow possa cancellarla dal passato dei ragazzi?'

'Ti prometto che farò in modo che i ragazzi e le ragazze avranno un futuro assicurato nell'alta società.'

'E se i ragazzi decidessero di frequentare Oxford o Cambridge? Altri anni lontani…' Le lacrime le bruciavano ardenti dentro gli occhi. 'Potrebbero rimanere via per dieci anni.' Il mento le tremava.

'Allora ti porterò in Inghilterra con le ragazze. Andremo dai miei genitori e saremo con loro a estati alterne.' Attraversò la stanza e le prese le mani; era la prima volta da oltre un mese che la toccava. 'Farò tutto il possibile per renderti felice. Guarda cosa abbiamo creato, questa bellissima casa. Siamo così fortunati, Ellen. I miei affari prosperano e abbiamo una bella vita. Ti amo, e i bambini sono in salute. Mancheranno anche a me, ma è per il loro futuro.'

Lei annuì e si girò. 'Faremo tardi per cena.'

'E dopo?'

'Condivideremo lo stesso letto, ma non ci sarà intimità, Alistair. Non sono ancora pronta.'

'Capisco.' Lui le porse il gomito e lei gli posò una mano sul braccio.

Gli accennò un sorriso e si rilassò un po'. Per poter continuare insieme, doveva perdonarlo.

La serata trascorse in un'abbondanza di cibo e vino, e i loro dieci ospiti si godettero l'evento. Era passata la mezzanotte, quando l'ultima carrozza si allontanò nella notte.

Ellen controllò che le bambine dormissero nella loro nuova stanza e augurò la buonanotte a Riona. Alistair spense i lumi, mentre la luna illuminava i giardini e la casa di un bagliore argenteo.

Una volta a letto, Ellen sbadigliò. Era stata una giornata lunga e ricolma di emozioni.

'Buonanotte, cara mia.' Alistair la baciò sulla guancia.

'Buonanotte.' Ellen spense la lampada accanto al letto e si rannicchiò sul cuscino. La notte precedente aveva dormito in una capanna e ora viveva in una casa maestosa e bellissima. Sebbene non avesse con sé i ragazzi, era grata e riconoscente per l'enorme fortuna che aveva. Sposare Alistair le aveva dato molto, ma lei aveva anche lavorato duro.

Come sarebbe stata diversa la sua vita, se Malachy fosse stato ancora vivo, o se fosse andata a stare da Colm, quando Malachy morì? Sarebbe stata ancora in Irlanda, vivendo in un cottage, tirando avanti a malapena con la costante paura che i suoi figli non avessero abbastanza da mangiare.

Invece, si era assunta molti rischi, come il lasciare l'Irlanda e il trasferirsi dall'altra parte del mondo, per poi lavorare per

Alistair, e diventare sua amica aveva nuovamente cambiato la sua vita.

Alistair mormorò nel sonno e si girò verso di lei. I suoi capelli biondi gli cadevano sulla fronte, facendolo sembrare molto più giovane, anche se non era vecchio. Alla luce della luna che penetrava attraverso un'apertura nelle tende, ne studiò i tratti. Era un uomo attraente e la barba incolta sulla mascella aumentava il suo fascino. Sentì di desiderarlo. Era passato così tanto tempo dall'ultima volta che avevano fatto l'amore. Alistair non aveva dormito con lei da quando Lily era nata perché, quando era lì, la capanna non era abbastanza grande per tutta la famiglia e lui alloggiava in una tenda.

Ma ora, Ellen sentiva il bisogno di sentire il tocco di un uomo. Voleva essere abbracciata e baciata.

Facendo scivolare la mano sotto le lenzuola, tracciò con le dita il profilo delle sue braccia. Si avvicinò è gli baciò le labbra, assaporando il brandy che aveva bevuto con gli altri gentiluomini.

Lentamente, si sfilò la camicia da notte, per poi sollevare quella di lui e scorrergli le mani sul petto. Alistair gemette, cercando la sua bocca e lei gliela offrì.

La baciò assonnato, per poi scendere lungo il suo collo, fino ai seni. Lo sentì indurirsi contro la sua gamba e il suo desiderio aumentò.

'Ellen…' Sussurrò lui, facendo scivolare le mani tra le sue gambe.

Lei inarcò la schiena per il desiderio, bramandolo. 'Sì…'

Lui la baciò profondamente, coprendola con il suo corpo e in pochi istanti, fu dentro di lei.

'Ellen.' Le mormorò all'orecchio, tenendola stretta a sé, spingendo più profondamente e rapidamente.

Lei chiuse gli occhi, ignorando i suoi pensieri e concentrandosi solo sul piacere del suo corpo e quando arrivò all'apice, sospirò soddisfatta.

Alistair finì poco dopo. La tenne stretta e la baciò. 'Non volevo.'

'Va bene. Sono stata io a iniziare.'

'Davvero? Pensavo di sognare.'

Lei sorrise alla luce della luna. 'Torna a dormire.'

Una volta giratosi, si addormentò subito.

Ellen rimase sveglia, poi scese dal letto e indossò la camicia da notte. Si fermò davanti alla portafinestra, osservando le onde che giocavano sugli alberi e sul giardino. Un'ondata di senso di colpa la tormentò. Si sentiva come se avesse commesso adulterio nei confronti di Rafe e che, giacendo con Alistair, fosse stata sleale con lui. Era una follia, Alistair era suo marito, non Rafe. Stava essendo infedele ad Alistair, desiderando un uomo che non poteva avere.

Le lacrime le bagnarono le ciglia. Rafe le mancava così tanto da provocarle un costante dolore nel petto. Eppure, era stato suo solo per una breve sera. Una sera in cui non solo avevano fatto l'amore, ma si erano uniti come un'unica anima, fondendosi l'uno all'altra, diventando un tutt'uno. Senza di lui, si sentiva viva solo a metà, il che era assurdo e ridicolo. Non era mai stata il tipo di persona che fantasticava troppo, ma in quella circostanza, sentiva che una parte di lei le mancava, da quando lui era tornato in Inghilterra e nessuno più poteva renderla completa.

Un tonfo sordo risuonò, e lei rimase in ascolto, pensando che Lily si fosse svegliata. Un suono ovattato provenne da qualche parte nella casa.

Ellen afferrò la vestaglia e la indossò. Forse Bridget si era svegliata e si sentiva disorientata nella sua nuova stanza. Era così abituata a dormire con Riona, che forse era alla sua ricerca.

Percorrendo il corridoio, Ellen fu in grado di orientarsi senza la lanterna. La stanza delle bambine era accanto alla sua. Aprì silenziosamente la porta, ma trovò Lily che dormiva profondamente nella sua culla e Bridget raggomitolata sul suo letto.

Il rumore si ripeté.

Accigliandosi, Ellen uscì dalla camera. Riona si era svegliata? Moira era ancora in cucina? Camminò intorno al cortile centrale, fino all'altro lato della casa, dove Riona dormiva.

Un grido soffocato bloccò Ellen sul posto, spaventandola. Proveniva dalla stanza di Riona. Corse velocemente lungo il corridoio e spalancò la porta. Due figure lottavano sul letto.

'Lasciala stare!' Urlò Ellen correndo verso l'uomo e tirandolo via da Riona.

Colm spinse Ellen lontano e le tirò un forte schiaffo sul lato della testa.

Ellen barcollò, scioccata per il colpo.

'Andiamo!' Colm tirò Riona giù dal letto e la costrinse in ginocchio. Lei gridò, mentre lui la tirava per i capelli.

Ellen si lanciò su Colm, picchiandolo con entrambe le mani.

'Strega!' Come un toro impazzito, ondeggiò per liberarsi dal peso di lei che gli gravava sulla schiena. 'Ti ucciderò, donna. Sono stufo marcio di te.'

Ellen lottava con una forza che non sapeva di avere, mentre la rabbia prendeva il sopravvento.

Il pugno di Colm la colpì allo stomaco e lei ansimò, il respiro strappatole dai polmoni. Cadde in ginocchio.

Riona urlò, mentre Colm la sollevava, caricandosela in

spalla. La portafinestra era aperta e lui barcollava, mentre Riona lo colpiva e scalciava.

'Che diavolo!' Alistair era sulla soglia in camicia da notte e a piedi nudi, stringendo in mano una pistola.

'Cristo!' Colm lasciò cadere Riona e attraversò la veranda di corsa.

Alistar sparò un colpo sopra la testa di Ellen. Lei urlò per il boato, si affrettò verso Riona e la abbracciò stretta.

'È andato,' Ellen rassicurò la sorella singhiozzante.

'Era Kittrick?' Alistair accese il lume sulla cassettiera, inondando la stanza di luce.

Ellen sentì Bridget piangere. 'Bridget! Lily!'

'Vado io.' Alistair si affrettò fuori dalla stanza.

Ellen scostò i capelli dal volto di Riona. 'Ti ha fatto male?'

Riona scosse la testa. 'Non molto. Mi usciranno dei lividi sulle braccia.'

'Non ha abusato di te?'

'No. Voleva portarmi con sé. Ha detto che mi avrebbe portata in Irlanda per darti una lezione.'

'Santa Madre di Dio.' Ellen le strinse il braccio. 'Come pensava di poter fare una cosa del genere e farla franca?'

'Ha detto che se avessi fatto storie, mi avrebbe uccisa.' Riona singhiozzava, tutto il suo corpo tremante. 'Ho cercato di combatterlo, ma era troppo forte.'

'Hai combattuto bene e ti sei salvata. Colm non ha alcuna chance contro due sorelle come noi.' Ellen le diede un bacio sulla guancia. 'È andato via ora e non tornerà più. Sei al sicuro.'

Ellen aiutò Riona a rialzarsi, mentre sentivano delle voci provenire da fuori. 'Quel colpo di pistola avrà svegliato tutti. Facciamo un po' di tè.'

Si tennero strette mentre andavano verso la cucina. Ellen ravvivò rapidamente il fuoco e mise il bollitore sul fornello.

Moira entrò in fretta, con indosso una camicia da notte e un vecchio cappotto. 'Ho sentito uno sparo.'

Ellen le racconto dell'accaduto.

'Gesù, Giuseppe e Maria!' Moira si fece il segno della croce.

'È proprio il diavolo, lo è davvero,' Mormorò Riona stringendosi nelle braccia.

'Sì, lo è, e questa volta ha esagerato.' Ellen aggiunse delle foglie di tè alla teiera. 'Farò in modo che la polizia a cavallo gli stia alle calcagna, vedrai se non lo farò.' Guardò Moira. 'Torna a letto e dillo anche agli altri. Sento che sono fuori.'

Moira aprì la porta sul retro dov'erano radunati alcuni uomini della tenuta. 'Tornate tutti ai vostri letti. Il signor Emmerson vi parlerà domattina.' Sorrise a Riona alle sue spalle. 'Ci vediamo domattina, ragazza.'

Mentre Ellen preparava le tazze, teneva d'occhio Riona, ancora tremante.

'C'è qualcosa che non va in me?' Chiese Riona. 'Questa è la seconda volta che vengo aggredita da un uomo.'

'Zitta, non dire sciocchezze. Non c'è niente di sbagliato in te. Sono quei due uomini malvagi che ti hanno attaccata ad essere nel torto, non tu.'

Ellen aveva appena preparato le tazze di tè, quando Alistair entrò in cucina. Si sedette al tavolo. 'Bridget è tornata a dormire e Lily non si è nemmeno svegliata. Ho detto a Bridget che aveva avuto un incubo. Sono rimasto con lei finché non si è riaddormentata.'

'Hai controllato che la porta della veranda della loro stanza sia chiusa a chiave?' Ellen gli passò una tazza di tè.

'Sì, l'ho fatto. Ho la chiave in tasca. Le porte resteranno

chiuse a chiave finché Kittrick non sarà in catene. Ho già fatto un giro fuori, ma non c'è traccia di lui. Ho parlato con il signor Thwaite. Organizzerà una squadra di ricerca per dare la caccia a Kittrick.'

'Dobbiamo avvisare la polizia.'

'Certo. Cavalcherò fino al villaggio appena ci sarà luce.' Arrabbiato, Alistair tamburellava le dita sul tavolo. 'Come osa entrare in casa mia e minacciare la mia famiglia? Voglio vedere quell'uomo impiccato.'

'Pensi di averlo colpito?' Chiese Riona.

Alistair scosse la testa. 'Non credo. L'ho visto scappare, ma spero che abbia un minimo di buon senso e si terrà lontano da qui'

Ellen accarezzò delicatamente la schiena di Riona. 'Farà meglio a trovare una nave per tornare presto in Irlanda, perché se lo vedrò di nuovo, non mi riterrò responsabile delle mie azioni.'

CAPITOLO QUATTRO

Scendendo dalla carrozza, Ellen respirò l'aria fresca e frizzante della primavera. Il profumo di eucalipto era più forte in campagna che in città. Scosse la gonna e si stiracchiò un po', dopo il viaggio sulle montagne trascorso in quello spazio angusto. 'È bello essere a casa.' Si girò per prendere Lily. 'Siamo a casa, piccola.'

Riona aiutò Bridget a scendere dalla carrozza, prima di farsi da parte per permettere alla signora Lewis di fare altrettanto.

'Benvenuta a Berrima, signora Lewis,' Disse Ellen alla nuova istitutrice di Bridget, mentre erano insieme sulla veranda del White Horse Inn.

Avevano trascorso le ultime quattro settimane a Sydney. Il viaggio era stato organizzato per trovare un'istitutrice per Bridget e per acquistare nuovi abiti per la primavera e l'estate. Ellen aveva adempiuto ai suoi doveri di moglie e impersonato il ruolo della padrona di casa, ospitando cene e tè pomeridiani, oltre a ricambiare le visite, andare al teatro e partecipare a varie soirée al braccio di Alistair. Era il suo modo di rafforzare il loro matrimonio, dato che ad Alistair piaceva averla a Sydney con lui. Ma dopo quattro settimane, ne aveva avuto abbastanza e desiderava tornare all'Emmerson park di Berrima.

'Il signor Thwaite dovrebbe essere qui a breve.' Ellen guardò la strada. 'Gli ho mandato una nota la scorsa settimana per annunciare il nostro ritorno.' Guardò la signora Lewis, che sembrava tutta occhi, mentre osservava il piccolo villaggio intorno a sé.

'Spero che le piaccia qui, signora Lewis,' Disse Ellen, cercando di metterla a suo agio. Fu dispiaciuta per la giovane donna che si trovava ora circondata da estranei in un luogo sconosciuto. La signora Amelia Lewis era una giovane donna di ventun anni, originaria del Lincolnshire, in Inghilterra, ma che ora era sola nella colonia, dopo che i suoi genitori erano morti di febbre un anno prima. Aveva preso un posto come insegnante in una scuola femminile a Parramatta, ma aveva pubblicato un annuncio sui giornali alla ricerca di un ruolo da istitutrice. Ellen l'aveva intervistata insieme a Riona e Alistair e aveva deciso che la pacata signora Lewis sarebbe stata una scelta adatta per tenere a freno la testardaggine di Bridget. Durante il viaggio di ritorno da Sydney, la donna era stata molto utile nel prendersi cura di Lily e aveva dedicato il suo tempo a Bridget, concedendo a Ellen e Riona un po' di necessario riposo.

'Il mio pianoforte sarà arrivato?' Chiese Bridget, chinandosi per accarezzare un cagnolino bianco che era legato al palo della veranda.

'Non lo so, dovrai chiedere al signor Thwaite quando arriverà.'

Riona entrò nell'osteria per chiedere se ci fosse della posta per loro. Dopo poco, ne uscì con un fascicolo di lettere. 'Sono per lo più fatture,' Disse esaminandole. 'Abbiamo diverse cartoline di invito. Anche dalla signora Augusta Ashford. Lei mi piace, non mi guarda dall'alto in basso.

'E nessuno dovrebbe farlo,' Mormorò Ellen.

Riona passò la posta a Ellen. 'Beh, non è così che va la vita, vero? Guarda le donne dell'alta società di Sydney. Ci sono quelle poche che mi accettano in qualità di tua sorella e estendono anche a me i loro inviti, e poi ci sono quelle che ignorano la mia esistenza e invitano solo te.'

'Lo so e mi dispiace per questo.' Ellen osservò la strada, con Lily che le pesava tra le braccia. Notò che sembrava esserci più traffico del solito. 'Ora siamo a casa e non dobbiamo pensare a chi è a Sydney, ma concentrarci sugli amici che abbiamo in questa zona. Sono molto più gentili.'

'Signora Emmerson.' La signora Ashford si unì a loro sulla veranda.

Voltandosi, Ellen sorrise alla signora Ashford, una residente di Sutton Forest e discendente di una delle famiglie più ricche della zona. Ellen sapeva che la donna fosse tornata da Melbourne di recente. 'Che piacere vederla, signora Ashford. Come sta?'

'Sto bene, grazie, signora Emmerson. Siete appena tornati da Sydney?' La signora Ashford slegò il suo cagnolino e consegnò il guinzaglio a Bridget perché lo tenesse.

'Sì. Dopo un mese lì, ero pronta per partire. Ma abbiamo assunto la signora Lewis per Bridget, quindi il viaggio ha avuto i suoi vantaggi. 'Ellen fece le presentazioni.

'Questo distretto è molto meglio di Sydney, specialmente con l'arrivo della bella stagione.' La signora Ashford sorrise e, sebbene Ellen l'avesse incontrata solo saltuariamente a qualche festa, la considerava una donna piacevole. La signora

Ashford osservò Bridget portare il cagnolino poco più lontano.

'Come sta la sua famiglia?' Chiese Ellen, spostando Lily sull'altro braccio.

'Tutti molto bene, grazie.'

'E Melbourne?'

'Terribilmente affollata.' Rise. 'Se non si parla di oro, allora non c'è altro di cui discutere.' La signora Ashford si accigliò al rumore improvviso di diversi uomini a cavallo che galoppavano per il centro del villaggio. 'Cielo. Perché sono così di fretta?'

'Ho notato che il villaggio è animato oggi,' Disse Ellen, mentre un'altra carrozza procedeva lentamente. 'Non è stato trovato dell'oro qui vicino, vero?'

'Spero di no. Mio fratello, Gil, non ne sarebbe troppo contento. Facciamo già fatica a trattenere i lavoratori. Si lamenta terribilmente delle richieste di aumento dei salari. Se non li paghiamo, se ne vanno alle miniere.'

'Sono fortunata ad aver mantenuto alcuni dei nostri.' Ellen vide il signor Thwaite guidare il calesse lungo la strada, con Douglas che conduceva il carro della fattoria per i loro bagagli. 'Oh, ecco il signor Thwaite.'

'La saluto, signora Emmerson. Ci vedremo al ballo dei Throsby la prossima settimana?'

'Temo di no, mio marito è ancora a Sydney. Lui conosce i Throsby meglio di me.'

'Allora lei e sua sorella,' Annuì cortese a Riona, 'Dovete venire a prendere il tè con me e mia madre. Diciamo, tra una settimana, venerdì?'

'Ne saremmo liete. Grazie.'

La signora Ashford prese il guinzaglio dalle mani di Bridget. 'Bene. Ci vediamo alle tre. Arrivederci.'

Il signor Thwaite fermò il calesse davanti alla locanda. 'Bentornata a casa, signora Emmerson, signore.' Annuì a tutte loro, con un sorriso speciale diretto a Bridget.

'Il mio pianoforte è arrivato, signor Thwaite?' Chiese Bridget.

'È arrivato, signorina Bridget. È nel salotto.' Aiutò Douglas a fissare i bagagli sul carro.

'Nessun incidente, signor Thwaite?' Chiese Ellen. 'Nessun visitatore indesiderato?' Lei sapeva che avrebbe capito a cosa si riferisse, perché era stato incaricato di tenere d'occhio Colm Kittrick.

'Nessuno, signora Emmerson,' Rispose tranquillamente.

Sollevata, Ellen presentò la signora Lewis a Thwaite e Douglas e l'istitutrice salì sul carro, mentre Ellen prendeva posto nel calesse e porgeva Lily a Riona, stringendosi accanto a lei.

'Posso sedermi nel carro con Douglas e la signora Lewis, mamma?' Chiese Bridget.

'Sì. Così lascerai più spazio a me e tua zia.' Ellen diede una leggera frustata con le redini alla schiena di Betsy e finalmente si diressero verso casa.

Il tragitto verso casa fu gremito di carri e carretti che li sorpassavano. Ellen notò una folla davanti al tribunale, mentre molte delle locande ospitavano gruppi di uomini che sostavano lungo la strada.

'Cosa sta succedendo?' Mormorò Riona, mentre Ellen faticava a far passare il calesse accanto a un grande carro.

Videro poi una fila di prigionieri in catene uscire dal tribunale e marciare verso la prigione. La folla li scherniva, e Ellen osservò in silenzio, prima di spingere rapidamente Betsy a procedere. La vista dei criminali incatenati le ricordava troppo la vita povera e disperata in Irlanda e le innumerevoli occasioni in cui le persone del suo villaggio erano state mandate via in catene per non essere mai più riviste.

'Povere anime afflitte. Pregherò per loro alla Messa di domani,' Disse Riona facendosi il segno della croce.

Ellen agitò le redini, desiderosa di trovarsi al sicuro a casa sua. Pensò brevemente a Colm, ma non avevano avuto sue notizie dal giorno in cui aveva cercato di rapine Riona. Sperava fosse tornato in Irlanda.

Guidando Betsy sul sentiero verso la casa, Ellen salutò i lavoratori intenti a costruire i magnifici cancelli in pietra e ferro del vialetto.

'Stanno venendo su così bene,' Disse loro Ellen mentre passava, soddisfatta dei loro sforzi.

Procedendo più vicino alla casa, notò che altri alberi erano stati piantati ed era stato costruito un sentiero di mattoni che si estendeva dall'orto all'area della casa dedicata alla servitù. Ellen fermò Betsy davanti alla casa e fissò i nuovi luminosi germogli di glicine che crescevano sulla veranda.

'Guarda, le rose sono in boccio,' Disse Riona con stupore. 'Tante cose sono cambiate da quando siamo partite.'

Quattro settimane di clima più caldo, con l'inverno alle spalle, avevano fatto esplodere i giardini in fiore. Narcisi e tulipani aggiungevano un tocco di colore alle aiuole. Nell'orto, gli alberi da frutto stavano germogliando, pronti a mostrare la loro fioritura primaverile.

'Guardi, signora Lewis,' Chiamò Bridget mentre saltava giù dal carro. 'Ho piantato questo cespuglio di rose per mio fratello Thomas. È morto. Ha dei boccioli.'

'È un bellissimo tributo a tuo fratello, Bridget,' Rispose la signora Lewis. Poi si rivolse a Ellen. 'Signora Emmerson, ha una casa meravigliosa.'

'Grazie. Spero che qui sarà felice.'

'Lo sarò.'

Ellen prese Lily dalle braccia di Riona e condusse tutti dentro. Bridget prese subito la signora Lewis per mano per mostrarle la casa e dove avrebbe dormito.

'Vuoi che cambi io Lily?' Chiese Riona. 'So che sei impaziente di sapere cos'è successo mentre eravamo a Sydney.'

Moira arrivò dalla cucina. 'Siete tornati. Mi siete mancati tutti.'

'Come stai, Moira? Tu e il signor Thwaite avete mandato avanti tutto al mio posto?'

'Certamente. In questo distretto, un luogo meglio gestito non potrebbe trovarsi, te lo assicuro.' Sorrise, solleticando Lily sotto il mento. 'Ho preparato la stanza degli ospiti per la signora Lewis.

'Grazie.' Ellen baciò Lily sulla guancia. 'Vai da tua zia, tesoro, mentre io faccio un giro.'

Ellen attraversò la cucina con Moira. 'Niente da segnalare?'

'Niente, Ellen, te lo prometto.'

'Nessun segno di Colm?'

'Nessuno.' Moira sembrava seria. 'Il signor Thwaite ha tenuto gli uomini in allerta, ma non abbiamo visto neanche l'ombra di quel briccone.'

'Bene.' Ellen sbadigliò. Era sveglia dall'alba e il viaggio di tre giorni da Sydney era stato stancante.

'Perché non vai a riposarti un po'?' Moira mise l'acqua a bollire. 'Ti porterò una bella tazza di tè.'

'Dovrei parlare con il signor Thwaite.'

'Sicuramente potrà aspettare un'ora?'

'Suppongo di sì.' Ellen si sedette al tavolo. Nelle ultime settimane si era sentita stanca e aveva il sospetto di essere incinta. Non sapeva come sentirsi al riguardo. Sarebbe stato bello dare un figlio ad Alistair, non che lui sapesse che Lily non fosse sua, ma Ellen ne era consapevole e dopo tutto quello che lui aveva fatto per lei, meritava un figlio del suo sangue. Tuttavia, l'idea di essere di nuovo incinta e di partorire non la entusiasmava. Voleva godersi la casa e accrescere la loro ricchezza. Aveva in piano di comprare più terreni nel distretto e per farlo, doveva essere libera di girare per la campagna, senza essere legata a un bambino che aveva bisogno di lei.

La porta che dava sull'esterno si aprì e Honor Duffy entrò con un cesto di uova. 'Le galline hanno ricominciato a deporre, Moira. Solo tre, ma è un inizio… oh, signora Emmerson, è tornata.'

'Sì, Honor. Come stai?'

'Bene, grazie. Le è piaciuto il soggiorno a Sydney?'

'Sì. Bridget ha una nuova istitutrice, la signora Amelia Lewis. È molto gentile e ben istruita.'

'Ottimo.' Honor ripose le uova su una mensola della dispensa, in una scatola piena di paglia.

Ellen attese che uscisse. 'Alistair e io abbiamo discusso dell'idea che la signora Lewis dia lezioni a tutte le ragazze, insieme a Bridget.'

Le sopracciglia di Honor si sollevarono. 'Le mie ragazze?'

'Sì. La signora Lewis potrà dar loro lezioni senza che tu debba sostenere alcuna spesa e questo risparmierà loro di dover camminare fino al villaggio in qualsiasi condizione meteo per frequentare la piccola scuola locale, che la maggior parte delle volte non è nemmeno aperta. L'insegnante lì non è affidabile.'

'Perché è cattolico?' Si difese Honor.

'No, perché è sempre malato di una cosa o l'altra e non

avere una scuola permanente riflette il grado di istruzione del villaggio.'

'La signora Lewis non è cattolica, vero?'

'No, non lo è.' La rabbia di Ellen cominciò a ribollire. 'Non sei costretta ad accettare che la signora Lewis dia lezioni a Caroline e Aisling. Tuttavia, averla nelle loro vite potrebbe essere un vantaggio per le ragazze. È una donna perbene e talentuosa, e le ragazze possono imparare molto da lei, ma se preferisci che vadano a scuola nel villaggio, per me va bene.'

Diverse emozioni trapelarono dal volto di Honor. 'Non sto dicendo di no...'

'Ascolta, Honor,' Intervenne Moira. 'La scuola nel villaggio insegnerà loro solo le basi. Con la signora Lewis, le tue ragazze diventeranno delle donne ben istruite, il che le metterà in una buona posizione quando vorranno sposarsi.'

'Le mie ragazze saranno comunque figlie di una serva e di un operaio.'

Ellen sospirò. 'E allora? Dando loro un'istruzione, potrebbero essere in grado di sposarsi con qualcuno di un rango superiore, rispetto a un operaio e una serva. Non è questo che vuoi per loro?'

'A differenza di te, Ellen Emmerson, non ambisco a mischiarmi con i circoli elitari che tu desideri tanto. Le mie figlie non saranno ridicolizzate!' Honor uscì furiosa dalla cucina.

Moira imprecò sottovoce. 'Stupida donna. È cieca? Non riesce a vedere il vantaggio che sarebbe per quelle povere ragazze?'

Ellen si alzò. 'Lo vede, Moira, ma non le piace ammetterlo. Crede che le sue figlie non arriveranno mai a essere più di ciò che è lei, una povera contadina irlandese. Il passato non ci abbandona mai.'

Ellen andò in cerca di Riona, sentendo il bisogno di parlare con sua sorella. Non importava quanto diventasse ricca, a volte Ellen sentiva solo il bisogno di una conversazione razionale con Riona. Sua sorella la conosceva meglio di chiunque altro e poteva offrirle conforto con un semplice sguardo.

Trovò Riona seduta con la signora Lewis nel salotto. Ellen se ne stette sulla soglia a osservarle mentre parlavano. Bridget suonava il pianoforte mentre Lily gattonava sul tappeto.

Improvvisamente, Riona rise per qualcosa che la signora Lewis aveva detto ed Ellen affrontò la realtà che sua sorella avesse ora un'altra donna con cui parlare e che sarebbe stata sempre in casa con lei, mentre Ellen era spesso fuori per vari impegni, visite, ispezionando le sue proprietà o alla ricerca di nuove. Riona non sarebbe più stata sola durante il giorno, quando Ellen era troppo occupata per poter trascorrere del tempo con lei.

Lasciandole alle loro faccende, Ellen entrò nello studio. Le bollette e le fatture erano impilate ordinatamente sulla scrivania, e lei si sedette per passarle al vaglio. Era felice del fatto che Alistair le desse il pieno controllo sulla tenuta, essendo troppo impegnato coi suoi affari a Sydney per preoccuparsi di ulteriore burocrazia. La maggior parte dei mariti non avrebbe mai considerato la possibilità di dare alle loro mogli accesso al denaro, ma Alistair sapeva che Ellen era una donna fidata e, per di più, aveva accresciuto la loro ricchezza da quando l'aveva sposata. Le villette a schiera a Balmain avevano raddoppiato il loro valore ed erano una fonte di reddito continuo, grazie agli affitti degli inquilini. Avevano comprato dei terreni a Moss Vale e a Mittagong e entrambi i lotti di terra ospitavano ora del bestiame.

Mentre era a Sydney, Ellen aveva convinto Alistair a

comprare appezzamenti di terra lungo il litorale di Elizabeth Bay, e sapeva che col tempo avrebbero acquisito un valore molto maggiore rispetto a quello che aveva pagato. Sydney cresceva più velocemente di quanto la gente si aspettasse. La corsa all'oro a Melbourne aveva portato denaro anche a Sydney, dove la gente comprava e vendeva. Alistair aveva talento per gli affari, e la sua attività di importazione e esportazione procedeva in modo eccezionale, ma Ellen era ben consapevole del valore dei terreni. Non veniva forse da un Paese dove i terreni erano valutati più delle persone? I proprietari terrieri in Irlanda si arricchivano grazie agli animali che pascolavano sui loro campi. Aveva visto con i suoi occhi come i ricchi possidenti facessero lo stesso in quel Paese e lei intendeva assicurarsi una fetta della torta.

Improvvisamente, il suono della musica si diffuse per la casa. La signora Lewis stava suonando il pianoforte e il dolce suono ne riempì l'aria.

Ellen smise di sistemare le fatture e ascoltò. Quella musica era struggente, bellissima, il suo petto si strinse per la delicatezza delle note. Riusciva a stento a credere di essere seduta nella sua casa, mentre l'istitutrice di sua figlia suonava il pianoforte. Com'era successo? Solo pochi anni addietro stava scavando la terra, le sue dita affondavano nell'ammasso putrido delle patate andate a male, chiedendosi come avrebbe sfamato i suoi figli.

Ora era lontana anni luce da quei tempi disperati e c'erano momenti in cui credeva di star sognando, che nulla di tutto ciò fosse reale. Poi le bastava pensare ad Austin e Patrick per rendersi conto che era tutto vero. I suoi ragazzi non erano con lei in quella magnifica casa. Erano lontani, spediti a essere educati come dei veri gentiluomini. Sarebbero arrivati in

Inghilterra da un giorno all'altro. Le mancavano? Erano arrabbiati perché li aveva mandati via?

Chinò il capo, mentre la musica si placava lentamente. Aveva fatto la cosa giusta per loro? Il matrimonio con Alistair aveva dato loro ciò di cui avevano bisogno, o aveva commesso un errore? Sì, avevano cibo e vestiti in abbondanza, non gli mancava nulla, ma il prezzo di tutto ciò era il dover rimanere separati dalla loro famiglia.

Oh, non sapeva cosa pensare. Era semplice, le mancavano terribilmente i ragazzi. Non era lo stesso dolore della perdita di Thomas, che giaceva intrappolato nel suo cuore, ma non molto dissimile. E ora portava probabilmente in grembo un altro bambino. Pensò brevemente a Rafe. Cosa avrebbe pensato di tutto ciò? Non sapeva che Lily fosse sua figlia. Si sarebbe sentito tradito? Non amato da lei? O forse aveva incontrato qualcun'altra e l'aveva dimenticata?

Non chiedeva sue notizie quando lui scriveva ad Alistair, e suo marito lo menzionava solo di sfuggita, principalmente per questioni di affari. Rafe si era innamorato di un'altra? Non poteva crederci. Lui amava lei come lei amava lui. Ma era giusto che lui rimanesse solo, mentre lei aveva una famiglia? Voleva che fosse felice, naturalmente, ma il cuore le si spezzava in petto al pensiero che potesse amare un'altra donna che avrebbe ricevuto i suoi baci e sarebbe stata oggetto dei suoi desideri.

Un colpo alla porta le fece alzare la testa. 'Sì.'

Moira entrò con una piccola teiera e alcuni dolci all'uvetta. 'Ho portato un vassoio in salotto, ma ho pensato che volessi avere un po' di pace.'

'Grazie.'

'Quella signora Lewis sembra gentile.'

'Lo è.'

'Oh, e ho licenziato la signora Barnes, era inutile, non era in grado di lavare un indumento nemmeno provandoci. Uscivano dalla bagnarola più sporchi di quanto vi entrassero! Vergognoso. So che mi hai dato il pieno controllo mentre eri a Sydney, quindi ho fatto ciò che ritenevo giusto. Ho chiesto in paese se qualcun altro potesse venire a incontrarmi. Fino ad allora, Honor farà il bucato per tutti noi.' Facendo un passo indietro, Moira prese fiato.

'Va bene, Moira. Ti avevo detto di fare come ritenevi opportuno. Come sta andando con la ragazza in cucina, Sally, vero?'

'Sì, Sally non è male. La addestrerò, è ancora giovane. Avremmo bisogno di un'altra domestica per la casa, però. Sally ha una sorella a Mittagong che lavora in una delle locande, ma vuole venire qui.'

'Lascio tutto questo a te e Riona.' Ellen sorseggiò del tè, godendosene il sapore rinfrescante. 'Sai che non mi piace occuparmi del personale domestico. Ero una di loro e non mi sento a mio agio a essere all'improvviso quella che dà ordini.'

'Sì, ma tu sei la padrona di casa, si aspettano che tu sia al comando.'

'Beh, lo sono, ma nominiamoti governante. Con un titolo formale, il personale domestico potrà essere sotto la tua responsabilità.'

'No, non voglio essere responsabile della casa. Ho già abbastanza da fare con la cucina. Riona è la scelta migliore per la posizione di comando.'

'Molto bene. Ne parlerò con lei. Tra te e Riona non dovrò preoccuparmi di nulla. Non ho tempo per occuparmi delle domestiche. Ho troppo da fare con la tenuta, e la mia concentrazione deve essere diretta altrove. Sarai felice come cuoca della tenuta?'

Moira sorrise radiosa. 'Mai stata più felice, Ellen, è la verità.'

'Se dovessi avere qualche preoccupazione, rivolgiti a Riona.'

Alle spalle di Moira, in piedi sulla soglia, il signor Thwaite aspettava di essere ricevuto.

'Avanti, signor Thwaite,' Ellen lo invitò.

Moira aggrottò le sopracciglia. 'Ha pulito i piedi, signor Thwaite? I pavimenti sono stati appena lavati.'

'Sì, signora O'Rourke.' Sembrava un po' intimorito dalla combattiva donna irlandese. Moira gli fece un cenno e se ne andò.

'Anche a me fa paura, a volte,' Ellen sussurrò, invitandolo a sedersi.

Lui tirò un sospiro. 'Quella donna è una diavolessa. Mi sta sempre addosso per una cosa o per un'altra. È matta.'

Ellen ridacchiò. 'Ma ha anche un cuore d'oro. Ora, mi racconti tutto quello che è successo nell'ultimo mese.'

'Beh, una cosa. Ieri sono andato a Mittagong dal fabbro a prendere le nuove cerniere per le porte della stalla e ho dovuto aspettare, perché non erano ancora pronte.' Il signor Thwaite teneva il cappello con entrambe le mani. 'Comunque, mentre aspettavo, ho chiacchierato con un pastore che si era fermato per ferrare il suo cavallo. Mi ha detto che c'è un gregge di pecore in vendita ad una tenuta chiamata Smithdale, nella Kangaroo Valley. Ho pensato che potrebbe interessarle.'

'L'informazione è affidabile?'

'Sì, l'uomo sembrava abbastanza sincero. Non aveva nulla da perdere o guadagnare nel dirmelo. Era appena stato licenziato perché il suo padrone non può più permettersi di mantenere la proprietà. Il pastore, Jim, era diretto a Sydney per imbarcarsi su una nave per Melbourne. Sta andando alla ricerca dell'oro, ma sua sorella vive a Mittagong e voleva prima salutarla, altrimenti sarebbe partito direttamente dalla costa.'

'Non possiamo mettere delle pecore nella proprietà di Moss Vale insieme al bestiame, vero?'

'No, signora. Dovrebbe affittare o comprare un altro pezzo di terra e metterci le pecore.'

Ellen si picchiettò il mento con un dito. Le pecore erano molto preziose, ma fino a quel momento, lei e Alistair non avevano considerato di possedere un grande gregge perché non avevano abbastanza terra per ospitarne molte, né i lavoratori per accudirle.

'Se affittasse della terra, signora, potremmo assumere un uomo per sorvegliarle. Fornirgli provviste e controllarlo ogni poche settimane. La famiglia dei Carter a Tallong ha della terra disponibile per essere affittata. Potrebbe provare dal signor Carter.'

'Andiamo prima alla Kangaroo Valley per ispezionare il gregge, signor Thwaite?' Ellen chiese, improvvisamente eccitata all'idea di poter comprare delle pecore.

'Possiamo farlo, signora Emmerson.'

'Dobbiamo vedere in che condizioni sono, prima di cercare la terra.'

'Sono d'accordo. Quando vorrebbe andare, signora?'

'Domattina?'

'Ma è appena tornata da Sydney. Deve essere stanca di viaggiare.'

'Dormirò stanotte e starò bene domattina.' Sapeva che se fosse stata incinta, entro pochi mesi le cavalcate verso aree lontane sarebbero state impossibili, e poi il parto e un neonato avrebbero messo fine alle sue avventure per un po' di tempo.

'Non è una bella strada fino alla Kangaroo Valley, signora. Suggerisco di andare a cavallo e non in calesse. Dobbiamo scendere lungo una montagna molto ripida.'

Ellen trasalì interiormente. Non era un'esperta cavallerizza. 'Va bene, signor Thwaite, se lo consiglia lei.'

'Dovremo pernottare una notte nella valle. È troppo lontano per andare e tornare in giornata.'

'Va bene. Staremo via tre giorni?'

'Sì. Porterò un cavallo da soma per trasportare le provviste.'

'Eccellente. Viaggerò leggera. Partiremo all'alba.' Sentì un fremito di eccitazione. Non era mai stata a sud-ovest prima di allora ed era curiosa di vedere come fosse il paesaggio laggiù.

Sentiva il richiamo della libertà della strada aperta, dopo le settimane a Sydney, dove aveva trascorso ogni giorno in casa ricevendo visite o essendo ospite di altre donne, donne che non sempre le piacevano, tra l'altro. Fingere di appartenere all'alta società e parlare di frivolezze per ore intere metteva a dura prova la sua pazienza, e fare compere o passeggiare nei parchi divennero ben presto attività noiose e ripetitive. Ogni volta che si trovava in quella città frenetica e rumorosa, desiderava ardentemente la campagna.

Ellen si mise alla ricerca di Riona e la trovò fuori a mostrare il giardino alla signora Lewis, con Bridget che correva intorno ai cespugli di rose.

'Questa diventerà una bella proprietà negli anni a venire, signora Emmerson,' Disse la signora Lewis, mentre Ellen la raggiungeva.

'Lo speriamo.' Ellen sorrise, apprezzando la giovane donna, gradevole in una maniera delicata e riservata. Amelia Lewis sarebbe stata un valore aggiunto per la famiglia. Una signora educata, garbata e ben istruita che avrebbe insegnato a Bridget e Lily come comportarsi negli ambienti dell'alta società, qualcosa che Ellen sapeva di non poter fare, almeno non al livello che ci aspettava per le figlie di un uomo ricco come Alistair.

'Lily dorme?' Ellen infilò il braccio sotto quello di Riona, mentre si avvicinavano al frutteto ancora giovane.

'Sì. Si è addormentata sul tappeto, quindi l'ho messa nella culla.'

'Grazie. Ho bisogno che te ne occupi tu per qualche giorno. Domani andrò alla Kangaroo Valley con il signor Thwaite. Partiremo all'alba.'

Riona la fissò. 'Domani? Siamo appena tornate a casa. Perché devi andare?'

'Voglio ispezionare un gregge di pecore.'

'Manda il signor Thwaite.' Riona avvicinò la testa a quella di Ellen. 'E Colm? Potrebbe tornare.'

'Dubito che tornerà. Sarà già lontano. Alistair non ha avuto notizie di lui a Sydney. Sai che ha mandato degli uomini a cercarlo nelle zone di Sydney dove si radunano gli irlandesi.'

'Solo perché non è a Sydney non significa che sia salpato per tornare a casa.'

'Non ha nulla per cui restare. I ragazzi non ci sono più. Sistemerà i suoi affari e se ne andrà. Il signor Thwaite mi avrebbe informata, se avesse sentito parlare di lui nella zona. Colm è tornato in Irlanda o, se è ancora in Australia, potrebbe essere andato a Melbourne in cerca di oro.'

'Mi sentirei più al sicuro se fossi qui. Dovevamo restare più a lungo a Sydney.'

'Ero stanca di Sydney.'

'Non gira tutto intorno a te, Ellen. Non sei stata tu quella che ha cercato di rapire!'

'Abbassa la voce. Non voglio che la signora Lewis vada via

prima ancora di cominciare!' Ellen sbottò, lanciando un'occhiata all'istitutrice che stava chiacchierando con Bridget mentre ispezionavano l'aiuola. 'Calmati. Hai la signora Lewis qui per tenerti compagnia e metterò degli uomini di guardia di notte. Il signor Thwaite se ne occuperà. Se ti fa sentire meglio, dormi con Bridget e Lily, mentre sono via.'

'E Lily? Non capirà il perché non sei qui.'

'Ha te.'

Riona sollevò le sopracciglia. 'Sai che non è la stessa cosa. Lily è tua bambina speciale, e tu non sei mai stata lontana da lei.'

'Lily starà bene. È stata svezzata. Ora che non la allatto più, ho più libertà per fare ciò che devo.' Il suo legame speciale con Lily era dovuto a Rafe. La loro bambina era tutto ciò che le rimaneva di lui. Tuttavia, Lily e tutti i suoi figli avevano bisogno che lei assicurasse loro un futuro. Trascorrere qualche giorno lontani era un piccolo sacrificio necessario per raggiungere quell'obiettivo.

Ellen si fermò per osservare i fiori su uno degli alberi di mele. 'Dovrei assumere una tata?'

'Potrebbe essere una buona idea, sì...'

'Ma?'

Riona sospirò. 'Beh, con la signora Lewis qui che sarà sempre con Bridget, io non avrò niente da fare. Se assumerai una tata per Lily, avrò ancora meno per tenermi impegnata.'

'Mi piacerebbe che tu ti occupassi della casa. Ho ufficialmente nominato Moira cuoca e responsabile della cucina e del personale che vi appartiene, ma c'è bisogno di qualcuno che gestisca la casa e le cameriere che dovremo assumere. Sei molto brava a far sì che tutto proceda senza intoppi. Io non ho tempo.'

'Sii sincera. In verità, non ti va di farlo.' Riona le lanciò uno sguardo di superiorità. 'Tutti noi sappiamo che non ti piace gestire gli affari quotidiani della casa tanto quanto piace a me.'

'No, non mi piace.' Ellen sospirò. 'Adoro questa casa, ma…'

'È solo che non è abbastanza,' Riona finì la frase al posto suo. 'Sei sempre alla ricerca di qualcosa di più, vero?'

'Cosa c'è di male nel voler garantire la sicurezza della mia famiglia? Il denaro ci tiene al sicuro.'

'La tua brama di avere sempre più terreni ti porterà alla rovina, sorella. Sii contenta di ciò che hai. Te l'ho detto tante volte.'

'Lo sarò. Presto. Ma non abbiamo abbastanza proprietà da lasciare ai bambini quando io e Alistair moriremo. Devo mettere a frutto ciò che abbiamo, così da averne abbastanza per tutti.'

'Ce n'è a sufficienza, Ellen. I tuoi quattro figli avranno una fortuna, quando sarà il momento.'

'Presto saranno cinque.'

Riona sorrise. 'Un altro? Alistair lo sa?'

'Non ancora.' Ellen passò all'albero successivo. 'Abbiamo bisogno di più terra e ricchezza da passare a cinque figli.'

'Devi smetterla di pensare che torneremo a essere poveri come in Irlanda. Alistair non permetterà mai che ciò accada.'

Ellen la fulminò con lo sguardo. 'Io non permetterò che ciò accada! Non mi affido solo ad Alistair. Devo fare la mia parte. Alistair mi ha dato del denaro che potrò spendere come riterrò opportuno. Lui pensa che sia per comprare arredi e vestiti, ma a me non interessa nulla di tutto ciò. Comprerò dei terreni.'

'Non ne hai bisogno!'

'Non capisci come mi sento. Abbiamo perso tutto in Irlanda. Una cosa simile non accadrà mai più. Devo essere certa che non saremo mai più poveri come un tempo.'

Riona aggrottò la fronte. 'E non lo saremo. Ma tu non ti accontenterai. Hai bisogno di avere sempre di più. Non è sano, Ellen, il modo in cui questa avidità, sì, è avidità, ti sta divorando. Sii grata per ciò che hai.'

'Smettila di giudicarmi. Sto facendo tutto questo per la mia famiglia, per il futuro.' Si difese Ellen.

'Davvero? O lo fai per dimostrare qualcosa a te stessa?' Riona si allontanò, dirigendosi verso la signora Lewis e Bridget.

Ellen proseguì attraverso il frutteto, controllando che i paletti tenessero dritti i giovani alberi, ma la rabbia rendeva nervosi i suoi movimenti. Riona credeva di sapere tutto. Sua sorella non aveva mai seppellito un figlio, perso un marito o la casa che aveva realizzato con le proprie mani, creandone una sistemazione decorosa e accogliente, solo per poi vedersela portare via. Riona aveva sempre contato su altri per sopravvivere, prima su loro padre e ora su Ellen.

Riona non immaginava che forse Ellen avrebbe preferito non dover vivere così, sempre preoccupata, spaventata che tutta questa buona sorte potesse svanire in un istante? Bastava che una nave o due affondassero e l'attività di Alistair ne sarebbe stata impattata, e anche loro ne avrebbero sofferto. Lui investiva troppo negli affari con Rafe. Riona pensava che il suo desiderio di avere più terreni fosse un capriccio. Eppure Ellen avrebbe dimostrato a tutti loro che allargare la rete si sarebbe rivelata la scelta più giudiziosa.

CAPITOLO CINQUE

Rafe Hamilton chiuse il cassetto della scrivania e alzò lo sguardo quando Pollard, il suo impiegato, bussò e entrò nel suo ufficio.

'Signore, la *Blue Maid* è attraccata. Un messo ha portato il messaggio un minuto fa.' Pollard gli porse il cappotto e il cappello.

'Ottima notizia!' Rafe si rilassò leggermente, sollevato. Sapere che la sua nave avesse attraversato in sicurezza mezzo mondo fino a Liverpool gli aveva tolto un enorme peso dalle spalle.

'È un bel regalo di compleanno per lei, signore.'

'Davvero. Non avrei potuto chiedere di meglio.' Rafe si infilò il cappotto. 'Non tornerò questo pomeriggio. Ho un appuntamento dal barbiere.'

La tromba di una nave risuonò, mentre Rafe usciva dal suo ufficio e camminava lungo i moli affollati. Una fitta nebbia ricopriva il fiume Mersey come una coperta umida che cancellava gli imponenti alberi delle navi, le gru e gli edifici.

'Le faccio luce, signore?' Chiese un ragazzo trasandato, correndo accanto a Rafe con una lanterna accesa.

Rafe gli lanciò una moneta. 'Conosco la strada, ragazzo.'

Camminava il più velocemente possibile, schivando gli altri che facevano lo stesso, detestando il freddo che gli penetrava sotto il colletto. Le trombe risuonavano sul fiume, dando avvisaglie. Gruppi di uomini senza un lavoro e senza fortuna, se ne stavano davanti alle porte delle locande. Donne col capo coperto da scialli si affannavano per ottenere il miglior prezzo ai banchi del pesce lungo i moli.

In quel freddo ottobre, Rafe desiderò soltanto il sole sulle spalle, le calde giornate estive come quelle che aveva vissuto in Australia... no, non doveva pensare all'Australia perché gli ricordava Ellen e quel pensiero faceva troppo male. Era sufficiente che lei lo tormentasse nei sogni notturni e popolasse la sua mente durante il giorno nei momenti in cui rilassava i pensieri. Gli mancavano il sorriso di Ellen, la sua energia controllata, il modo in cui inclinava leggermente la testa quando pensava, e molto altro. Più di ogni cosa, gli mancava il modo in cui lo toccava, lo baciava e i sospiri di piacere che lei gli aveva donato. Il loro tempo insieme era stato troppo breve e lui non era stato più lo stesso da allora.

Finalmente, la vide: la *Blue Maid*, la sua prima nave, ora affiancata da un'altra e se i suoi piani avessero avuto successo, presto ce ne sarebbe stata una terza, una di quelle nuove a vapore che riducevano notevolmente i tempi di navigazione.

Si fermò alla fine della passerella e osservò lo scafo in legno, notando che non riportava danni sul lato. I marinai stavano scendendo a terra, portando i bagagli, i passeggeri si mescolavano sul ponte e una gru veniva issata per iniziare il processo di scarico delle pregiate merci che sarebbero state portate al magazzino situato a pochi isolati di distanza, dove

Rafe avrebbe lietamente trascorso i giorni a venire riordinando e catalogando insieme al suo sovrintendente, in preparazione alla vendita.

Rafe salì di corsa sulla passerella alla ricerca del capitano Leonards, per parlargli. Conosceva bene la nave. Si diresse direttamente verso il salone e bussò alla porta della cabina privata del capitano.

'Signor Hamilton?' Una voce chiamò alle sue spalle.

Rafe si voltò e fissò i due ragazzi che lo stavano guardando dall'altro lato del salone. Non poteva essere? I ragazzi di Ellen? Non era possibile. Si sentì un po' stupido e sbattete le palpebre, con la mente che lavorava velocemente per dare un senso a quella confusione.

'Signor Hamilton, si ricorda di noi?' Chiese Austin Kittrick, il più alto dei due.

'Austin? Patrick?' Li fissò come se li stesse immaginando.

'Sì, signore,' Il viso di Austin si illuminò per il sollievo, e Patrick, che gli stava accanto, raggrinzò il viso, mentre le lacrime gli riempivano gli occhi. Corse da Rafe e lo abbracciò intorno alla vita.

Rafe, preso alla sprovvista, accarezzò la spalla del ragazzo, mentre il capitano Leonards usciva dalla sua cabina.

'Ah, Rafe.' Leonards scosse la testa sommessamente.

'Cosa… intendo, perché?'

'Entra, entra.' Leonards invitò Rafe nella sua cabina e i ragazzi lo seguirono.

'Non Capisco.' Rafe continuava a tenere stretto Patrick, dato che il ragazzo non sembrava volerlo lasciar andare.

'Che situazione.' Leonards scosse di nuovo la testa, prese una lettera dalla sua scrivania e la consegnò a Rafe. 'È da parte di Alistair, spiega il perché i ragazzi sono sulla nave.'

'Che cosa sai?' Rafe prese la lettera, col cuore che gli

batteva forte per i pensieri selvaggi che gli affollavano la mente. Era successo qualcosa a Ellen? Ad Alistair? A tutta la famiglia?

'È accaduto tutto molto rapidamente. Eravamo pronti a salpare dal porto, quando una barca ci ha chiamato e Emmerson è salito a bordo con questi due giovani.' Sorrise ai fratelli. 'Emmerson ha detto che le vite dei ragazzi erano in pericolo e che dovevo portarli da te.'

'Da me?' Rafe era sbalordito. 'Ma la loro madre.' Si rivolse ad Austin. 'Tua madre? Sta bene?' Riuscì a malapena a formulare quelle parole.

'Sì, signore, l'ultima volta che l'ho vista.' Austin lanciò un'occhiata a Patrick. 'Eravamo a scuola a Parramatta. Alistair, cioè papà, il nostro patrigno, ci ha portati da lì alla nave. Abbiamo dovuto fare in fretta le valigie. Ha detto che nostro zio, Colm Kittrick, aveva in piano di rapirci e riportarci in Irlanda.'

Le gambe di Rafe tremarono, mentre assimilava le parole del ragazzo. Ellen era viva, grazie a Dio.

'Sembra che Kittrick sia un ribelle irlandese,' Disse Leonards. 'Emmerson era molto preoccupato che l'uomo avrebbe preso i ragazzi, se non fossero stati al sicuro. Pensava che tu li avresti protetti o, se non tu, allora dovevano essere mandati da suo padre a sud e frequentare Harrow.'

Rafe pensò velocemente, assimilando la notizia. 'Quindi, dovete rimanere in Inghilterra per la scuola, per qualche tempo?'

Austin annuì, raddrizzando le spalle, mentre Patrick si stropicciò gli occhi, chiaramente angosciato.

'In quanto amico di Emmerson, suppongo che tu possa onorare la sua richiesta?' Chiese Leonards.

'Assolutamente. Sono il più caro amico suo e della loro

madre.' Rafe strinse Patrick per le spalle. 'Ora sono una mia responsabilità.'

Leonards diede una pacca sulla spalla ad Austin. 'Te l'avevo detto che sarebbe andato tutto bene, vero, ragazzo?'

'Bene…' Rafe riordinò i pensieri. 'Ora vi portiamo da me, va bene? Andate a prendere le vostre cose.'

Rafe uscì con Leonards, mentre i ragazzi entravano nella loro cabina. 'Questa è l'ultima cosa che mi sarei aspettato.'

'Sì, ma cosa puoi fare quando un amico ha bisogno?'

'I miei piani per la giornata e per il prossimo futuro sono cambiati, questo è certo.' Rafe fece un respiro profondo, lo shock si stava attenuando.

'Sono bravi ragazzi. È stato difficile per loro, soprattutto per il più giovane. Li ho tenuti occupati il più possibile. Hanno letto tutti i libri che possiedo.'

'Grazie.' Rafe strinse la mano a Leonards. 'Avevo intenzione di discutere del viaggio con te, ma dovrà aspettare fino a domani. Penso che questi ragazzi abbiano bisogno di essere rassicurati che sia tutto apposto.'

'Sì, ci vediamo domani. Ma stai tranquillo, il viaggio è andato bene. Mi assicurerò che le merci vengano scaricate e messe al sicuro.' Leonards strinse la mano ad Austin e Patrick, quando si unirono a loro. 'È stato un piacere navigare con voi, signori.'

'Grazie, signore,' Disse Austin. 'Mio fratello e me… e *io* le siamo profondamente grati per tutto.'

Rafe guidò i ragazzi verso la passerella, notando che Austin era cambiato più di Patrick. Sebbene entrambi fossero cresciuti, Austin stava maturando, il suo modo di parlare stava diventando quello di un giovane gentiluomo istruito. La scuola che aveva frequentato a Parramatta lo stava trasformando dal rozzo ragazzino irlandese che era in un giovane gentiluomo inglese.

In carrozza, mentre tornavano a casa, Rafe lottava con le sue emozioni. Ora era responsabile di due ragazzini, i figli della donna che amava. Non poteva deludere né lei né loro.

'Quanti anni hai ora?' Domandò ad Austin.

'Ho compiuto quattordici anni a settembre, signore.'

'E tu, Patrick?'

'Ho dodici anni, signore.'

'E Alistair desidera che frequentiate Harrow?' Chiese Austin, mentre Patrick si fissava le mani giunte in grembo.

'Sì, signore.'

'Tu cosa ne pensi?'

'Ne sarei lieto, signore.' Il tono di Austin era entusiasta. 'È una buona scuola, da quel che ho sentito dire.'

'Voglio tornare a casa da Mami,' Mormorò Patrick.

Austin gli diede una gomitata. 'Quante volte te l'ho detto? Devi chiamarla mamma. Non siamo più in Irlanda.

'Voglio tornare a casa!' Il volto ribelle di Patrick era devastato dalle lacrime.

'Ora calmati.' Rafe lo confortò, mentre il vetturino fermava il cavallo davanti alla casa di Rafe. 'Eccoci arrivati. Andiamo dentro a bere una tazza di tè e mangiare una fetta della deliziosa torta che la mia cuoca ha preparato oggi. È il mio compleanno, l'ha fatta apposta per me.'

'Buon compleanno, signore,' Dissero in coro Austin e Patrick, mentre scendevano dalla carrozza.

'Avevo intenzione di andare a teatro stasera. Se non siete troppo stanchi, forse potreste venire con me?'

'Oh, sì, sarebbe magnifico,' Disse Austin sorridendo. 'Voglio dire, mi piacerebbe molto, signore.'

Rafe si sentì improvvisamente entusiasta all'idea di non dover più trascorrere il suo compleanno da solo. Per l'occasione, era stato invitato a casa di sua sorella e del cognato, ma sapeva che la *Blue Maid* sarebbe arrivata al porto, quindi aveva declinato. Ora avrebbe invece trascorso gioiosamente la giornata con i due ragazzi che, se avesse compreso per tempo i suoi sentimenti per Ellen, sarebbero stati i *suoi* figliastri, e non di Alistair. Tuttavia, avrebbe potuto continuare a essere loro amico, come quando era in Australia, e sarebbe stato meraviglioso.

Rafe li condusse all'ingresso, dove si tolsero i cappotti con l'aiuto di Dilly, la sua cameriera, che arrivò di corsa dal retro della casa.

'Dilly, puoi preparare due stanze per Austin e Patrick, per favore? Staranno qui con me, finché non partiranno per la scuola.'

'Sì, signore.'

'E puoi informare la signora Flannery?'

'Certo, signore. Vuole che porti del tè? Il fuoco è acceso in salotto.'

'Sì, perfetto. Grazie.'

Rafe accompagnò i ragazzi in salotto, dove entrambi sedettero sul divano. Rafe ravvivò il fuoco, mandando una pioggia di scintille su per il camino. 'Dunque...' Non sapeva da dove cominciare, ma poi ricordò della loro fuga precipitosa da scuola. 'Avete portato con voi poche cose, immagino.'

'Sì, signore.' Austin aggrottò la fronte. 'Abbiamo dovuto fare le valigie in fretta e abbiamo solo pochi vestiti con noi.'

''Domani andremo a fare acquisti per sistemarvi.' Rafe estrasse la lettera dalla tasca e la guardò. 'Sono ancora piuttosto sorpreso da tutto questo, ma voi starete bene. Vi prometto che mi prenderò cura di voi.'

'Possiamo tornare a casa?' Chiese Patrick con il mento tremante.

Rafe fece un respiro profondo. 'Lascia che legga la lettera di Alistair e poi ne parleremo.'

Dilly portò un vassoio con tè, fette di porta, panini con carne di manzo e macarons. 'Vuole che versi il tè, signore?'

'Sì, grazie, Dilly, Penso che Austin e Patrick siano affamati.' Sorrise, invitandoli a mangiare.

Mentre la loro attenzione era altrove, Rafe aprì la lettera.

Caro amico,

Non ho dubbi che questa lettera ti troverà in uno stato di sorpresa. Sto scrivendo in fretta, quindi perdona la mia calligrafia. I ragazzi sono stati portati rapidamente via da scuola, a causa della minaccia di un rapimento pianificato dall'ex cognato di Ellen, nonché zio dei ragazzi, Colm Kittrick. È venuto in Australia con l'intento di portarli in Irlanda e far prendere loro parte alla causa ribelle. Ellen mi ha implorato di metterli in salvo, e io ho pensato di imbarcarli sulla Blue Maid, che lascerà oggi il porto.

Perdonami per questa richiesta inaspettata, ma spero non sgradita, che grava ora sulla nostra amicizia. So che tieni Ellen in grande considerazione e ci consideri entrambi tuoi amici. Per questo, ti ho affidato la cura dei ragazzi.

Ho incluso delle istruzioni riguardo al denaro e anche l'indirizzo dei miei genitori, che vivono più vicino ad Harrow di quanto tu non lo sia a Liverpool e dove i ragazzi potranno andare durante le vacanze, se non potrai ospitarli.

I ragazzi sono molto turbati dagli eventi recenti e non hanno potuto salutare la madre, data l'imminenza della minaccia. Temo che Ellen potrebbe non perdonarmi per le mie azioni, perché li ho affidati a te senza il suo consenso, ma ti assicuro che l'ho fatto per la loro sicurezza. Colm Kittrick è un uomo pericoloso e il fatto che potrebbe portarli in segreto in Irlanda rappresenterebbe per Ellen e i ragazzi un destino peggiore del fargli frequentare la scuola ad Harrow.

In quanto miei figliastri, dovranno essere dei gentiluomini e crescere in uno stile degno di tale ruolo. Ad Harrow sarà possibile realizzare tutto ciò, e con te come loro tutore, sono sicuro che non saranno solo al sicuro, ma avranno anche un futuro di successo.

Scriverò di nuovo a breve. Ti prego di rispondere non appena i ragazzi saranno sotto le tue cure.

Con i più sinceri riguardi,

Il tuo amico,

Alistair Emmerson.

Luglio 1853, Sydney.

SI PASSÒ una mano sul viso e osservò i ragazzi che mangiavano. Ellen non sapeva che li stavano mandando da lui. Quanto doveva essersi sentita devastata, nel momento in cui le era stato riferito. Desiderò poterla tenere stretta, confortarla, e rassicurarla che avrebbe amato i suoi figli e che non sarebbe successo loro nulla di male.

'Una tazza di tè, signore?' Austin gli porse una tazza col piattino.

'Perfetto.' Rafe la prese e si sedette di fronte a loro. 'Ho letto la lettera di Alistair e lui ritiene che una buona istruzione sia importante per entrambi. Un'istruzione in Inghilterra.'

'Anch'io la penso così, signore.' Austin annuì con un'espressione di chiara determinazione negli occhi.

'Patrick?' Rafe lo sollecitò.

'Voglio tornare a casa, signore.'

'Beh, al momento non è possibile. Alistair desidera che

entrambi frequentiate Harrow. Credo che vostra madre voglia un'educazione adatta ai vostri ruoli in quanto figliastri di Alistair Emmerson. Dovete diventare entrambi gentiluomini e i gentiluomini devono ricevere la migliore istruzione possibile.'

Austin annuì. 'Te l'ho detto, Patrick, ti piacerà, una volta che ci saremo ambientati, proprio come ti piaceva la King a Parramatta.'

'Sì, ma lì potevamo tornare a casa da Mami… mamma. Ora siamo bloccati dall'altra parte del mondo. Lei non è a pochi giorni di distanza.'

'Il tempo passerà in fretta, Patrick,' Rafe cercò di rassicurare il ragazzo sconvolto. 'Le vacanze le trascorrerete o con me o con i genitori di Alistair, a seconda di ciò che preferite.'

'Non può riportarci a casa, signore?' Chiese Patrick.

Rafe pensò velocemente. 'A volte, in quanto uomini, dobbiamo prendere decisioni difficili. Perciò, vi propongo questo. Se frequenterete Harrow per un anno, ma non vi piacerà e sarete ancora profondamente infelici, allora vi riporterò in Australia.'

Austin fulminò Patrick con lo sguardo. 'Dobbiamo avere una buona istruzione. Ne abbiamo parlato sulla nave.'

'Posso andare a scuola a Parramatta. Non voglio restare in Inghilterra!'

'Smettila di comportarti da bambino, Patrick!' Sbottò Austin.

'Basta, ragazzi, per favore.' Rafe alzò la mano, quando sembrarono decisi a continuare a litigare. 'Così non va bene. Litigare e essere in disaccordo vi causerà solo risentimento. Siete fratelli e dovete sostenervi a vicenda. Austin, in quanto fratello maggiore, dovrai fare da guida a Patrick senza litigare, perché ciò non curerà la sua nostalgia.'

'Sì, signore.'

'E un'altra cosa. Credo che entrambi dovreste chiamarmi Rafe. Sono vostro amico. Mi prenderò cura di voi e voglio che siate felici. Chiamarmi signore mi fa sentire come se fossi il vostro insegnante o qualcuno di egualmente estraneo.' Sorrise, sperando di alleggerire l'atmosfera. 'E come vostro amico, voglio che ci godiamo il nostro tempo insieme. D'accordo?'

'Sì.' Austin sorrise.

'Patrick?'

'Sì.' Il ragazzo più giovane sospirò sommessamente.

Rafe accarezzò il ginocchio di Patrick. 'Finite il tè e poi disfaremo i vostri bagagli. Stasera usciremo a cena e poi andremo a teatro per festeggiare il mio compleanno. Questo non è forse qualcosa da attendere con ansia?'

Mentre i ragazzi mangiavano, Rafe andò nello studio e iniziò a scrivere ad Alistair. Avrebbe dovuto rompere la sua promessa di non scrivere mai più a Ellen, ma sapeva che lei avrebbe desiderato ricevere una lettera da lui riguardo ai ragazzi. La posta navale per la *Ira Grey* era aperta fino alle tre, poiché la nave sarebbe salpata per Sydney con la marea serale. Poteva scrivere una breve lettera a entrambi e inviarla sulla *Ira Grey*. Tre mesi dopo, Ellen avrebbe letto le sue parole, e ciò gli fece sentire un profondo desiderio di essere con lei.

Si fermò. Avrebbe dovuto riportare i ragazzi in Australia? Ellen li voleva probabilmente con sé. Oppure no? Se li avesse riportati indietro, li avrebbe messi di nuovo in pericolo? Kittrick aveva lasciato l'Australia? Osava rischiare quella minaccia? Dopotutto, Alistair li aveva mandati da lui per due validi motivi: essere al sicuro e ricevere una buona istruzione.

. . .

Cara Ellen,

Volevo rassicurarti che Austin e Patrick sono arrivati sani e salvi a Liverpool e sono con me. In questo momento, stanno gustando del tè e della torta nel mio salotto.

Non hanno sofferto alcuna malattia a bordo della nave e sembrano essere in ottima salute. Il capito Leonards si è preso cura di loro. Patrick sente la tua mancanza e posso capirlo. Austin è desideroso di iniziare la scuola.

Alistair mi ha chiesto di mandarli ad Harrow, anche se ha menzionato di averlo deciso senza il tu consenso. Li iscriverò ad Harrow e se supereranno la prova d'accesso, cosa di cui sono certo, con l'aggiunta di una generosa donazione alla scuola, avranno dei posti garantiti, non ne dubito.

Tuttavia, se in risposta a questa lettera mi consiglierai di riportarli da te, lo farò all'istante.

Fin quando non avrò tue notizie, farò tutto ciò che è in mio potere per renderli felici e prendermi cura di loro come se fossero figli miei.

Ora e per sempre,
Il tuo devoto amico,
Rafe Hamilton.

Rafe rilesse la lettera e si fece una pausa. Suonava distaccato. Non era ciò che Ellen avrebbe voluto da lui, non ora che le mancavano i ragazzi, e sperava anche lui. Accartocciò il foglio e lo gettò nel fuoco, poi ricominciò.

Mia cara Ellen,

Non riesco a descrivere l'assoluta sorpresa e gioia che ho provato nel vedere i ragazzi quando oggi sono arrivati a Liverpool. Sentendo la loro storia, ho improvvisamente avvertito quanto sarai stata scon-volta. Ti prego di prendere atto del fatto che sono in buona salute e che sono sotto le mie cure e spero che in ciò troverai conforto.

Voglio rassicurarti che mi prenderò cura di loro come se fossero figli miei, ed essendo tuoi, li amerò come tali.

Noterai che anche loro ti hanno scritto, cosa che senza dubbio ti regalerà molta gioia.

Ho fretta di spedire questa lettera insieme a quelle che i ragazzi hanno scritto, cosicché ti raggiungano il più rapidamente possibile, per mettere in pace la tua mente e il tuo cuore. Immagino che starai provando un grande dolore per non poter essere con loro, e per il fatto che siano così lontani da te, ma loro saranno sempre la mia priorità. Non ti darei mai motivo di credere che non li voglia qui con me.

Alistair desidera che vengano iscritti alla sua vecchia scuola e io mi assumerò questa responsabilità. Tuttavia, trascorreranno con me le vacanze, quindi non disperarti al pensiero che potrebbero mancare loro guida e affetto, perché li tratterò come se fossero figli miei.

So che ho un tempo promesso che non ti avrei mai più scritto, ma questa occasione era troppo importante per mantenere la parola. Dovevo assolutamente scriverti e rassicurarti.

Quanto desidero che fossi stata sulla nave con loro. Ti amo ancora disperatamente.

Con il mio più vivo e sincero amore e tutta la mia devozione,
Rafe.
Liverpool. Ottobre 1853.

Col cuore dolente, sigillò la lettera.

Ne scrisse una ad Alistair e la indirizzò al suo ufficio di Sydney, mentre quella per Ellen recava l'indirizzo di Emmerson Park, che aveva saputo da Alistair essere il luogo di residenza da lei preferito. Sapere che vivessero separati per la maggior parte del tempo gli dava una sensazione di acquietante gioia. Il pensiero che Alistair condividesse il letto con Ellen gli lacerava le viscere.

Un bussare alla porta lo salvò dai suoi pensieri tormentati. 'Sì?'

Austin entrò con Patrick al seguito. 'Pensavamo di salire a disfare i bagagli?'

'Va bene, sì, ma prima scrivete qualche riga a vostra madre. Posso spedire le lettere sulla *Ira Grey*, che partirà per Sydney questa sera. È una nave a vapore, oltre che a vela, ed è veloce. Ha fatto l'ultimo viaggio verso l'Australia in ottanta giorni. Ve lo immaginate?'

'Nei bagagli abbiamo delle lettere che abbiamo scritto durante il viaggio.' Patrick si ravvivò per la prima volta. 'Può inviarle per noi, signore?'

'Patrick, chiamami Rafe, e sì naturalmente le spediremo. Andremo subito, d'accordo?'

Un sorriso illuminò il volto del ragazzo e il cuore di Rafe si intenerì di amore per lui. 'Scrivete qualche riga qui e poi andremo.'

Mentre Patrick e Austin scrivevano ciascuno sul suo foglio di carta, Rafe indossò il cappotto e raccolse tutte le lettere. 'Quanto sarà felice vostra madre di ricevere questo pacchetto?' Rafe sorrise, tenendo in mano una gran quantità di lettere. I ragazzi dovevano aver scritto una ventina di lettere ciascuno durante il viaggio.

'Venite.' Li guidò fuori dalla casa. 'L'ufficio postale è a solo pochi isolati di distanza. Ricordo quando sono tornato dall'Australia dopo il periodo trascorso con tutti voi, avevo un mucchio di lettere ad attendermi, che vostra madre aveva scritto durante il vostro viaggio di andata. Forse domani avrete piacere a leggerle e rivivere il vostro viaggio verso l'Australia?'

'Sì, per favore.' Patrick sorrise a Rafe con totale fiducia e lui capì che non avrebbe mai potuto deludere quei ragazzi.

'Da quando sono tornato dall'Australia, avete avuto una sorellina?' Chiese lui, mentre camminavano nella nebbia.

'Lily. È molto piccola, solo una neonata,' Dichiarò Patrick.

'Com'è?' Chiese Rafe, domandandosi se la bambina fosse sua. Da quando Alistair gli aveva scritto comunicando l'entusiasmante notizia che Ellen era incinta e che aveva poi avuto una bambina, Rafe aveva calcolato le date e si era chiesto se la loro unica notte di passione fosse risultata in una figlia sua. Segretamente, sperava che fosse così.

'Assomiglia a mamma,' Disse Austin. 'Ha i suoi occhi sono azzurri, ma la mamma ha detto che gli occhi di tutti i neonati sono azzurri all'inizio.'

'Lily non ci riconoscerà quando torneremo a casa.' Le spalle di Patrick crollarono.

'Tua madre le ricorderà sempre dei suoi fratelli maggiori.' Rafe cercò di tirarlo su di morale e poi, mentre passavano davanti a uno studio fotografico, ebbe un'idea.

CAPITOLO SEI

Passeggiando per i giardini, Ellen ascoltava le chiacchiere dei suoi ospiti. Dopo una settimana di pioggia, il sole splendeva ora in un cielo azzurro limpido, permettendo alla festa in giardino di avere luogo. Il calore della giornata di novembre diede il sentore che l'estate fosse in arrivo, con le giornate che trascorrevano rapidamente. Ellen stava pianificando l'acquisto della prossima proprietà prima di Natale, in modo da evitare che i tempi della gravidanza glielo impedissero. Le sue ampie gonne nascondevano un po' la sua condizione, ma essendo al quarto mese, sapeva che presto sarebbe stato evidente.

'Signora Emmerson.' George Riddle e sua moglie le si avvicinarono, entrambi sorridendo ampiamente. 'Siamo rimasti incantati dai suoi giardini.' Disse. 'Non è vero, cara?'

'Lo siamo, signora Emmerson, e adoro le sue rose.'

'Allora in autunno dovrà prendere delle talee, signora Riddle.'

'Davvero? Molto gentile da parte sua.' La signora Riddle, con un grande cappello che le copriva la maggior parte del viso, alzò lo sguardo verso il marito. 'La nostra casa ha bisogno di un giardiniere più bravo di quello che abbiamo.'

'Rimedieremo, mia cara.' Il signor Riddle le accarezzò la mano che era poggiata sul suo braccio. 'Signora Emmerson, ha sentito che la proprietà degli Slater a Mittagong sarà messa all'asta?'

'L'ho sentito, sì.'

'Farà un'offerta?'

'Non ne sono sicura. Mio marito non è molto entusiasta all'idea. Pensa che le piccole aziende agricole non valgano l'investimento. Preferirebbe acquistare una proprietà a Sydney.'

'E qual è la sua opinione al riguardo?'

'La proprietà Slater è in buone condizioni. Il mio sovrintendente, il signor Thwaite, e io ci siamo recati lì la settimana scorsa, ma possediamo già una fattoria a Moss Vale, che mi piacerebbe ampliare, se riuscissi a comprare il terreno su entrambi i lati. Tuttavia, i proprietari sono restii a vendere al momento.'

'Lei ha acquisito la reputazione di una donna che sa come investire.' Disse il signor Riddle mentre passeggiavano lungo il roseto. 'Siamo rimasti tutti sorpresi quando ha acquistato i cinquecento acri a Marulan.'

'È stato un solido investimento.'

La signora Riddle fissò Ellen. 'Ho ragione a pensare che ha comprato la proprietà a Marulan senza che suo marito ne fosse a conoscenza?'

'Sì, ha ragione, signora Riddle. Alistair è ben felice che io faccia acquisti giudiziosi.'

'Ma cinquecento acri non sono esattamente un vestito o una lampada per la casa, vero?' Ridacchiò. 'George non mi permetterebbe mai di fare una cosa simile, né tantomeno io vorrei farlo.'

'Questo perché non hai occhio per gli affari, mia cara.' Il tono condiscendente di George fu evidente. 'Mentre la signora Emmerson è chiaramente in grado di trattare con gli uomini di affari.'

Ellen non era sicura del se la stesse insultando o lodando. 'Molte donne sono in grado di gestire affari, signora Riddle. Non dobbiamo lasciare che siano sempre gli uomini a divertirsi, vero?' Ellen forzò un sorriso. 'Scusatemi, credo che mi stiano cercando.'

Allontanandosi dalla coppia, Ellen si aspettava che sarebbe stata di nuovo al centro delle chiacchiere nei salotti. Beh, non le importava. Alistair diceva che se avesse continuato così, avrebbero avuto un impero e lei pensava che fosse una cosa meravigliosa, anche se lui voleva solo scherzare.

Notò che la signorina Lewis stava ridendo con Bridget e con un altro gentiluomo, un certo signor Harold Tanner, che possedeva una piccola fattoria nei dintorni. Riona chiacchierava con Augusta Ashford e suo fratello Gil, un uomo affascinante che a Ellen piaceva molto. Era un vero gentiluomo, acuto e dall'atteggiamento garbato. Ellen avrebbe gradito la presenza della sua adorabile moglie, Pippa, ma essendo in avanzato stato di gravidanza col loro primo figlio, si era scusata per non essere venuta.

Ellen era contenta che la sua cerchia di conoscenti nel distretto stesse crescendo, con persone che erano più aperte riguardo al suo passato rispetto alla gente di Sydney. Tuttavia, il suo coinvolgimento nell'acquisto delle proprietà causò molto clamore, anche se gli uomini della zona si stavano abituando a vederla partecipare alle aste per il bestiame insieme al signor Thwaite.

'Signora Emmerson, che deliziosa festicciola. Mi sto divertendo molto. Poco fa, la signorina Lewis ha suonato il pianoforte con una tale grazia.' La signora Ratcliffe, una donna anziana e corpulenta che, a causa della morte del marito, era diventata molto ricca, sedeva sulla veranda, assaporando dolci e tartine in gran quantità.

Ellen sorrise in risposta alla donna che aveva incontrato solo in poche altre occasioni a delle feste. 'Ne sono lieta.'

'Venga a sedersi qui accanto a me per un po' e mi racconti dei suoi ultimi affari.'

Ellen occupò il posto libero accanto alla donna. 'Dubito che allieteranno ulteriormente la sua giornata, signora Ratcliffe.'

'Cara ragazza, gli affari sono l'unica cosa che mi tiene in vita.' Rise fragorosamente, attirando l'attenzione su di loro. 'Sta avanzando un'offerta per la proprietà Slater?'

'No, non credo.' Ellen si lasciò quasi scappare una risata per il fatto di essere stata chiamata ragazza a trent'anni.

La signora Ratcliffe sollevò un sopracciglio. 'Ha un'ottima fonte d'acqua. Il ruscello che la attraversa è un valore aggiunto per il bestiame.'

'È vero, ma non credo sia abbastanza grande.'

'Ammetto che non siano i cinquecento acri che ha appena acquistato.' Gli occhi della signora Ratcliffe si socchiusero interrogativi sul suo viso rotondo. 'Lei mi piace molto. Credo che sia molto più intelligente di quanto la gente le dia credito.'

'Grazie.'

'Vedono una donna, non il suo cervello.'

'Bene, peggio per loro, signora Ratcliffe. Lasciamogli pensare che sia così, se li rende felici.'

'Ah. Non sono felici quando una donna li batte al loro stesso gioco. È ciò che faccio da anni.'

'Davvero?' Ellen diresse su di lei la sua completa attenzione.

'Mi dica, quale sarà il suo prossimo acquisto?' La signora Ratcliffe morse una crostata al limone.

'Chi dice che stia per acquistare qualcosa?' Ellen rispose evasiva.

La robusta donna rise di nuovo. 'Non mi inganna, signora Emmerson. Vedo la scintilla nei suoi occhi. Lei è uno spirito affine, cara ragazza. Le svelerò un piccolo segreto. Mio marito è diventato ricco grazie a me. Ricevetti del denaro da mio padre e lo investii saggiamente. Wilfred era un uomo intelligente, ecco perché l'ho sposato, e insieme abbiamo creato una fortuna. Vedo la stessa cosa in lei e suo marito.'

'Non tutti hanno la stessa prospettiva. Gli amici di mio marito a Sydney mi vedono come una cacciatrice di dote. Una povera vedova irlandese che ha conquistato lo scapolo più ambito della città.'

'Tsk. Non dia a quegli sciocchi di Sydney la soddisfazione di vederla abbattuta coi loro pettegolezzi. L'invidia può creare dei mostri.' La signora Ratcliffe annuì con aria saggia, finendo la crostata.

'Voglio solo provvedere ai miei figli.' Sentendosi a suo agio alla presenza della donna, Ellen si rilassò. 'Mi rifiuto di trascorrere il mio tempo a far nulla, quando posso darmi da fare per migliorare il nostro futuro.'

'Lei ha sposato un brav'uomo che gliene dà la possibilità. Non sono molti quelli che concederebbero una tale libertà nella gestione delle loro finanze. Mio marito mi manca ogni giorno, ma in qualche modo sono felice di avere di nuovo il pieno controllo.' Fece una pausa per prendere un morso di torta di mele. 'Comprerò la proprietà degli Slater perché si aggiunge e completa altre due proprietà che possiedo.'

'Qualcuno potrebbe fare un'offerta migliore.' Ellen sorrise.

La signora Ratcliffe scosse la testa, un'espressione accigliata negli occhi, nonostante il sorriso. 'No, non lo faranno.'

'Le prendo un'altra tazza di tè.'

'Grazie, cara. Oh, Ellen, posso chiamarti Ellen? Sono troppo anziana per perdere tempo con le formalità.'

'Certo.'

'Se mai avessi bisogno di parlare, vieni da me.'

Grata di aver trovato una nuova amica, Ellen fu commossa dall'offerta. 'Lo farò. Grazie.'

Mentre Ellen stava versando un'altra tazza di tè, Honor Duffy portò un'altra brocca di limonata al tavolo dei rinfreschi. 'Grazie, Honor. Gli ospiti sono assetati.'

Honor impilò alcuni piatti vuoti. 'Questo perché si stanno rimpinzando di cibo. Tavolate colme. Eppure, fino a poco tempo fa, stavamo tutti morendo di fame.'

'Non conoscono di certo la fame che noi abbiamo vissuto, ma non possiamo giudicarli per questo. Sii grata che ora ci troviamo nella terra dell'abbondanza.'

Le labbra di Honor si strinsero in una linea sottile.

'Sei felice qui, vero?' Chiese Ellen.

'Ho forse scelta?'

Sorpresa, Ellen aggrottò la fronte. 'Certo che ce l'hai. Non ti sto trattenendo qui contro la tua volontà. Se vuoi andar via, fai pure.'

'E causare un dispiacere a mio marito e alle mie figlie? A differenza tua, Ellen Emmerson, io metto la mia famiglia al primo posto.' Honor si affrettò verso la cucina.

'Cos'è successo?' Disse Alistar alle sue spalle.

'Alistair!' Ellen lo abbracciò. 'Quando sei arrivato?'

'Proprio ora.' Sorrise e la baciò. 'So che avevo detto che non ce l'avrei fatta, ma mi sei mancata e avevo bisogno di venire a trascorrere del tempo con te e tutti voi.'

'Resti troppo a lungo a Sydney,' Lo rimproverò dolcemente.

'Devo farlo per garantire che l'attività proceda al meglio, ma oggi non parliamo di affari. Sono a casa con te. Cosa potrei mai chiedere di più?'

'Vieni a salutare tutti. Ho passato la prima ora a spiegare alla gente che eri a Sydney. Ora penseranno che sono una gran bugiarda.'

Il carattere solare di Alistair donò nuova vita alla festa. Le chiacchiere e le risate si fecero più animate, e il vino e la birra scorsero fino al pomeriggio inoltrato. Quando finalmente l'ultimo ospite se ne andò, mentre il sole stava scivolando dietro gli alberi, Alistair condusse Ellen nello studio.

'C'è qualcosa che non va?' Chiese Ellen, desiderando sedersi. Sbadigliò per via della stanchezza.

'No, niente affatto. Tuttavia, ho qualcosa da discutere con te.'

'Oh?'

'Ho sentito di una grande proprietà in vendita a nord di Goulburn Plains. Una fattoria di pecore. Diecimila acri, con un cottage, delle stalle, un capannone per la lana e un ruscello.'

'Non ne ho sentito parlare e tra me e il signor Thwaite, veniamo a conoscenza della maggior parte di questi affari.'

'Non è ancora una notizia di dominio pubblico, cara. Roger Maxwell, il gioielliere di Castlereagh Street, me ne ha parlato quando mi sono fermato per far riparare l'orologio. È venuto a saperlo dal proprietario stesso, un certo signor James Miller, che era andato da lui per vendere alcuni gioielli della sua defunta moglie. È morta di parto e lui, Miller, sta tornando in Inghilterra col suo bambino.'

'Che tragedia.'

'Infatti. Ma una volta sentita questa notizia, ho pensato che forse dovremmo visitare la proprietà.'

'Perché se così interessato? Di solito non ti piacciono le fattorie di pecore.'

'È vero. Eppure qualcosa mi dice che questo è un eccellente investimento. Miller ha migliaia di pecore a Merino. La lana di Merino è molto apprezzata e ricercata in Inghilterra. Lo so bene, ne ho esportata abbastanza. Avere una fattoria nostra sembra una buona mossa.'

'Te l'avevo già detto.' Gli lanciò uno sguardo severo. 'Non eri interessato al tempo. Quando ho comprato i cinquecento acri a Marulan, non ne eri entusiasta. Dicevi che era troppo per noi da gestire e che non sapevamo nulla sull'allevamento di pecore.'

'Che sciocco sono stato.' Sorrise. 'Ma in realtà, da allora ho fatto più ricerche e parlato con degli amici che si stanno muovendo allo stesso modo a nord del Paese. Stanno accumulando una considerevole ricchezza. Naturalmente, c'è la siccità di cui preoccuparsi, ma finché ci saranno fonti d'acqua sulla proprietà, dicono che l'allevamento di pecore sia un investimento sensato.'

L'eccitazione crebbe in Ellen. 'Possiamo permettercelo?'

Alistair si spostò dietro la scrivania grattandosi la testa. 'Beh, sarà una spesa considerevole. Questo è un affare molto più grande di quello di Marulan. Dovremo trovare un sovrintendente adatto al lavoro. Credo che i guadagni ci saranno, ma la spesa potrebbe lasciarci un po' a corto di finanze fino a quanto la prossima tosatura di lana non sarà venduta o la spedizione del prossimo carico non sarà annunciata. Non sono previste navi per almeno un mese.'

'Allora ipotechiamo alcune delle proprietà. Le case a schiera a Balmain?'

'Proprio quello che ho pensato. Avranno un valore più alto della fattoria di Moss Vale o della proprietà di Kangaroo Valley.'

'Quindi facciamolo.'

Lui sorrise affettuosamente. 'Cara, dobbiamo prima visitare il posto.'

'Allora partiamo domani.'

'Ma sono appena arrivato.'

'Sì, ma se la voce si sparge, non saremo gli unici a fare un'offerta.' Pensò alla signora Ratcliffe. 'A volte, dobbiamo fare la prima mossa e rischiare.'

'Cosa sei diventata?' Rise lui, avvicinandosi per abbracciarla.

'La tua socia in affari.' Alzò le sopracciglia per sfidarlo a contraddirla.

'Che moglie che ho! Mi sei mancata, cara.' I suoi occhi brillavano di amore.

Il cuore di Ellen batté forte. Voleva renderlo felice. E anche se non era in grado di amarlo tanto profondamente quanto lui amava lei, poteva comunque dargli qualcosa di speciale. 'Ho qualcosa da dirti.'

'Oh? Non avrai comprato un'altra proprietà, vero? Ancora non riesco a credere all'acquisto di Marulan.'

Scosse la testa e rise. 'No, gradirai questa notizia molto di più.'

'Sono intrigato.'

'Avrò un bambino.'

Gli occhi verdi di lui si spalancarono. 'Un bambino!'

'Sì. Dovrebbe nascere intorno ad aprile.' Sorrise, nonostante la sensazione di sconforto al pensiero che sarebbe presto rimasta intrappolata nella tenuta.

Lui la strinse forte al petto. 'Mia cara. Che notizia meravigliosa! Forse sarà maschio?'

Lei gli sorrise. 'Mi piacerebbe darti un figlio per tutto ciò che hai fatto per me e la mia famiglia.'

'La tua famiglia è la mia famiglia, cara. Non ho bisogno che mi ringrazi, ma solo che mi ami.'

'Spero che non rimarrai deluso se sarà una femmina?'

Lui si inclinò all'indietro e la guardò dall'alto. 'No, assolutamente no. Ma un maschio sarebbe comunque bello.' Poi si accigliò. 'Sei incinta, quindi il viaggio verso Goulburn sarebbe troppo per te. Andrò io con Thwaite.'

'Oh, no. Verrò, Alistair, e non provare a fermarmi! Ho viaggiato fino a Marulan e giù per la montagna fino alla Kangaroo Valley quando ero già incinta.'

Lui indietreggiò. 'Da quando sei incinta?'

'Quattro mesi.'

'Allora perché hai intrapreso questi viaggi mettendoti a rischio?'

Lei gli rivolse uno sguardo risoluto. 'Non c'era alcun rischio. Non soffocarmi e smettila di guardarmi come qualcosa di fragile! Sono stata incinta cinque volte e ogni volta, tranne che quando ero in attesa di Lily, ho lavorato la terra fino a un momento prima delle doglie. Non sono una ragazzina delicata, Alistair, come le mogli dei tuoi amici.'

'Preferirei comunque che rimanessi a casa.'

'No.' Lo affrontò alzando il mento. 'Non costringermi. Non lo permetterò. Sai che non è nella mia natura.'

'Molto bene.' Sospirò lui pesantemente. 'Non discuterò con te quest'argomento, non quando mi hai reso così felice. Però sarò preoccupato tutto il tempo.'

'Perché dovresti? Ho già avuto cinque bambini senza alcuna

complicazione. Sono sicura che questo non sarà diverso. Andrò a comunicare a Riona i nostri piani di partire domani mattina.' Lasciò lo studio per cercare sua sorella, desiderando di non aver detto ad Alistair del bambino fino al loro ritorno.

* * *

Seduta nel calesse, Ellen guardava le pianure ondulate intorno a sé e le aspre colline in lontananza. Il sole splendeva tra le nuvole grigie e piatte, mentre i corvi gridavano dalle alte fronde degli alberi di eucalipto.

'Guarda, un'aquila.' Alistair, alla guida di Betsy, indicò il maestoso uccello che cavalcava le correnti d'aria in alto sopra di loro.

'Il territorio è bellissimo da queste parti,' Mormorò Ellen. Basso all'orizzonte, un grande stormo di cacatua bianchi, volando in gruppo, creava una nuvola a sé stante.

Erano partiti dalla locanda di Marulan all'alba, dopo esservi arrivati in tarda nottata la sera precedente. Prima di raggiungere Marulan, si erano fermati alla fattoria che Ellen aveva comprato un mese addietro e avevano rifornito la capanna con prodotti per l'operaio che sorvegliava il bestiame.

'Un po' troppo arido per i miei gusti.' Alistair si guardava intorno. Un piccolo gruppo di canguri brucava alla base di una collina alla loro destra.

'Questo perché tu sei un gentiluomo di città,' Lo prese in giro Ellen. 'Non avresti mai apprezzato la mia terra a Mayo. Campi coperti di rocce e colline spoglie fino al mare, con pochissimi alberi.'

'È vero, preferisco di gran lunga la città alla campagna.'

'Cosa preferisce lei, signor Thwaite?' Domandò Ellen, mentre lui cavalcava accanto al calesse.

'Sempre la campagna, signora Emmerson. In città, non risco a respirare… Troppa gente.'

'Sono d'accordo.' Alzò il viso verso il sole. Il cielo sembrava così vasto su quelle distese pianeggianti.

'Questa è un'ottima terra per le pecore, signor Emmerson,' Osservò il signor Thwaite, togliendosi il cappello per passarsi le dita tra i capelli.

Alistair annuì. 'Sembra di sì.'

'La strada non è nemmeno troppo male. Potremmo attraversarla con dei carri trainati dai buoi.' Il signor Thwaite si rimise il cappello e salì in sella, una mano poggiata sulla coscia. 'Speriamo solo che piova abbastanza.'

Procedettero per qualche altro chilometro, lasciandosi alle spalle le distese pianeggianti e seguendo il sentiero attraverso un'ampia valle circondata da altre colline. In lontananza, una catena montuosa coperta di alberi si innalzava su entrambi i lati della valle.

'Dall'altra parte della montagna inizia Goulburn Plains, signor Emmerson,' Disse Thwaite.

'Dobbiamo prendere la mappa, cara,' Alistair istruì Ellen.

Ellen estrasse la mappa dal sacco e guidò Alistair fuori dal sentiero, attraverso i campi aperti a nord-ovest del piccolo villaggio di Goulburn.

Oltrepassarono un ruscello stretto e procedettero per un'altra mezz'ora, finché non trovarono un sentiero battuto e si diressero verso nord.

Ellen notò un gruppo di uomini a cavallo che stava approcciando. Quando furono vicini, il cavaliere in testa, che indossava un fazzoletto rosso, la fissò dritta negli occhi. Tirò appena il cavallo, rallentando abbastanza da poterla scrutare, poi lo spinse nuovamente al galoppo.

Ellen sentì il cuore batterle forte in petto. Potrebbe essere? Sicuramente no… Il fazzoletto rosso! Seppe istintivamente che si trattava del bushranger irlandese che li aveva derubati due anni prima. Si girò sul sedile per guardare gli uomini che si allontanavano, sperando che non tornassero indietro.

'Vedo una capanna più avanti.' Alistair si accigliò. 'Quegli uomini venivano da lì? Spero non si tratti di Miller e che non abbiamo appena perso la nostra opportunità di parlargli. Oppure stavano cercando di comprare la proprietà prima che noi potessimo fare un'offerta.'

'Lo scopriremo presto.' Scossa, Ellen scese dal calesse senza attendere l'aiuto di Alistair.

Un uomo uscì sul portico della capanna. 'Benvenuti. Vi siete persi?'

'Buongiorno. Lei è il signor Miller, immagino?' Alistair si avvicinò per stingergli la mano.

'Sì, sono io.'

'Io sono Alistair Emmerson, loro sono mia moglie e il mio sovrintendente, il signor Thwaite.'

'Come posso aiutarvi?'

'Ci è giunta notizia che la sua proprietà è in vendita, signor Miller,' Disse Alistair.

'Davvero?' Miller, un uomo sulla quarantina con il viso molto abbronzato e un paio di lunghi baffi, li invitò a entrare. I suoi abiti erano sporchi, così come la sua capanna. C'erano vestiti appesi a dei ganci lungo le pareti o gettati su degli sgabelli. Piatti e pentole sporchi riempivano i secchi, attirando mosche. Gli occhi di Ellen impiegarono qualche secondo ad abituarsi all'oscurità, poi notò immediatamente una culla in un angolo. Un bambino stava piangendo. 'Posso?' Chiese a Miller.

'Sì. Un tocco femminile potrebbe calmare il piccolo, perché non fa altro che piangere.'

Ellen sollevò il bambino, che le sembrò avere circa due mesi. Aveva il pannolino bagnato, così lo adagiò sul letto e lo cambiò.

'Sto cercando di vendere, sì,' Disse Miller, mettendosi accanto a Ellen. 'Devo portare questo piccoletto in Inghilterra da mia sorella. Mia moglie è morta dandolo alla luce e non posso fare l'agricoltore e la mamma allo stesso tempo.'

'Possiamo dare un'occhiata in giro?' Chiese Alistair. 'Siamo interessati. Al giusto prezzo.'

'Certo. Vi mostrerò il posto.'

Ellen li seguì fuori, portando con sé il bambino, che aveva un aspetto debole e smagrito.

'Abbiamo incrociato alcuni uomini poco fa. Anche loro stanno avanzando un'offerta per la fattoria?' Chiese lei, anche se sapeva non fosse così.

'No, sono solo un gruppo di uomini in cerca di lavoro.' Miller incrociò il suo sguardo e abbassò il bordo del cappello. 'Da questa parte.'

Ellen sapeva che stava mentendo, ma forse si stava solo tutelando. Rimase in silenzio, mentre Alistair e Thwaite ponevano all'uomo alcune domande sul bestiame, sul pascolo e sulla fornitura d'acqua.

Tenendo il neonato in braccio mentre si addormentava, Ellen non poté fare a meno di pensare che presto avrebbe fatto lo stesso col suo bambino. Sembrava essere passato pochissimo tempo da quando aveva dato alla luce Lily e ora un altro figlio sarebbe presto arrivato nella loro famiglia.

Alistair si fermò e si voltò verso Ellen. 'Cosa ne pensi?'

'Mi piace quello che ho visto.' Ellen osservò i campi circostanti che Miller aveva arato con grano e ortaggi. Una piccola stalla e un cortile ospitavano il suo cavallo e una mucca da latte con un vitello; più in là, i campi si estendevano pianeggianti fino a raggiungere la base di una catena di colline. Non c'erano alberi nelle vicinanze e la desolazione del luogo colpì Ellen.

Improvvisamente, notò una croce in un'area recintata poco distante dalla capanna. Era lì che Miller aveva seppellito sua moglie. Ellen fissò la croce per alcuni istanti, pensando a Thomas, suo figlio sepolto in Irlanda.

'Il ruscello è in fondo al campo, dietro la capanna,' Disse Miller, interrompendo i pensieri di Ellen, mentre indicava un punto alla loro sinistra. 'Mia moglie ha coltivato un buon quantitativo di ortaggi per la nostra tavola. Siamo qui da cinque anni e l'acqua non ci è mai mancata. Il corso d'acqua è stato molto basso per un paio d'estati, ma mai completamente asciutto.'

'E più in là?' Domandò Thwaite. 'Le pecore sono in buona salute?'

'Possiamo andare a ispezionarle, se volete.'

Ellen notò le ceneri di un falò vicino al campo adiacente alla stalla. Bottiglie vuote erano sparse accanto a tronchi adibiti a sedili. Osservando più attentamente, notò una pipa in terracotta e delle ossa di carcasse. Guardò verso sud, nella direzione verso cui gli uomini avevano cavalcato. Pensò che si fossero trattenuti lì.

'Quegli uomini, signor Miller. Sono rimasti qui?' Indicò il falò.

'Sì, signora Emmerson, si sono trattenuti.'

'Sa chi sono?' Si sistemò meglio il bambino tra le braccia.

Lui sospirò e si strofinò il mento ispido. 'Lei lo sa?'

'Sì.'

'Ellen?' Alistair divenne improvvisamente interessato. 'Cosa c'è che non va?'

'Il signor Miller ha ospitato qui dei bushranger. Gli stessi che ci hanno derubato un paio d'anni fa. Eddie Patterson e la sua banda.'

Allarmato, Alistair si rivolse a Miller. 'È la verità?'

'Sì. Sono arrivati ieri. All'inizio, non sapevo chi fossero. Non ho nulla di valore, tranne il mio cavallo e la mucca. Non sono stati in grado di radunare le mie pecore. In ogni caso, essere stato amichevole potrebbe aver salvato non solo il mio bestiame, ma anche la mia stessa vita. Volevano solo del cibo. Il bambino piangeva, e Patterson ha detto che avevo già abbastanza da gestire. Mi aspettavo che prendesse il mio cavallo stamattina, ma non l'ha fatto.'

'Avrebbe dovuto denunciarli!' Alistair disse incredulo.

'Non mi hanno fatto del male. In realtà, Patterson si è occupato del bambino per circa un'ora per concedermi un po' di riposo e abbiamo mangiato insieme della carne di canguro. Patterson l'ha persino allattato. A dire il vero, sembravano piuttosto esausti.'

'Sono dei *ricercati*!' Sbottò Alistair.

'Torneranno?' Chiese Ellen, senza sapere come sentirsi riguardo a Eddie Patterson. Era un criminale ma c'era tuttavia qualcosa in lui che la intrigava.

'Non credo,' Rispose Miller, col volto stanco e le spalle cadenti. 'In verità è stato piacevole avere un po' di compagnia. Qui non c'è stato nessuno per mesi, da quando mia moglie è morta. Sono andato a Sydney una sola volta in tutto questo periodo, il che è stato molto difficile con un neonato.'

'Posso immaginarlo.' Ellen provò compassione per lui. Ciò che la affascinava di più era che Eddie Patterson non avesse fatto del male a quell'uomo, quando invece avrebbe potuto farlo facilmente, dato che Miller era vulnerabile avendo un neonato con sé ed essendo del tutto solo in quel posto. Patterson aveva avuto la possibilità di derubare Miller di tutto ciò che possedeva, ma non l'aveva fatto. Era davvero così crudele come la gente pensava?

Miller fissò la croce di legno all'estremità della tomba. 'Sarà difficile lasciarla… Era una brava moglie, e l'ho amata. Avevamo tanti piani per questa fattoria. Mariah voleva darmi dei figli in salute… Non voglio lasciarla… Ma devo fare ciò che è meglio per Thomas.'

Ellen trasalì. 'Thomas?'

'Sì.' Miller toccò la guancia del bambino. 'Thomas è tutto ciò che mi resta. Non posso prendermi cura di lui da solo qui.'

Guardando quel bambino fragile tra le sue braccia, un bambino che portava lo stesso nome del suo amato figlio perduto, Ellen sentì il bisogno di piangere. 'Qual è il prezzo di questa proprietà?' Chiese a Miller.

Lui lo comunicò ed Ellen allungò la mano. 'Affare fatto.'

'*Ellen*, non ho ancora deciso,' Sbottò Alistair.

'*Io* ho deciso per entrambi.' Ellen lo fissò con sguardo deciso. 'Il signor Miller deve tornare in Inghilterra per suo figlio.'

'Ellen, non abbiamo ancora visto le pecore!' La voce di Alistair si alzò per l'irritazione.

'Non ho bisogno di vedere le pecore. Mi fido del signor Miller.'

'Sei impazzita?' Alistair era furioso.

'Mi fido del mio istinto, Alistair. È ciò che si fa con gli affari.' Sorrise a Miller. 'Ci prenderemo cura della tomba di sua moglie.' Fece un cenno a Miller e tornò nella capanna insieme a Thomas, con le lacrime che le scivolavano dalle ciglia.

Forse stava agendo irrazionalmente a causa della gravidanza, ma qualcosa le diceva che quel posto era speciale. Il suo Thomas era stato derubato della vita, ma questo Thomas avrebbe avuto la possibilità di essere felice. Se lei poteva giocare un ruolo in tutto ciò, allora, in qualche modo, avrebbe potuto risollevare un po' il suo animo gravato dal peso di aver perso il suo bambino.

Alistair la seguì nella capanna. 'Ne sei sicura?'

'Completamente.'

'Guardò il bambino tra le sue braccia. 'Non avrei mai pensato che avresti preso una decisione di affari basandoti sulle tue emozioni.'

Si fermò per mettere il bambino nella culla, mentre lui cominciava a lamentarsi.

'A volte so semplicemente quando fare qualcosa. Non so il perché. Semplicemente, so quando è giusto, e questo è giusto.'

'Perché suo figlio si chiama Thomas come il tuo?'

'No, va ben oltre.' Ripose il bambino nella culla e uscì dalla capanna con Alistair. Si fermò e guardò la vasta distesa delle secche pianure erbose tutt'intorno.

'Questo posto è ciò che immaginavo quando ho intrapreso il viaggio verso questo Paese. Campi di erba e colline lontane.'

'Stai dicendo che Emmerson Park non è all'altezza?' Chiese incredulo.

'No…' Sospirò. 'Non capisci.'

'No, non capisco. Hai una casa magnifica e dei giardini per i quali molti ucciderebbero.'

'Emmerson Park è bellissimo, e lo adoro, certo che lo adoro, ma tutto ciò che rimane da fare è guardare gli alberi e i giardini crescere.'

'E cosa c'è di sbagliato in questo?'

'Non è abbastanza, Alistair. Io non sono come le altre

donne. Non voglio trascorrere le mie giornate a ricevere ospiti e a fare visite di cortesia, a sistemare i menù per la cena della settimana o partecipare a riunioni su come raccogliere fondi per il tetto della chiesa.'

'Sei una moglie e una madre. La tua principale preoccupazione è quella di crescere i nostri figli.'

'Ma sono anche me stessa, Ellen O'Mara, poi Ellen Kittrick, la ragazza di Mayo che lavorato una vita intera. Questo è ciò che sono, Alistair. Ho bisogno di tenermi occupata. Il mio cervello ha bisogno di continuare a lavorare.'

'Ti lascio carta bianca per fare esattamente ciò che vuoi.' Sembrava stanco. 'I miei amici ridono di me. Sono una barzelletta a Sydney. L'uomo la cui bellissima moglie preferisce vivere in campagna piuttosto che stare al suo fianco.'

'E il fatto che io viva in campagna ti ha reso ancora più ricco.'

'Non è sempre una questione di denaro, Ellen. Sono già abbastanza ricco.'

'Non si è mai abbastanza ricchi,' Rispose lei sarcastica.

'Non sei più in Irlanda. Qui non c'è pericolo di cadere in povertà o di rimanere senza casa e cibo. Questa non è l'Irlanda. Devi lasciarti il passato alle spalle.'

'L'ho fatto.'

'Davvero? Non ti credo.' Si strofinò il viso con le mani. 'Non posso competere con i tuoi fantasmi.'

Il cuore le si sciolse in petto alla vista della sua angoscia. 'Mi dispiace, Alistair. Non voglio essere così complicata.'

'È vero che non ti capisco del tutto.' Le fece un sorriso ironico. 'Suppongo che sia per questo che ti amo così profondamente. Sei diversa da qualsiasi donna abbia mai conosciuto.'

Lei abbassò la testa, desiderando di poterlo amare tanto quanto lui amava lei.

Alistair guardò nella direzione in cui Thwaite e Miller stavano parlando nei pressi della stalla. 'Andremo a Goulburn con Miller e concluderemo la vendita. Dovremo passare la notte lì perché non so quanto tempo ci vorrà per concludere la transazione. Abbiamo bisogno di testimoni che supervisionino l'accordo.'

'Io rimarrò qui con Thomas. Tu e il signor Miller potete andare a Goulburn.'

'No. Non puoi rimanere qui sola di notte.'

'Il signor Miller preferirà non portare il bambino a Goulburn.' Ellen intrecciò un braccio con quello di Alistair. Lui si irrigidì, prima di lasciarsi andare a un profondo respiro, accarezzandole il braccio.

Ellen inclinò la testa verso di lui. 'Offrigli un pasto, Alistair, l'uomo sembra stremato. Io starò bene. Il signor Thwaite rimarrà con me.'

'Voglio che Thwaite vada sulle colline a ispezionare le pecore.' Alistair fece cenno a Thwaite di unirsi a loro.

'Può farlo e poi tornare alla capanna questa sera.' Ellen sorrise a Miller e gli spiegò i loro piani. 'Lei è d'accordo, signor Miller? Ovviamente, la scelta sta a lei.'

'Rimarrete qui a prendervi cura di mio figlio mentre io sarò a Goulburn?'

'Lo farò.'

'Grazie.' Una sensazione di sollievo trapelò dal suo viso. 'Dormirò una notte intera per la prima volta da mesi.'

Entro breve, Ellen vide Alistair e Miller partire sul calesse, e il signor Thwaite cavalcare in direzione del gregge di pecore.

Ellen rimase a osservare i suoi terreni. Una sensazione di euforia la pervase. Aveva finalmente trovato un luogo dove si sentiva a casa. Quel terreno arido e vasto non somigliava per niente al rigoglioso verde irlandese, ma aveva una selvaticità che le ricordava la sua terra natia. Avrebbe potuto camminare per quei terreni per giorni, senza incontrare anima viva.

Dopo aver controllato che il bambino dormisse, si diresse sul retro della capanna, verso la tomba. Il sole splendeva in un cielo limpido e i corvi chiamavano da qualche parte sulle colline, dove si ergevano eucalipti e acacie.

La croce di legno dipinta di bianco era scolpita in modo rudimentale

Qui giace
Mariah Miller
1828 – 1853
Moglie e madre adorata

ELLEN SI INGINOCCHIÒ e strappò le erbacce che crescevano alla base della croce. 'Tuo marito e tuo figlio stanno bene, Mariah. Riposa in pace.'

Allontanatasi dalla tomba, camminò fino al ruscello. L'acqua scorreva abbondante, limpida e profonda circa mezzo metro in certi punti. Più avanti, il ruscello fluiva intorno a una sporgenza rocciosa e a quello che sembrava un vecchio ceppo d'albero. In quel punto, il corso d'acqua creava una fossa, ed Ellen pensò che quello doveva essere il luogo in cui Miller raccoglieva l'acqua, dato che una corda era legata al ceppo per evitare che il secchio galleggiasse via.

Ritornata alla capanna, Ellen prese una brocca e andò a mungere la mucca, che muggì improvvisamente, rompendo la quiete. Intenzionata a raccogliere abbastanza latte da poter nutrire il bambino e aggiungerne un po' a una tazza di tè, Ellen si chinò sotto la mucca e iniziò a mungere, un compito che non svolgeva da quando aveva lasciato l'Irlanda diversi anni addietro. Il semplice piacere di fare qualcosa di utile le diede grande soddisfazione.

Tuttavia, nutrire il piccolo Thomas si rivelò tutt'altra questione. La piccola bocca del bambino faticava a succhiare il ciuccio della bottiglia di vetro. Era più il latte che gli scivolava sul mento che quello che fluiva nella sua bocca.

'Santo cielo, piccolo, ti stai affamando da solo.' Ellen adottò una posizione migliore sul letto e riprovò. Dopo vari tentativi e pause di qualche minuto, finalmente un paio di once di latte gli entrarono nello stomaco. Sistematasi il bambino sulla spalla, aggiunse della legna al piccolo forno situato nell'angolo e mise una pentola d'acqua a bollire.

'Hai bisogno di un bagno, giovanotto. Non emani un odore tanto gradevole.' Non le sfuggì il fatto che si stesse occupando del bambino di un estraneo, mentre a casa aveva due figlie che la attendevano, ma ne sarebbe valsa la pena. Avrebbe trasformato quella capanna in una vera casa per Bridget e Lily. Quella fattoria sarebbe stata il luogo dove sarebbero potute venire a liberarsi dal vincolo del dover crescere da signore. Anche Patrick l'avrebbe apprezzata. Avrebbe cavalcato il suo cavallo per chilometri.

Improvvisamente, il familiare dolore della mancanza dei suoi ragazzi la colpì al petto. Si irrigidì, cercando di combattere quella sofferenza. Quando le capitava di trascorrere qualche momento tranquillo, la sua mente tornava a loro, e per questo aveva bisogno di tenersi occupata. Quella proprietà sarebbe diventata il suo nuovo progetto. C'era molto da sbrigare, e lo avrebbe fatto per i suoi ragazzi. Un giorno, tutto ciò sarebbe stato loro.

Una volta lavato e vestito il bambino e dopo che si fu addormentato, Ellen preparò una tazza di tè con delle foglie che sembravano essere già state usate. Ancora una volta, le venne in mente il debole tè insapore che erano soliti bere in Irlanda, quando la carestia aveva colpito. Le tornarono alla mente tutti quelli che aveva lasciato nella sua terra natia, le persone con cui un tempo viveva e che non avrebbe mai più rivisto. Come se la stavano cavando? Kathleen, la cameriera della tenuta Wilton, era ormai sposata? Non scriveva mai al personale della tenuta, né al signor Wilton, ormai da un anno. Avrebbe dovuto rimediarvi, una volta tornata a Berrima.

Servendosi delle ultime luci del giorno, Ellen spazzò il pavimento della capanna e rassettò gli oggetti di Miller cercando di trovarvi un ordine. Riempì due secchi d'acqua e lavò i piatti e le pentole. In una dispensa, trovò del pane di soda cotto sul fuoco e ne tagliò una fetta, spalmandoci sopra un velo di marmellata di fragole.

Si fermò sulla soglia e osservò il tramonto dietro le colline. Mezz'ora dopo, il signor Thwaite fece ritorno, e smontò da cavallo di fronte alla capanna.

'Sono in buone condizioni?' Gli chiese.

'Non male. Ho visto un buon numero di agnelli. Il gregge è sparso ovunque, fino alle colline. Avremo bisogno di uomini per radunarli e contarli.'

'Un buon investimento, allora?'

'Sì, signora Emmerson. Un investimento solido. Ottimi pascoli e un bel gregge di pecore.' Si guardò intorno. 'Servirebbero più edifici. Se ha intenzione di aumentare il gregge, ci vorranno un capanno più grande per la tosatura e dei recinti adeguati. Non so come abbia fatto il signor Miller senza recinti, a meno che non ne avesse di improvvisati.'

'Trasformeremo questo posto in una grande stazione di allevamento, signor Thwaite. Le affido la gestione del luogo.'

Gli occhi di lui si spalancarono per la sorpresa. 'E Emmerson Park e le altre proprietà?'

'Lei è più necessario qui.'

'Sì, beh, se è ciò che desidera, signora Emmerson.' Rivolse lo sguardo in basso verso i suoi stivali, pensieroso.

'Abbiamo lavorato bene insieme a Emmerson Park, vero?' Cercò di incoraggiarlo, cercando di comprendere il suo improvviso cambio d'umore.

'Sì, signora.'

'Possiamo farlo di nuovo qui.'

'Sì.'

'Non è contento dell'idea di diventare il responsabile del luogo?'

'Non molto, signora. Non da solo. Mi piace stare con la famiglia a Emmerson Park. Prima del suo arrivo, ho trascorso anni da solo a occuparmi di animali. Mi piace avere compagnia.'

'Oh, capisco. Bene, non prenderemo decisioni affrettate, allora. Forse ne potremo parlare meglio più tardi.'

'Molto bene, signora. Meglio che monti la tenda, prima che faccia buio.'

'Preparerò qualcosa per cena, anche se non so cosa.'

'Agnello arrosto?' Thwaite sorrise.

CAPITOLO SETTE

'È bello essere a casa.' Disse Alistair, mentre attraversavano i cancelli di Emmerson Park, tre giorni dopo.

Ellen strizzò gli occhi per il sole che, abbassandosi all'orizzonte, filtrava attraverso gli alberi. 'Sarà un piacere dormire nel nostro letto.'

Stare seduta in carrozza fin dall'alba l'aveva stancata. Erano partiti dall'osteria di Marulan prima del sorgere del sole, desiderosi di fare rientro a casa quel giorno stesso. La fattoria del signor Miller apparteneva ora a loro, ed Ellen aveva aiutato Miller a preparare i suoi effetti personali e a mettere lui e il piccolo Thomas su una carrozza che partendo da Goulburn, avrebbe dato inizio al loro lungo viaggio di ritorno verso l'Inghilterra.

'Riona ha invitato ospiti?' Domandò Alistair, indicando una serie di carrozze accanto alla casa e alcune donne in piedi tutt'intorno.

'Non che io sappia.' Ellen gemette internamente. Non aveva voglia di intrattenere ospiti. Il viaggio l'aveva stremata.

Quando si avvicinarono alla casa, i gruppi si diradarono e le persone iniziarono a correre verso di loro. Betsy si spaventò per l'agitazione.

Lo stomaco di Ellen si contrasse. Riona stava piangendo, con la signorina Lewis che la consolava. Scendendo dalla carrozza, il cuore di Ellen si strinse per l'angoscia. 'Cos'è successo?'

Riona corse verso Ellen. 'Bridget è scomparsa!'

'Scomparsa?' Ellen serrò le mani. Un brivido di paura le attraversò il corpo. 'Raccontami tutto.'

'Era fuori a cavalcare con Douglas stamattina presto. Douglas è tornato perché un ferro di Pepper si era staccato. Bridget ha detto che sarebbe andata al fiume e che sarebbe tornata subito, ma non è ancora rientrata.'

'Da quanto tempo è via?' Chiese Alistair, esigendo una risposta.

'Dalle otto di questa mattina.' Riona si asciugò gli occhi.

Alistair tirò fuori il suo orologio da taschino. 'Sono le dieci e dieci. Nove ore.'

Moira, che stava dietro a Riona, fece un passo avanti. 'Ho mandato tutti gli uomini a cercarla.'

Riona strinse le mani di Ellen. 'Quando non era ancora tornata dopo un'ora, Douglas l'ha cercata lungo tutto il fiume, ma non ha trovato traccia di lei. Poi è andato a Berrima e ha parlato con la polizia. Hanno mandato due uomini che stanno cercando insieme agli operai della tenuta. Douglas ha anche cavalcato fino alle proprietà dei nostri vicini, chiedendo aiuto.'

'Se fosse caduta nel fiume, Princess sarebbe già tornata a casa,' Disse Alistair, le sue parole pesanti nell'aria.

Ellen fissò la valle e il nastro d'acqua che la attraversava. Un freddo presentimento la travolse. 'Colm ha preso Bridget.'

'No!' Gli occhi di Riona si spalancarono. 'Non può essere stato lui. È sparito da mesi. Probabilmente è tornato in Irlanda.'

'È lui ad averla.' Ellen lo sentiva col suo istinto di madre. Si rivolse ad Alistair. 'Corri a Sydney. La porterà in Irlanda per punirmi. Controlla le liste delle navi.'

Riona emise un gemito straziante.

'Non ne siamo sicuri,' Disse Alistair, mentre uno sguardo di dolore gli attraversava gli occhi. 'Potrebbe essersi persa nelle foreste dopo aver cavalcato troppo lontano, non sapendo più come tornare indietro.'

'Sa come seguire il fiume. Il signor Thwaite e Douglas le hanno insegnato a leggere la posizione del sole e a seguire le tracce degli animali perché conducono all'acqua…'

Alistair si passò una mano tra i capelli. 'Ha solo otto anni.'

'Ma è intelligente. Signor Thwaite,' Chiamò Ellen, convocandolo dal punto in cui stava con Moira, 'Non ha forse insegnato a Bridget, quando siamo arrivati qui, che in caso si fosse persa, sarebbe dovuta restare vicino al fiume e seguirlo, perché l'avrebbe condotta ai centri abitati?'

'L'ho fatto, signora. La signorina Bridget è molto sveglia. Saprebbe come trovare la strada di casa.' Sembrava affranto. 'Vado a unirmi agli uomini che la stanno cercando.' Si allontanò con passo deciso.

'È Colm ad averla con sé,' Disse Ellen con tono calmo e risoluto.

'Andrò subito a Sydney. Non possiamo perdere altro tempo.' Alistair baciò Ellen. 'La troveremo.' Si diresse verso le scuderie.

Ellen annuì, incapace di provare alcuna emozione. Pochi minuti dopo, guardò Alistair trottare lungo il vialetto, mentre una carrozza approcciava. La signora Ratcliffe era alla guida.

Nonostante la sua corporatura robusta, si precipitò velocemente accanto a Ellen. 'Mia cara, ho appena saputo la notizia. Tutto il villaggio ne parla, e la voce si è sparsa anche nei villaggi limitrofi. Gli uomini si stanno radunando per le ricerche notturne. Ho parlato poco fa con il signor Riddle, che ha cinque uomini con sé. Stanno procedendo lungo Sydney Road, verso Bargo Brush. Non mi piacciono gli uomini che si agirano in quell'area di notte.'

Corrugando la fronte, Ellen la fissò.

'Banditi, mia cara.'

Ellen pensò immediatamente a Eddie Patterson. Poteva aiutarla? Probabilmente conosceva i furfanti del luogo e sapeva dove si nascondevano. Aveva forse sentito parlare di Colm? Ma dove si sarebbe trovato quell'uomo e come poteva mettersi in contatto con lui? L'ultima volta che l'aveva visto, stava cavalcando verso Goulburn, che distava due giorni di viaggio. L'avrebbe aiutata comunque?

Camminava avanti e indietro lungo la veranda, mentre le lampade venivano accese e delle tazze di tè venivano preparate. Un'ira rovente diretta a Colm le bruciava in petto. L'avrebbe ucciso con le sue stesse mani per aver fatto una cosa simile. Come osava spaventare Bridget in quel modo? Rabbrividì al terrore che sua figlia fosse in pericolo.

Riona arrivò con uno scialle di lana e lo avvolse intorno alle spalle di Ellen. Si misero insieme a fissare il vialetto, in attesa che qualcuno arrivasse con delle notizie.

Col passare delle ore, tutta la luce svanì. Ellen camminava per i giardini, stingendo in mano una lampada. Moira si unì a lei, seguita da Riona e dalla signorina Lewis. Nell'aria notturna, sentivano gli uomini chiamare il nome di Bridget e in lontananza, potevano scrutarsi le luci delle lampade lungo il fiume o tra gli alberi che circondavano la proprietà.

'Stanno perdendo tempo,' Disse Ellen al signor Thwaite, quando gli uomini fecero ritorno a mezzanotte per un rinfresco e una breve pausa.

'Potrebbe essere caduta ed essersi ferita, signora. Vale la pena cercare ovunque, nel caso in cui non riesca a tornare a casa.'

'È Colm ad averla con sé. Saranno oramai a chilometri di distanza.' Si sentiva impotente. Sua figlia era là fuori da qualche parte, ed Ellen non poteva raggiungerla. Non aveva idea di dove potesse essere, e la preoccupazione e il timore che Colm riuscisse a portarla in Irlanda le contorcevano lo stomaco. Non riusciva a mangiare il cibo che Moira le stava offrendo.

Il coro mattutino degli uccelli del luogo e il canto del gallo si fecero sentire prima dell'alba.

Ellen si alzò dalla sedia su cui era stata seduta per tutta la notte e si sgranchì il corpo dolorante. Quando la luce passò dal nero al grigio, per poi lasciare spazio a un rosa tenue, lei si camminò lungo il viletto fino ai cancelli. Lì si fermò ad aspettare, con solo gli uccelli sugli alberi a tenerle compagnia.

Un'ora dopo, Riona si unì a lei. 'Mi dispiace.'

'Per cosa?' Ellen continuava a fissare il sentiero alberato che portava al villaggio, sperando che sua figlia tornasse.

'Bridget era sotto le mie cure.'

'Zitta. Non è colpa tua. Va a cavalcare con Douglas ogni mattina. Anche se io fossi stata qui le avrei permesso di uscire per una cavalcata e Colm l'avrebbe comunque presa.'

'Douglas è davvero disperato.'

'Sono buoni amici. È stato suo compagno da quando siamo arrivati qui.'

'Anche lui si sta dando la colpa.'

'Non dovrebbe. Colm era in attesa di una buona occasione.

Probabilmente ci stava osservando tutti da quando siamo tornati da Sydney, aspettano il momento giusto per colpire in qualche modo.'

'Sei sicura che sia lui?'

'Sì.' Ellen inspirò profondamente l'aria fresca del mattino. 'È lui ad averla.'

Riona le infilò un braccio intorno alla vita. 'Vieni dentro a riposarti. Ti stancherai troppo e non vogliamo di certo che accada qualcosa al bambino.'

Ellen si fermò e si posò una mano sulla pancia. 'Avevo completamente dimenticato il bambino.'

'Vieni dentro, per favore. Lily ha sentito la tua mancanza. Non capisce cosa stia succedendo, ma percepisce che c'è qualcosa che non va.'

Tornata in casa, Moira versò del tè per Ellen, che tuttavia, non era in grado di ingerire nulla. Teneva Lily stretta in grembo, osservando la sua adorata figlia mangiare delle uova.

La giornata avanzava. Mezzogiorno venne e passò, con gli uomini che facevano ritorno solo per mangiare qualcosa, prima di riprendere le ricerche. Ancora una volta, Ellen camminava per i giardini, incapace di stare ferma. Il suo sguardo saltava dal punto in cui Lily giocava su una coperta insieme alla signorina Lewis al fiume nella valle poco profonda. Vivendo su una collina, poteva godere della vista sulla vasta valle e sul fiume che la attraversava. Durante giornate limpide come quella, riusciva a vedere le colline lontane sul lato opposto, dove le fattorie di grano di Moss Vale si estendevano per diversi chilometri.

Non riusciva a comprendere come Colm fosse riuscito a far sparire Bridget. Bridget era a cavallo di Princess, quindi doveva averla incoraggiata a cavalcare con lui, se aveva un cavallo. Colm aveva un cavallo o era a piedi? E, se aveva invece preso Bridget senza Princess, perché il pony non era stato ancora avvistato o non era tornato alla sua stalla? Aveva sparato al cavallo o lo aveva legato a un albero da qualche parte in fondo al bosco?

Tutti questi pensieri le turbinavano nella mente fino a farle pulsare la testa.

Il pomeriggio trascorreva, il caldo aumentava. Ellen si sentiva esausta, ma non riusciva a sedersi e riposare, nonostante le suppliche di Riona. La signora Ratcliffe manteneva una presenza vigile e silenziosa accanto a Riona, mentre la signorina Lewis si occupava di Lily, con Ellen che continuava a marciare avanti e indietro.

Alle tre del pomeriggio, un poliziotto solitario arrivò a cavallo lungo il vialetto.

Ellen corse verso di lui. 'Ci sono novità?'

'Nessuna, signora Emmerson. Mi dispiace. L'intero distretto è stato allertato. Abbiamo molti uomini e donne fuori a cercare, anche alcuni bambini che conoscono bene i posti nei boschi in cui nascondersi. Gli uomini della FitzRoy Iron Works stanno cercando nel bosco intorno alla fabbrica e abbiamo mandato avvisi alle fattorie più isolate in tutte le direzioni.'

'Grazie.'

L'uomo si accarezzò la barba scura, con gli occhi gentili circondati da un volto segnato dal tempo. 'Stiamo pregando tutti affinché sua figlia venga ritrovata viva e in salute.'

'Gradirebbe qualcosa da bere?'

'Grazie, ma no. Devo andare. Sono diretto a Sutton Forest per vedere se è stato avvistato qualcosa.'

'Grazie per essere venuto.' Ellen fece un passo indietro, mentre l'uomo montava a cavallo e si allontanava.

Riona era dietro di lei. 'Qualcuno la troverà.'

'Lo faranno davvero?' Ellen non era convinta. 'Se Colm aveva dei cavalli in buone condizioni già pronti lungo il percorso, ora sarà quasi arrivato a Sydney.'

'Ci vogliono tre giorni per arrivarci.'

'No, con dei cavalli in forma e senza fermarsi a dormire non impiegherebbe tre giorni.'

'Non con Bridget. Non potrebbe affrontare il viaggio. Inoltre, le strade sono troppo malandate per poter viaggiare velocemente.'

'E a lui cosa potrebbe mai importare se danneggiasse i cavalli? Non ha intenzione di tornare, giusto?'

Ellen rientrò in casa. La rabbia scatenata da un sentimento di impotenza la consumava dentro. Si massaggiò il collo dolorante. Gli occhi le bruciavano per la stanchezza.

'Ecco.' La signora Ratcliffe la raggiunse nel salotto e le porse un bicchiere contenente qualcosa.

'Cos'è?'

'Brandy. Bevilo.'

'Non ho mangiato.'

'Che importa? Bevilo.'

Eseguendo l'ordine che le era stato impartito, sentì il liquido infuocato bruciarle la gola e raggiungerle lo stomaco. Ellen tossì.

'Ora siediti,' Ordinò la signora Ratcliffe. 'Ti farò preparare un bagno.'

'Un bagno?'

'Esattamente. Scommetto che è da almeno una settimana che non ne fai uno. Fanno miracoli per i muscoli. Ti rilasserà.'

'Non voglio rilassarmi.'

'Vuoi essere del tutto inutile quando Bridget tornerà, o così debole da non poterla confortare? No, non è questo che vuoi. Un bagno ti ravviverà i sensi.' La signora Ratcliffe uscì dalla stanza.

Entro breve, Ellen fu nella sua camera da letto, seduta in una vasca in lamiera piena di acqua calda. Tirò su le ginocchia e poggiò il capo sul bordo della vasca. Sentiva la testa pesante e chiuse gli occhi.

Riona portò un'altra brocca di acqua calda. 'Dai, adesso ti lavo i capelli.'

'Non ho la forza.'

'Non devi fare nulla, solo startene seduta lì.'

Ellen rimase in silenzio, mentre Riona le lavava via la polvere di Goulburn dai capelli. Essere coccolata in quel modo era meraviglioso.

Un bussare alla porta precedette l'ingresso di Moira, che portava con sé un vassoio pieno di cibo. 'Stufato di montone, pane, una tazza di tè e una crostatina di lamponi, se riesci a mangiarla. Honor mi sta facendo impazzire, te lo dico. Nemmeno la Santa Madre avrebbe la pazienza necessaria per affrontare quella donna.'

'Grazie. Cos'ha fatto ora Honor?' Domandò Ellen, anche se non le importava davvero.

'Crede che prenderanno anche le sue bambine. Non le perde un attimo di vista e Aisling non fa altro che piangere per la paura, povera piccola. Caroline mi aiuta a tenerla occupata, ma Honor non la lascia uscire nemmeno per andare all'orto!'

'Parlerò con Honor.' Ellen sospirò, prendendo l'asciugamano.

'No, non lo farai,' Dichiarò Moira uscendo. 'Ci penserò io.'

'Mangia tutto,' Ordinò Riona mentre stava davanti al guardaroba, tirandone fuori dei vestiti puliti per Ellen. 'Ti va bene questo?' Sollevò un abito a righe verdi e bianche.

'Sì, l'ho indossato quando ero incinta di Lily,' Rispose asciugandosi.

'Lo immaginavo.' Riona lo stese sul letto. 'Ti lascio vestire e vado a controllare Lily. Anche la signorina Lewis è piuttosto scossa.'

'Immagino che non si aspettasse che uno dei suoi allievi venisse rapito.' Avvolta in una vestaglia, Ellen si costrinse a mangiare, sapendo che avrebbe avuto bisogno di energie.

La giornata sembrava trascinarsi. Quel non sapere stava facendo impazzire Ellen. Camminò di nuovo tra i giardini, finché gli uomini non tornarono, stanchi e affamati. Si sedettero sul prato dietro la cucina, fumando e accettando i boccali di birra che Ellen aveva insistito perché il signor Thwaite versasse loro da una botte. Li ringraziò per i loro sforzi e aiutò Moira e Honor a servire loro del cibo.

'Bridget starà bene,' Disse Caroline camminando accanto a Ellen, mentre tornavano in cucina per prendere dell'altro cibo. 'Io e Aisling saremmo state terrorizzate, ma Bridget no. Lei è senza paura.'

Ellen si fermò e guardò la graziosa ragazza, saggia, nonostante i suoi dodici anni. 'Spero tu abbia ragione.'

'Bridget è sempre stata più coraggiosa di me. Cavalca meglio di qualsiasi ragazzina che conosca e con Princess fa dei salti da spavento. Mio padre dice che, anche se ha solo otto anni, è svelta, intelligente e combattiva.' Caroline sorrise dolcemente. 'Vorrei poter essere più come lei.'

Per la prima volta, le lacrime si accumularono calde dietro gli occhi di Ellen, ma riuscì a ricacciarle indietro. Piangere l'avrebbe spezzata. Avrebbe significato ammettere la sconfitta. Doveva essere forte e non crollare. 'Grazie, Caroline. Sei una brava ragazza.'

Ellen si allontanò, girando intorno alla casa fino all'entrata principale. Fece dei respiri profondi, poi vide un uomo a cavallo che si avvicinava lungo il vialetto.

Douglas tirò le redini e smontò. 'Novità, signora Emmerson?'

'Nessuna.'

La luce negli occhi di lui si spense e le sue spalle crollarono. 'Mi dispiace tanto.'

'Non è colpa tua, Douglas.'

'Non avrei dovuto lasciarla. Avevo il compito di scortarla alla tenuta.' Si tolse il cappello e si passò una mano sugli occhi. Nemmeno lui sembrava aver dormito.

Ellen voleva rassicurarlo. 'Conosco mia figlia, e ti avrebbe comunque convinto a tornare a casa.'

'Ha detto che sarebbe andata solo alla nostra spiaggia e mi avrebbe raggiunto subito dopo.'

'La vostra spiaggia?' Chiese Ellen.

'Non è una spiaggia. È semplicemente un sentiero lungo l'ansa del fiume. Quando l'acqua è bassa, un'ampia aria pianeggiante rimane scoperta. La chiamiamo *la nostra spiaggia*. Le piace danzare lì.' La sua voce si ruppe all'ultima frase.

Ellen osservò le emozioni che passavano sul suo volto. Douglas aveva circa diciotto anni, un ragazzo abile e laborioso. Tuttavia, si rese conto che lui e Bridget trascorrevano molto tempo insieme. Entro pochi anni, Bridget sarebbe diventata una giovane donna. Ellen avrebbe dovuto limitare l'amicizia di sua figlia col garzone.

'Tornerò fuori a cercare.' Raccolse le redini, il tono sconsolato.

'Prima mangia qualcosa. Fai riposare il cavallo.'

Lui annuì con gli occhi bassi. 'Mi sento così impotente. La signorina Bridget è come una sorellina per me.'

'Tornerà a casa, Douglas.' Ellen si voltò, mentre un altro uomo a cavallo si avvicinava al galoppo lungo il vialetto.

Lo sconosciuto saltò giù dal suo cavallo affannato. 'Signora Emmerson?'

'Sì?'

Le consegnò un biglietto.

*T*ESORO, *ancora nessuna traccia di Bridget o Colm. Ho chiesto di lei a Bargo Bush e a Myrtle Creek. Ho cambiato cavallo a Picton, dove ho scritto questa nota. Mi sto affrettando verso Campbelltown. Con tanto amore, Alistair.*

ELLEN CHIUSE GLI OCCHI.

'Signora Emmerson?' Chiese Douglas con aria speranzosa.

'Nessuna notizia.' Accartocciò il pezzo di carta. 'Porta questo giovane in cucina, Douglas. Entrambi avete bisogno di riposare.'

GIUNTA la sera del terzo giorno, Ellen non riuscì più a restare a casa. Chiese a Douglas di preparare Betsy per la carrozza.

'Dove stai andando?' Chiese Riona, tenendo Lily in braccio, mentre entrava nella camera da letto di Ellen.

Ellen si appuntò il cappello di paglia. 'Non posso restare qui un minuto di più. Ho bisogno di uscire e fare qualcosa.'

'Non puoi andartene. E se avessimo notizie o lei tornasse?'

'Non starò via a lungo. Solo un'ora o giù di lì. Andrò in paese o a Mittagong.' Ellen baciò la guancia soffice di Lily. 'Ho bisogno di cambiare aria. Mi sento intrappolata in questa casa.'

'Preferirei che restassi. Non hai dormito quasi per niente. Non è sicuro guidare una carrozza, se sei così esausta.'

'Starò bene.' Giunta all'ingresso, Ellen gettò un'occhiata al vassoio pieno di biglietti da visita e note dei vicini e degli amici che mandavano i loro migliori auguri o si offrivano di aiutare nelle ricerche.

'Allora, porta con te Douglas.' Disse Riona.

'Dov'è il signor Thwaite?'

'È ancora fuori col gruppo della mattina. Torneranno presto.'

'Dubito che abbia dormito in questi giorni,' Mormorò Ellen, infilando i guanti.

'Neanche tu!'

'Riona, non posso restare ferma per un altro giorno.' Uscì a grandi passi sotto il sole caldo. 'Non starò via a lungo.'

Mentre sollevava la gonna per salire in carrozza, sentì la testa girarle. La vista le si offuscò, tutto diventò sfocato. Sentì di essere sul punto di cadere.

'Ellen!'

Quando si svegliò, era sul vialetto, la ghiaia che le graffiava la guancia. Sbatté le palpebre per schiarirsi la mente. Voci le riempirono le orecchie, e sollevò la testa mentre una dozzina di scarpe entravano nel suo campo visivo.

'Aiutatela ad alzarsi. Con calma.' Riona era inginocchiata accanto a lei, Lily seduta sul vialetto alle sue spalle.

Douglas e il signor Thwaite le presero un braccio ciascuno e la sollevarono delicatamente in piedi. Lentamente, la condussero all'interno della casa fino al salotto. La signorina Lewis prese in braccio Lily e corse a chiamare Moira.

'Sto bene.' Ellen si sedette sul divano con un'espressione di gratitudine in viso.

'Bene!' Abbaiò Riona. 'Sei svenuta. Sei ferita?'

'No.' Non sentiva dolore, solo un indolenzimento alla guancia.

'Devo chiamare il dottore?' Chiese il signor Thwaite.

'No.' Ellen alzò una mano. 'Non ho bisogno di un dottore.'

'Ma andrai a letto senza discutere.' Riona si voltò e sussurrò qualcosa al signor Thwaite, e prima che Ellen se ne rendesse conto, l'uomo la sollevò tra le sue forti braccia e la portò a letto.

Arrossendo leggermente per l'intimità del gesto, il signor Thwaite uscì in fretta dalla stanza.

Riona le sfilò le scarpe, i guanti e le tolse il cappello. 'Se lasci questo letto, non sarò responsabile delle mie azioni. Non posso preoccuparmi anche per te. Promettimi che farai un pisolino.'

Ellen annuì e si sistemò sui cuscini. La stanchezza la sopraffece, e chiuse gli occhi. Avrebbe dormito un po' e poi sarebbe andata in paese. Solo un pisolino…

Qualcosa la svegliò, trascinandola fuori da un sonno profondo. Intorpidita, Ellen girò la testa, aprendo lentamente gli occhi. La camera era buia, le tende chiuse, e una coperta le era stata adagiata addosso.

Aveva un disperato bisogno del vaso da notte. Assonnata, si liberò, poi si arrampicò di nuovo a letto, raggomitolandosi su un fianco. Avrebbe potuto dormire per una settimana intera.

Un rumore sottile le fece spalancare gli occhi. Rimase in ascolto. Era una porta che si apriva? Lily che piangeva?

Le tende si mossero, poi si aprirono del tutto. Una figura stava in piedi, incorniciata dalle porte finestre.

Ellen scattò in piedi. L'uomo si lanciò sul letto, afferrandola.

Coprendole la bocca con una mano, la trascinò verso di sé. 'Non urlare. Non ti farò del male.'

Nel buio, non riuscì a vedere il volto dell'uomo, ma riconobbe il suo accento irlandese. Colm?

Tremando, Ellen annuì.

Lui le tolse lentamente la mano dalla bocca. Scossa, accese la lampada accanto al letto, inondando la stanza di una debole luce dorata.

Ellen fissò l'uomo. Non era Colm.

Eddie Patterson si tirò giù il fazzoletto rosso dalla faccia. 'Sai chi sono?'

'Sì,' Sussurrò lei, fissando un volto su cui si era spesso interrogata, anche se non riusciva a vedere molto, a causa della lunga barba che ne copriva la maggior parte.

Il suo sguardo trattenne quello di lei. 'Voglio che tu venga con me,' Mormorò.

Ellen si scagliò all'indietro sul letto. 'No!'

'Silenzio!' Sibilò aspramente. 'Santa Vergine Madre. Non ti sto rapendo, donna.' Si avvicinò alle porte finestre. 'Sbrigati ora.' Scivolò fuori senza aspettarla.

Dopo un momento di esitazione, Ellen si alzò dal letto. Afferrando lo scialle e avvolgendoselo intorno alle spalle, si infilò gli stivali e lo seguì fuori sulla veranda.

Lui si portò un dito alle labbra, poi rialzò il fazzoletto sul viso. Alla luce di un pallido chiaro di luna, Ellen lo seguì attraverso i giardini e oltre i campi. Le nuvole coprirono la luna, e lui rallentò il passo per permetterle di stargli dietro.

Un sottile confine di alberi separava la sua proprietà da quella vicina. In quel punto, Patterson aveva legato il suo cavallo.

Lui salì in sella con un movimento rapido, poi le tese la mano. 'Sbrigati ora.'

Ellen esitò.

'Dio santo, donna, muoviti! Metti il piede nella staffa.'

Impulsivamente, lei gli afferrò la mano, e lui la tirò con sé in sella. Il cavallo protestò per un momento, facendo uno scatto di lato e Ellen pensò che sarebbe caduta, ma Patterson la tenne stretta a sé afferrandola intorno alla vita e con uno schiocco della lingua, incitò il cavallo a procedere.

Girarono intorno al villaggio, dirigendosi verso sud. Dopo aver attraversato il ponte sul fiume Wingecarribee, Patterson spinse il cavallo ad accelerare e superarono le fattorie circostanti, immergendosi nella fitta boscaglia.

Ellen si aggrappò alla sella. L'ondeggiare della corsa le faceva battere i denti e le ossa. Doveva essere impazzita. Doveva esserlo, perché stava cavalcando nel cuore della notte con un fuorilegge ricercato.

Quando Patterson fece rallentare il cavallo, Ellen riuscì a concentrarsi un po' di più. La luna si liberò dalle nuvole, illuminando un po' il camino. Attraversarono un ruscello poco profondo e si addentrarono in una densa fila di alberi.

L'odore del fumo la raggiunse prima del bagliore rosso di un fuoco da campo. Alcuni tronchi vi erano stati posti intorno, e i resti arrostiti di un piccolo canguro giacevano sparsi, mentre selle e altra attrezzatura erano disseminati a terra. Un cavallo sbuffò attraverso le ombre. Non erano soli.

Smontando da cavallo, Patterson aiutò Ellen a scendere e la condusse verso il fuoco, facendole segno di sedersi. 'Aspetta qui.'

Lei cominciò ad avvertire l'enormità di ciò che aveva fatto, e le sue mani iniziarono a tremare. Che sciocca era stata. Cosa l'aveva spinta a farlo? Era in un bosco con degli uomini ricer cati. Eppure qualcosa, un istinto, le diceva che sarebbe andato tutto bene. Che essere lì era la cosa giusta da fare.

Un rumore alle sue spalle la fece girare di scatto sul tronco. Con assoluto stupore, vide Bridget correre verso di lei, abbracciandola con una forza tale da farle quasi cadere entrambe.

'Bridget! Tesoro!' Ellen le baciò la testa, stringendola forte. 'Dolce bambina, la mamma è qui.' Indietreggiò per guardare il volto della figlia. 'Stai bene?'

Bridget, con le lacrime che le scorrevano lungo le guance sporche, scosse la testa e poi si rannicchiò in grembo a Ellen, col viso nascosto dietro la sua spalla.

Guardando oltre la testa di Bridget, Ellen vide Patterson trascinare Colm fuori dagli alberi, con le mani legate davanti a sé. Un odio feroce le serrò il petto. Si alzò, spingendo Bridget dietro di sé. 'Tu! Sapevo che eri tu! Maledetto maiale!'

Colm, imbavagliato, emise un suono confuso. Nelle ombre tremolanti, Ellen notò dei lividi sul suo viso e ne fu felice.

'È lo zio della tua bambina?' Chiese Patterson, abbassandosi il fazzoletto che indossava in volto.

'Sì. È venuto per portare i miei ragazzi in Irlanda, ma quando non è riuscito a prenderli, ha rapito mia figlia.'

'Feccia.' Sputò Patterson.

Ellen fulminò Colm con lo sguardo. 'Ti farò impiccare per questo. La prigione sarebbe troppo poco. Sai cosa mi hai fatto passare?'

Colm balbettò e alzò le mani come per supplicare.

Ellen guardò Patterson. 'Come facevi a sapere che Bridget è mia figlia?'

'Santo cielo, non lo sapevo all'inizio. Avevamo sentito parlare di una bambina che era scomparsa, quando ci siamo fermati a nord di Marulan. Abbiamo degli amici lì che erano stati in città e avevano sentito la notizia da un poliziotto. Abbiamo pensato che fosse il momento di spostarsi, dato che c'erano molte persone alla ricerca e non volevamo essere trovati anche noi. Comunque, poco dopo essere ripartiti, abbiamo incontrato *lui*. L'ho visto fermarsi con i cavalli e la bambina lungo un ruscello. Quando abbiamo iniziato a parlare, sembrava un po' vago. Disse che stava andando ai giacimenti d'oro. Ma ho pensato che fosse un lungo viaggio da fare via terra con una bambina al seguito. Quasi tutti vanno in barca. Avrebbe impiegato settimane per viaggiare via terra fino ai giacimenti d'oro, ammesso che sopravvivesse e non si perdesse. Poi mi è venuta in mente la notizia della bambina scomparsa. Ho chiesto alla piccola come si chiamasse e quando ha detto Bridget Kittrick-Emmerson, lui,' Patterson diede una spinta a Colm sulla spalla, 'È saltato su e ha detto che era sua nipote, Bridget Kittrick. Si comportava in modo ambiguo. Ho sospettato ci fosse qualcosa che non andava.'

Ellen marciò verso Colm e gli strappò il bavaglio dal mento. 'I giacimenti d'oro? Davvero? Stavi tornando in Irlanda via Melbourne? Stavi rischiando la vita di mia figlia per avere la tua vendetta!'

'Volevo che pagassi per tutto quello che mi hai fatto.'

'Non ti ho fatto *niente*!'

'Sei stata una spina nel fianco per anni. Malachy è morto per colpa tua. Poi mi hai portato via la mia famiglia. E quel maledetto di tuo marito mi ha sparato al braccio. Sono quasi morto!'

'Avrei preferito che succedesse! Sei pazzo. Malachy è morto per via delle sue azioni sconsiderate, e io ho portato via i miei figli dalla fame e dalla morte. Smettila di incolpare me per la tua patetica vita.'

'Stronza!' Colm sputò in faccia a Ellen.

Lei si ritrasse, scioccata.

Patterson colpì Colm alla testa, e lui cadde di lato, contorcendosi come un verme appeso a un amo. Patterson lo sovrastava con un'espressione di odio negli occhi. 'Toccala di nuovo e giuro su tutto ciò che è sacro che ti sparo.'

'Bastardo,' Mormorò Colm.

Patterson si strofinò le nocche e si avvicinò a Ellen. 'Stai bene?'

Lei annuì, consapevole che Bridget stesse osservando l'intera scena. 'Grazie. Anche se qualsiasi parola non sarebbe abbastanza per ciò che hai fatto per la mia famiglia. Abbiamo cercato per giorni. Pensavo che l'avrebbe portata sulla prima nave in partenza da Sydney.'

'Contava su quello. Avreste creduto che aveva fatto in tempo a scappare e avreste probabilmente smesso di cercare, mentre lui sarebbe stato libero di muoversi a Melbourne, ammesso che riuscisse ad arrivarci. Stupido idiota, non sa quanto è lontano.' Patterson guardò Colm. 'Cosa vuoi che faccia?'

Prima che Ellen potesse rispondere, Bridget le si avvicinò e mise una mano nella sua. 'Non verrà più a prendermi, vero, Mami?'

Le parole spaventate di Bridget scossero Ellen. Sua figlia era sempre stata piena di coraggio, quasi mai spaventata da nulla e si era sempre comportata come se fosse più grande della sua età. Ma quelle parole, pronunciate così piano, torsero il cuore di Ellen in agonia. Colm sarebbe rimasto per sempre un'ombra, desideroso di distruggere la sua famiglia.

In un istante, voltò le spalle a Colm e guardò Patterson. 'Fai di lui ciò che vuoi.'

Lo sguardo di Eddie Patterson non vacillò. 'Ha visto il mio volto… Sai cosa significa?'

Un brivido le attraversò la schiena, ma annuì.

Patterson fischiò e dalle ombre degli alberi emersero due uomini che trascinarono Colm nell'oscurità.

Colm lottava come un animale furioso. 'Ellen! Ellen! Fermali! Santa Madre di Cristo. Ellen!' Urlò, finché non fu messo a tacere.

'Venite, vi porto a casa.' Patterson tirò un sospiro profondo.

'No, ti metteresti in pericolo.' Ellen guardò in basso verso Bridget. 'Dov'è Princess?'

'Legata coi nostri cavalli,' Rispose Patterson al suo posto.

'Prenderemo Princess e ce ne andremo.'

'Lascia che ti accompagni fuori dalla foresta, fino alla strada.'

Patterson mise Bridget in sella a Princess e le condusse fuori dalla foresta, attraverso la boscaglia, fino alla strada sterrata. 'Dirigiti a nord. La strada ti porterà a Berrima.'

'Come posso ringraziarti?'

'Non dire nulla di me alla polizia.' Il suo sguardo così diretto la mise a disagio, ma non in modo intimidatorio. Quell'uomo della foresta la affascinava.

'Non dirò una parola,' Promise lei. 'Spiegherò che degli sconosciuti hanno trovato Bridget. Colm se n'era andato. L'aveva lasciata lì…'

'E tua figlia dirà lo stesso?'

'Non dirò niente a nessuno, signore,' Dichiarò Bridget, con un tono che ricordava la vecchia sé. Guardò Patterson. 'Mi hai salvata, ma non so il tuo nome.'

Patterson sorrise al chiaro di luna. 'La tua Mami te lo dirà quando sarai più grande.'

Ellen si allontanò di qualche passo con Patterson, in un

punto in cui sua figlia non poteva sentirla. 'Non ti tradirò mai. Questa è la mia solenne promessa.'

'Grazie, Ellen.'

'Dimmi, sapevi che ero io quando ci siamo incontrati sulla strada vicino a Goulburn una settimana fa?'

'Sì. Come avrei potuto non riconoscerti? Hai un volto che davvero pochi uomini potrebbero dimenticare. È un volto che ho sognato tante notti.'

Ellen fu grata per la semioscurità che nascondeva il suo rossore. 'Quella proprietà a nord di Goulburn, la fattoria di Miller. Ora è mia. Si chiama Louisburgh, come il villaggio dove sono cresciuta. Sarai sempre il benvenuto lì per ristorarti.'

Nell'ombra argentea della luna, lui sorrise e le prese la mano. 'In quanto ricercato, dubito che vivrò a lungo su questa terra, dolce Ellen, ma ti ringrazio.'

Si allontanò tra gli alberi e scomparve.

Ellen inspirò profondamente, poi si girò e afferrò le redini di Princess. Baciò Bridget sulla guancia. 'Andiamo a casa, tesoro.'

CAPITOLO OTTO

Nel soffocante caldo estivo di gennaio, Ellen si poggiò un fazzoletto umido sulla nuca per rinfrescarsi. Non si sentiva un alito di vento nella valle, ma poco prima, aveva immerso i piedi nel fiume, godendo della freschezza dell'acqua.

La stanchezza, non dovuta solo al caldo, ma anche alla festa della notte precedente per la celebrazione del nuovo anno, il milleottocentocinquantaquattro, la stava rendendo letargica. Era grata del fatto che Alistair fosse in casa ad occuparsi delle questioni estive col signor Thwaite, perché quel giorno non aveva l'energia necessaria per poter affrontare conti e fatture.

Riposando al sole del pomeriggio, guardava Bridget sguazzare nelle acque basse con Caroline e Aisling sotto la supervisione della signorina Lewis, mentre Riona, con la gonna sollevata, faceva dondolare i piedi di Lily nell'acqua, scatenando le urla di gioia della bambina.

'Posso versarti un altro drink, Ellen?' Chiese la signora Ratcliffe, seduta su una sedia accanto a Ellen sotto una grande tenda che il signor Thwaite e Seamus Duffy avevano eretto. Sul plaid davanti a loro, Honor Duffy e Moira stavano preparando un picnic.

'Se bevo ancora, signora Ratcliffe, non riuscirò a risalire la collina fino a casa. Questo bambino mi sta già premendo abbastanza sulla vescica così com'è.'

'Oh, sì. Sei in una condizione delicata. Continuo a dimenticarlo perché non sembri mostrare quasi alcun segno dell'imminente erede. Quand'è previsto?'

'Ad aprile. Mancano tre mesi.'

'Non sei per niente grossa. Alcune donne si trasformano in mucche, davvero enormi.'

'Mi sento enorme!' Sorrise, ma in realtà sapeva di star portando avanti quella gravidanza in modo diverso dalle altre. Lily era stata piccola in grembo, ma Ellen temeva che questo bambino non fosse cresciuto molto, per quanto era piccolo il suo stomaco.

'Non è molto grande perché Ellen non sta mai ferma.' Moira sospirò. 'Sempre su e giù per la strada fino a Goulburn.'

La signora Ratcliffe, che era stata via a Sydney per qualche mese, guardò Ellen con un cipiglio. 'Ho sentito che hai speso molto per la proprietà di Goulburn.'

Ellen sorrise. 'Non ti sfugge mai nulla, vero? Nonostante tu non sia stata nel distretto per mesi.'

'Ho occhi e orecchie ovunque, cara mia.' La sedia scricchiolò sotto il peso della signora Ratcliffe, quando si mosse per versarsi un'altra tazza di tè dal tavolino accanto a lei.

'Louisburgh ha bisogno di molto lavoro per poter sfruttare a pieno il suo potenziale.'

'Ascoltala!' La signora Ratcliffe rise. 'Sembri un uomo d'affari.'

'Sono una *donna d'affari*.'

'Infatti.' La signora Ratcliffe sorseggiò il tè. 'Ho in piano di fare un viaggio a Londra.'

Gli occhi di Ellen si spalancarono a quell'improvvisa dichiarazione. 'Londra? Perché?'

'Ho un cugino lì. Percy. Un tipo noioso, senza dubbio. Le sue lettere mi annoiano così tanto che meritano di essere lette solo una volta. Tuttavia, ho saputo di recente che è in punto di morte. Pover'uomo. E per ragioni che non comprendo, mi sta chiedendo di viaggiare fino a Londra per aiutarlo a sistemare delle questioni. Non ha nessun altro, capisci, e non si fida degli amici per farlo.'

'Che compito triste ti tocca.'

'Infatti.' La signora Ratcliffe sospirò. 'Ovviamente, lo farò. Anche se l'idea di trascorrere tre mesi in mare, vivere a Londra per diversi mesi e poi affrontare il viaggio di ritorno fin qui è piuttosto tediosa.' Sospirò pesantemente. 'Speravo che magari tu venissi con me, ma mi rendo conto che non sia possibile con il bambino. Porterei Bridget e la signorina Lewis, ma temo che soffriresti di nostalgia, specialmente dopo quello che le ha fatto suo zio.'

Ellen rifletté sull'idea di andare in Inghilterra. Visitare Londra avrebbe significato vedere i ragazzi, e quanto le doleva il cuore a quel pensiero, ma era a soli tre mesi dal parto.

'Se non fossi incinta, accetterei la tua proposta, ma non posso rischiare di partorire in mare. Alistair ha promesso di portarci tutti, una volta che il bambino avrà più di un anno e sarà meno vulnerabile.'

'Non c'è un'età specifica per ammalarsi, Ellen.'

'No, ma viaggiare con un neonato è una sfida. Una sfida che non voglio affrontare, nonostante il mio desiderio di vedere i ragazzi.' Quanto le sarebbe piaciuto passare del tempo con Austin e Patrick, ma ciò avrebbe significato anche incontrare Rafe e non credeva che il suo cuore potesse sopportare di rivederlo, solo per poi dover dire di nuovo addio.

'Beh, lo immaginavo. Non importa. Passerò dai tuoi ragazzi alla loro scuola per vederli di persona, se lo desideri?'

'Lo faresti?' Ellen afferrò la mano della signora Ratcliffe. 'Che vera amica che sei.'

'Ho però un favore da chiederti.'

'Oh?'

'Vorrei che tu sorvegliassi la mia proprietà mentre sono via. Non è nulla di troppo faticoso, ho più che altro bisogno che ti assicuri che l'uomo che ho messo a capo, Seamus, abbia qualcuno a cui rispondere. È affidabile, ma sarebbe saggio fargli capire che c'è qualcuno a sorvegliarlo. Potrebbe inviarti i suoi rapporti ogni mese e tu potrai corrispondere con lui su eventuali problemi.'

'Sono onorata che tu me l'abbia chiesto. Aiuterò in ogni modo possibile.'

'Grazie.' La signora Ratcliffe si asciugò il viso accaldato con un fazzoletto.

'Quando parti?'

'La prossima settimana, l'otto. Sono riuscita a ottenere una cabina su una nave all'ultimo minuto.'

'È presto. Anche se volessi venire, non sarei mai pronta in tempo.'

'Capisco perfettamente. Anch'io sto preparando tutto in fretta. Immagino che mio cugino mi voglia con sé il prima possibile.'

'Domani è il mio compleanno. Vieni a cena?' Ellen si sventolò il viso con un ventaglio per rinfrescarsi.

'No, cara mia, ma ti ringrazio per l'invito. Devo fare le

valigie e sistemare le mie faccende sia qui che a Sydney. Parto per Sydney tra due giorni e passerò a salutarti allora.'

'Mamma, guardami!' La chiamò Bridget dal mezzo del fiume, mentre iniziava a nuotare verso la riva.

Ellen le fece un cenno per incoraggiarla, sapendo che la corrente fosse debole in estate e che il centro del fiume non fosse troppo profondo.

'Sembra aver superato quell'esperienza traumatica?' Chiese la signora Ratcliffe, accettando un piatto di panini da Honor.

'Sì. Ha iniziato abbastanza presto a comportarsi come se nulla fosse successo. Per una settimana, è rimasta sempre al mio fianco o con Riona e non voleva andare a cavallo o giocare con Caroline e Aisling, ma ha pian piano capito che non c'era nulla di cui preoccuparsi ed è tornata a essere la bambina di sempre, il che è stato un sollievo per tutti noi.' Ellen osservò Bridget nuotare con sicurezza nell'acqua.

Sua figlia aveva promesso di non menzionare Patterson, e non aveva detto una parola su di lui, neanche quando la polizia le aveva fatto tantissime domande. Aveva raccontato che Colm l'aveva lasciata sul ciglio della strada e che era tornata a Berrima durante la notte. Ellen aveva detto a tutti che stava camminando nel giardino di notte, incapace di dormire, e che aveva trovato Bridget lungo il vialetto. Tutti avevano creduto alla loro storia e avevano elogiato Bridget per il suo coraggio. Alistair aveva mandato via i giornalisti che volevano intervistare Bridget, e fortunatamente il clamore si era placato con l'avvicinarsi del Natale.

Guardandola adesso, Ellen si chiedeva cosa stesse passando per la mente di sua figlia maggiore riguardo a quell'episodio. Bridget aveva ripreso a comportarsi come una bambina più grande di quanto fosse e, sotto la guida della signorina Lewis, stava studiando e imparando, nonostante il suo carattere rimanesse l'unica cosa che nessuno riusciva a controllare. Ancora una volta, Bridget aveva chiamato Ellen mamma e non *mami*, come aveva fatto quando era spaventata nel bosco. Ellen sapeva che sua figlia maggiore sarebbe sempre stata capace di sorprenderla.

'I bambini si adattano più velocemente degli adulti,' Mormorò la signora Ratcliffe. 'Diventerà una bellezza quando sarà più grande, Ellen. Dovrai stare attenta. I gentiluomini non lasceranno mai la tua porta.'

Tutti applaudirono quando Bridget riuscì a nuotare fino a riva e uscì dall'acqua, sfidando Caroline e Aisling a una gara di nuoto, che entrambe rifiutarono prontamente.

'Penso che saranno gli uomini a dover stare attenti a lei, non io. Li terrorizzerà!' Ellen ridacchiò.

La signora Ratcliffe rise, mentre Alistair si univa a loro per il picnic.

Mentre Alistair chiacchierava con la signora Ratcliffe, Honor chiamò Caroline e Aisling e le intimò a risalire la collina verso casa, ignorando le loro proteste di voler rimanere con Bridget a godersi il picnic.

'Che c'è che non va con Honor?' Chiese Ellen a Moira.

'Che c'è mai che va bene con quella donna?' Moira sospirò, scacciando le mosche dal cibo. 'È acida come il latte vecchio di tre giorni, quella lì.'

'Beh, è sempre scostante con me, ma ultimamente Riona mi dice che parla a malapena. Nell'ultima settimana, ha tenuto Caroline e Aisling fuori dalle lezioni con la signorina Lewis.'

'Chi può capire la mente di quella donna? È un tormento per sé stessa, questo è certo. Non so come faccia Seamus a sopportarla, povero sciocco.'

'Parlerò con lei più tardi.'

Moira le lanciò un'occhiata di traverso, mentre versava della limonata nei bicchieri per tutti. 'Non ti dirà niente. È chiusa come una conchiglia, quella lì.'

Più tardi, dopo che la signora Ratcliffe se ne fu andata e la signorina Lewis e Riona stavano servendo la cena alle bambine, Ellen si recò alla capanna dei Duffy e bussò alla porta.

Honor uscì, asciugandosi le mani con un panno. 'C'è bisogno di me in casa?'

'No, affatto. Volevo solo parlarti.'

'Ho fatto qualcosa di sbagliato?' Honor si mise subito sulla difensiva.

'No.' Le spalle di Ellen si abbassarono e, sapendo quanto quella donna fosse suscettibile, dubitava che la loro conversazione sarebbe stata piacevole. 'Sono venuta a chiederti perché non lasci che le tue ragazze seguano le lezioni con la signorina Lewis.'

'Le mie ragazze vengono da una famiglia semplice. Non hanno bisogno di essere istruite da una governante.'

'Perché? È per il loro bene.' Ellen si sforzò di rimanere paziente. Quella solita vecchia discussione stava diventando esasperante.

Gli occhi grigi e spenti di Honor si strinsero. 'Come può esserlo?' Aprì le braccia in ampio gesto che racchiudeva la capanna. 'È qui che vivono. Non lì.' Indicò la casa. 'Le mie ragazze non sono come le tue e insegnare loro il contrario creerà solo problemi, quando saranno più grandi.'

'Non credo proprio.'

Incrociando le braccia, l'espressione di Honor si indurì. 'Non pensi che sarà doloroso per le mie ragazze vedere Bridget e Lily sposarsi con qualche gentiluomo di classe, gli stessi gentiluomini che guarderanno dall'alto in basso le mie figlie? Bridget e Lily avranno il nome e i soldi degli Emmer-son. Saranno cresciute da signore, per poi inserirsi in una società che emarginerà le mie figlie.'

Ellen sospirò. 'Capisco, davvero. Ho affrontato la stessa ostilità, non essendo ritenuta all'altezza di entrare a far parte dell'élite di Sydney.'

'Allora non devo spiegarmi, vero?' Honor si difese.

'No, ma le ragazze potrebbero comunque essere istruite. Caroline parla di diventare una governante come la signorina Lewis. Vuoi che raggiunga una posizione di rilievo o che lavori come sguattera per tutta la vita?'

'Certo che voglio che trovi una posizione di rilievo.'

'Allora ha bisogno di un'educazione eccellente. La signorina Lewis può offrirgliela.'

Honor si strofinò il viso con le mani. 'Non capisci. Vederle con la signorina Lewis mentre insegna loro a comportarsi da signorine mi riempie di terrore, perché nel giro di un'ora, dopo le lezioni di piano e di ballo, saranno di nuovo qui ad aiutare me e Moira in cucina o a strofinare pentole. Non voglio che si sentano inutili o inferiori rispetto alle tue ragazze.'

'Nessuno lo vuole,' Concordò Ellen. 'Potrà pur essere diffi-cile per le tue ragazze vedere Bridget e Lily avere cose che tu e Seamus non potete offrire, ma lascia almeno che abbiano un'i-struzione che riesca a garantire loro posizioni che possano darle una vita migliore di quella che noi abbiamo avuto crescendo. Questo è un paese diverso, un nuovo inizio per tutti noi, Honor. Sei venuta qui affinché le tue ragazze aves-sero un futuro, e allora permettilo, consentendolo loro di ricevere un'educazione che possa renderle felici. È questo ciò che vogliamo, vero?'

'Oh sì, certo, voglio che le mie ragazze crescano e diventino così intelligenti da vergognarsi della loro mamma che a malapena sa leggere o scrivere!'

'Non si vergognerebbero mai di te. Ti amano, ma potrebbero non ringraziarti se le privi della loro istruzione, specialmente se ciò potrebbe aiutarle a trovare un buon lavoro, quando saranno grandi. Vuoi che passino tutta la vita a strofinare pentole? O ritieni che sia più importante che non diventino più intelligenti di te?'

'Non si tratta di me!'

'Non è forse così?'

Il silenzio si tese tra loro per qualche istante.

Strizzando il panno tra le mani, Honor finalmente parlò. 'Va bene. Possono frequentare le lezioni con la signorina Lewis.'

'Hai preso la decisione giusta.' Per il bene di Caroline e Aisling, Ellen si sentì sollevata.

'L'ho fatto? Suppongo che si vedrà negli anni a venire.' Honor rientrò in casa e sbatté la porta.

* * *

'Buon compleanno, Mamma,' Cinguettò Bridget, entrando nella camera da letto di Ellen per svegliarla. Portava in braccio Lily, che sorrideva mostrando i dentini.

'Grazie, tesoro mio.' Ellen si sedette e le abbracciò entrambe.

'Moira ti sta preparando una colazione speciale.' Bridget posò Lily sulle ginocchia di Ellen. 'Devo andare ad aiutare. Papà è fuori a raccogliere dei fiori per te.' Si coprì la bocca con una mano. 'Era una sorpresa.'

'Farò finta di essere sorpresa.' Ellen sorrise, baciando le guance di Lily e facendole il solletico sulla pancia.

Una volta sola, Ellen si alzò e si vestì, mentre Lily gironzolava per la stanza, imparando a camminare con l'aiuto dei mobili.

Scelse un abito a righe rosa e crema con un pizzo anch'esso crema che circondava il collo e i polsi. Si spazzolò i capelli e li raccolse con dei pettini.

'Sei già sveglia!' Alistair entrò nella stanza. Prese Lily tra le braccia. 'Buon compleanno, mia cara.'

'Grazie.' Accettò il suo bacio. 'Ho fame!'

'La colazione ti aspetta. Come ci si sente a compiere trentun anni?'

'Esattamente come i trenta, per fortuna!'

Nella sala da pranzo, dei fiori adornavano ogni superficie in diversi vasi e brocche. Sembrava un giardino fiorito portato all'interno della stanza.

'Oh, è magnifico.' Ellen sussurrò, il profumo delle rose e degli altri fiori riempiva la sala.

'Ma non credo che siano rimasti molti fiori nei giardini. Io e Riona ci siamo fatti prendere un po' la mano,' Confessò Alistair. 'Il signor Fenton dice che va bene e favorirà la crescita di nuovi boccioli, quindi non preoccuparti.'

'Grazie.' Il suo sorriso abbracciava anche Riona e Bridget.

'Cosa faremo oggi? Ovviamente, la scelta spetta a te.' Alistair riempì prima il piatto di Ellen con pancetta e uova, poi il suo.'

'Non ne sono sicura. Fa già caldo,' Rispose Ellen, imboccando Lily con delle uova sode.

'Una nuotata!' Suggerì Bridget dal tavolo del buffet, mentre riempiva il suo piatto.

'Hai nuotato ieri,' Le ricordò Riona, versando una tazza di tè. 'Non sei tu a scegliere.'

Ellen salutò la signorina Lewis, che fu l'ultima a sedersi al tavolo.

'Tanti auguri, signora Emmerson,' Disse la signorina Lewis, prendendo posto accanto al seggiolone di Lily.

'Allora,' Incalzò Alistair, 'Cosa desideri fare?'

Prima che Ellen potesse rispondere, Moira entrò con un mazzo di fiori selvatici. 'Questo è da parte del signor Thwaite, Ellen.'

'Oh, è molto gentile da parte sua.'

'Ha un grande rispetto per te,' Disse Alistair.

'È andato al villaggio a prelevare la posta del mattino, quando sarà recapitata,' Disse Moira mentre sistemava i piatti del buffet.

Ellen mangiò un po' della sua colazione. 'Forse potremmo fare una passeggiata lungo il fiume questa mattina.' Guardò Alistair. 'Vorrei andare a Louisburgh.'

'Come, scusa? A Louisburgh?' Lui aggrottò la fronte. 'Stai diventando ossessionata con quella proprietà.'

'Voglio vederne i miglioramenti. Non ci sono stata per un mese.' La proprietà di Goulburn era presto diventata il suo luogo preferito, nonostante mancasse delle raffinatezze di Emmerson Park. Era grezza e poco sofisticata, priva delle comodità basilari, eppure adorava stare lì.

Forse era per l'assenza di comunità nei dintorni. L'insediamento di Goulburn distava un'ora di viaggio a cavallo da Louisburgh. Non conosceva nessuno a Goulburn e non intendeva farlo. Adorava lo spazio e la libertà delle vaste pianure sterminate. Louisburgh era sua. Alistair non ne era rimasto troppo impressionato e, da quando l'avevano acquistata, aveva lasciato a lei il compito di gestire tutto. Lui credeva che l'allevamento di pecore sarebbe sempre stato gestito dai sovrintendenti sul posto e che avrebbe richiesto una visita solo una volta all'anno o giù di lì. Lei non era d'accordo. Nella sua mente, alla fine dei lavori, avrebbe vissuto lì stabilmente. Un giorno, Emmerson Park sarebbe stata data a Austin o a uno degli altri figli, e lei sarebbe andata a Louisburgh a vivere il resto dei suoi giorni in pace e tranquillità.

'Posso venire anch'io, mamma?' Chiese Bridget, masticando il suo toast. 'Posso cavalcare con Princess.'

Ellen sorrise. 'Andremo tutti. L'intera famiglia. Lily e la signorina Lewis, Riona, e Moira se lo desidera.'

'Io?' Chiese Riona, con la tazza a mezz'aria verso le labbra. 'Perché?'

'Voglio che la vediate. Voglio che tutti la vediate.'

'Dovremo dormire nelle tende, Ellen.' Alistair non sembrava troppo contento. 'La capanna lì e troppo piccola. Non è altro che un'abitazione da mandriano.'

'Allora porteremo un carro con delle tende, biancheria da letto e provviste. Ci fermeremo per un paio di settimane.'

Bridget applaudì entusiasta. 'Quando possiamo partire?'

'Domani,' Decise Ellen, entusiasta quanto la figlia. 'Trascorreremo la giornata a fare bagagli e organizzare ciò che serve. Andrò a trovare la signora Ratcliffe per salutarla.'

'Non me l'aspettavo, Ellen.' Il cipiglio di Alistair la infastidì.

'Un'avventura in famiglia sarà divertente.' Ellen finì la colazione e si alzò. 'Andrò a vedere se il signor Thwaite è tornato dal villaggio. Saprà cosa ci serve.'

'Non vuoi il regalo che ti ho fatto?' Chiese Alistair, spingendo via il piatto, fermandola.

'Sarebbe meraviglioso.' Ellen riprese il suo posto, sforzandosi di sorridere, consapevole di aver irritato Alistair.

Alistair estrasse una scatolina da un cassetto di un tavolino all'estremità della stanza e la porse a Ellen. 'Spero ti piaccia.'

Ellen aprì la scatola nera e vi vide all'interno, adagiato su un cuscino di velluto viola, un bracciale d'oro e diamanti. 'È bellissimo.'

'Mi è stato detto che i gioielli non solo sono il modo per arrivare al cuore di una donna, ma anche un ottimo investimento.' Alistair rise.

Quella frase la fece rabbrividire. Un investimento? Il suo regalo di compleanno era un investimento? Alistair stava forse pensando di venderlo un giorno, quando sarebbe aumentato di valore? Era solo in prestito?

'Mettilo, mamma.' Bridget toccò delicatamente il bracciale.

'No, non ancora. Non posso indossarlo durante il giorno, perché potrei perderlo. Va indossato durante occasioni speciali o a teatro.'

'Santo cielo, non perderlo.' Alistair pensava fosse uno scherzo, ma Ellen chiuse il coperchio e si alzò. 'Lo metterò da parte.'

'No, dallo a me, cara.' Alistair le tese la mano. 'Lo terrò al sicuro in cassaforte.'

Ellen gli consegnò la scatola di buon grado. Per quanto quel bracciale fosse bello, sapeva che lo avrebbe indossato a malapena. Era un oggetto da esibizione, da portare a teatro o a un ballo. Eventi a cui non partecipava, a meno che non fosse a Sydney.

'Andiamo a fare una passeggiata lungo il fiume finché non torna il signor Thwaite?' Chiese Ellen. 'Poi faremo i bagagli.'

Riona annuì, con uno sguardo cauto rivolto a Ellen.

'Devo restare con Lily, signora Emmerson?' Propose la signorina Lewis. 'Vorrà solo essere messa giù e provare a camminare tutto il tempo, e il terreno lì è troppo irregolare per il passeggino.'

'Grazie, signorina Lewis. Ora sembra voler camminare ovunque.'

'Rimarrò con lei sotto l'albero dall'altra parte del frutteto.'

Per un po', Ellen e Riona passeggiarono in silenzio, mentre Bridget correva lungo la riva del fiume, raccogliendo fiori selvatici e osservando farfalle e libellule.

'Alistar voleva andare a Sydney tra qualche giorno,' Disse Riona, chinandosi a spezzare un altro filo d'erba. Lo fece girare tra le dita. 'Sai che non gli piace stare lontano troppo a lungo.'

'Allora gli suggerirò di non venire a Louisburgh e di andare invece a Sydney.'

'Non riesco a capire cosa ci sia in quella fattoria che ti attira così tanto, quando hai qui una casa così confortevole.'

Ellen si fermò, mentre un piccolo stormo di roselle rosse e blu si calava dal cielo e atterrava sull'erba dall'altra parte del fiume. 'Quegli uccelli sono così belli.'

'Lo sono. Bridget ne vuole uno nella gabbietta, ma le ho detto che sono uccelli selvatici e che anche a lei non piacerebbe essere libera un giorno e venire rinchiusa quello seguente.' Riona sorrise dolcemente. 'Puoi immaginare la sua risposta.'

'Quella lì non si farà domare.'

'No.' Riona la guardò. 'Non hai risposto alla mia domanda.'

Ellen si agganciò al suo braccio. 'In tanti modi, Louisburgh è casa mia più di questo posto. Louisburgh è mia, posso farne ciò che voglio.'

'Pensavo ti sentissi così anche qui.'

'È così, certo che lo è, ma è sempre stata la proprietà di Alistair. Questo posto è un paradiso, dopo aver vissuto in

Irlanda e a Sydney. Eppure, Louisburgh mi sembra… come se fosse mia. È la terra che ho sempre sognato durante il viaggio in nave diretti qui. Possedere dei terreni era ciò che volevo per tutti noi.'

'Guardati intorno, Ellen. Vivi su cinquecento acri. Terreni ne hai già in abbondanza.'

'Questa è la proprietà di Alistair. È stata data in concessione a *lui*. È stato lui a progettare la casa da costruirci sopra.'

'E tu sei sua moglie.'

'Non capisci. Volevo la mia terra.'

'No, hai ragione. Non ti capisco affatto.'

'Louisburgh è mia. È stata una mia decisione comprarla e ad Alistair non importa.'

'Un giorno dovrai smetterla con questa ossessione per i terreni.' Riona guardò indietro verso la collina. 'Moira sta sventolando il fazzoletto rosso.'

'Torniamo. Bridget,' La chiamò Ellen, indicando il fazzoletto rosso, che era il segnale che qualcuno era richiesto in casa.

Una volta in cima alla collina, attraversando i giardini verso la casa, Moira corse eccitata verso di loro.

'La posta. Il signor Thwaite è tornato con la posta. Ho preparato del tè.'

'Perché sei così entusiasta dell'arrivo della posta?' Riona rise rivolgendosi a Moira.

'Lo vedrai!'

Il cuore fece un balzo nel petto di Ellen, che afferrò Moira per un braccio. 'Lettere dai ragazzi?'

Moira annuì, quasi saltellando dalla felicità. 'Vai, presto. Voglio sentire tutte le loro novità.'

Ellen raccolse la gonna e corse in casa con Riona e Bridget al seguito. Si affrettò nello studio, dove Alistair era seduto alla scrivania, intento a smistare una grande pila di lettere. Lui alzò lo sguardo. 'Bene, il tuo compleanno è diventato improvvisamente più luminoso, vero?' Le porse un ampio involucro di lettere.

Ellen si chiese se il suo cuore non sarebbe semplicemente esploso. Stringeva le lettere al petto, mentre Alistair ne consegnava delle altre a Riona.

'Non ho ricevuto nessuna lettera?' Si lamentò Bridget.

'Sono sicuro che i ragazzi ti avranno menzionata nelle loro lettere, tesoro.' Alistair sorrise. 'Ho ricevuto una lettera da Rafe,' Disse Ellen. 'Anche mio padre scrive. Ne condividerò con te il contenuto, una volta letto.'

Ellen annuì e si allontanò, alla ricerca di un luogo tranquillo dove poter leggere in pace. Uscì e si sedette sulla veranda, con le lettere in grembo. Le sfogliò e vide una busta che sapeva essere da parte di Rafe. Un brivido le attraversò il corpo. Non poteva sedersi lì e leggere le sue parole. Non voleva essere disturbata e riusciva sentire Bridget attraverso le finestre aperte chiedere a Riona di leggere le sue lettere ad alta voce.

Il bambino scalciò, mentre Ellen camminava attraverso il prato e tornava giù per la collina, verso il fiume. Una volta sulla riva, si sedette sull'erba e aprì la busta. Tre fogli di carta ne caddero fuori. Scorrendoli, vide che c'era una lettera ciascuno da parte di Rafe, Austin e Patrick. Lesse per prima quella di Rafe.

Mia cara Ellen,

Non riesco a descrivere l'assoluta sorpresa e gioia che ho provato nel vedere i ragazzi quando oggi sono arrivati a Liverpool. Sentendo la loro storia, ho improvvisamente avvertito quanto sarai stata scon-

volta. Ti prego di prendere atto del fatto che sono in buona salute e che sono sotto le mie cure e spero che in ciò troverai conforto.

LE SFUGGÌ UN SINGHIOZZO. Fino a quel momento, era rimasta sospesa in uno stato di angoscia, temendo che ai suoi ragazzi fosse successo qualcosa durante il viaggio. Era una paura che non poteva condividere con nessuno, ma sapere che erano al sicuro con Rafe le diede un po' di sollievo.

NOTERAI che anche loro ti hanno scritto, cosa che senza dubbio ti regalerà molta gioia. Voglio rassicurarti che mi prenderò cura di loro come se fossero figli miei, ed essendo tuoi, li amerò come tali.

Ho fretta di spedire questa lettera insieme a quelle che i ragazzi hanno scritto, cosicché ti raggiungano il più rapidamente possibile, per mettere in pace la tua mente e il tuo cuore. Immagino che starai provando un grande dolore per non poter essere con loro, e per il fatto che siano così lontani da te, ma loro saranno sempre la mia priorità. Non ti darei mai motivo di credere che non li voglia qui con me.

Alistair desidera che vengano iscritti alla sua vecchia scuola e io mi assumerò questa responsabilità. Tuttavia, trascorreranno con me le vacanze, quindi non disperarti al pensiero che potrebbero mancare loro guida e affetto, perché li tratterò come se fossero figli miei.

So che ho un tempo promesso che non ti avrei mai più scritto, ma questa occasione era troppo importante per mantenere la parola. Dovevo assolutamente scriverti e rassicurarti.

Quanto desidero che fossi stata sulla nave con loro. Ti amo ancora disperatamente.

. . .

Con il mio più vivo e sincero amore e tutta la mia devozione,

Rafe.
Liverpool
Ottobre 1853

Ellen chiuse gli occhi e baciò la lettera, mentre le lacrime le scorrevano sulle ciglia. Il suo cuore si spezzò sotto il peso dell'amore che provava per quell'uomo che non avrebbe mai più incontrato. Come poteva sopportare tutto ciò?

Concentrandosi, spingendo da parte quel dolore, prese la lettera di Austin.

Cara Mamma,

Siamo arrivati sani e salvi a Liverpool e siamo ora a casa del signor Hamilton. Presto andremo all'ufficio postale per spedire tutte le lettere che abbiamo scritto a bordo della nave.

Mi dispiace molto di non aver potuto salutarti, ma non mi sento infelice al pensiero di andare ad Harrow, perché lì imparerò molto e ti renderò orgogliosa di me. Il signor Hamilton dice che trascorreremo con lui tutte le vacanze e che visiteremo anche i genitori di Papà. Sono entusiasta di frequentare una scuola inglese e di essere educato come un gentiluomo, proprio come Papà e il signor Hamilton.

Ho badato a Patrick per tutto il viaggio, perché era molto triste, e mi prenderò cura di lui anche a scuola.

Mando a tutti il mio amore,
Tuo figlio,
Austin Emmerson.

P.S. Prima di salpare, Papà mi ha detto di presentarmi con il cognome Emmerson, cosa che farò. Preferisco prendere quel nome piuttosto che quello di mio padre, di cui non sono orgoglioso.

L'ULTIMA FRASE la fece sussultare. Austin si sentiva così riguardo a suo padre? Non le aveva mai detto nulla di simile. Preferiva essere un Emmerson? Le dispiacque per Malachy. È vero, alla fine, con la lotta contro la carestia e la perdita dei raccolti per diversi anni consecutivi, Malachy era cambiato. Negli ultimi anni della sua vita, non aveva fatto abbastanza per prendersi cura della sua famiglia durante i periodi di fame e devastazione. Ma nonostante ciò, Malachy aveva amato i suoi figli e nessun uomo era mai stato così orgoglioso della nascita di un figlio tanto quanto lo fu lui quando Austin venne alla luce. Le dispiaceva che suo figlio maggiore non si sentisse a suo agio nell'essere un Kittrick. Anzi, si vergognava di quel nome, e Colm aveva causato ancora più danni.

Aprì la lettera di Patrick.

CARA MAMI,

Voglio tornare a casa. Mi mancate tu e tutti gli altri. Puoi venire a prendermi, per favore?

Tuo figlio, Patrick Kittrick. Non voglio essere chiamato Emmerson, ma Austin dice che devo.

IL SUO CUORE si spezzò di nuovo per le parole del suo secondo figlio. Le lacrime scesero copiose, mentre fissava quella semplice nota. Gli mancava casa, e lei non poteva abbracciarlo e tenerlo stretto a sé, come desiderava disperatamente fare.

Patrick era così diverso da Austin. Era più dolce, più gentile di suo fratello maggiore. Preferiva una vita più semplice. Patrick non cercava attenzione come Bridget e non era uno studente modello come Austin. Ellen pregava perché andasse bene a scuola. Aveva il presentimento che Patrick l'avrebbe detestata, mentre Austin avrebbe eccelso.

Trascorse l'intera ora successiva a leggere le loro lettere scritte a bordo della nave. Sorrise per le vicende che Austin raccontava e soffocò la tristezza per il dolore di Patrick, descritta in lettere che trasmettevano una grande nostalgia di casa. Austin prosperava sotto la supervisione del capitano Leonards, riempiendo le pagine di dettagli su cosa facesse il capitano e su come gli stesse impartendo lezioni di navigazione e comando della nave. Patrick fece alcuni disegni dei marinai e delle diverse parti della nave ed Ellen notò che aveva un talento grezzo per gli schizzi. Sperava che potesse sviluppare quel talento a scuola, poiché sembrava essere un'attività a cui adorava dedicarsi.

Alla fine, dopo aver letto tutte le lettere, tornò lentamente verso casa e consegnò il pacco ad Alistair, Riona e Bridget affinché lo leggessero, tenendo la lettera di Rafe nascosta nel corsetto.

Dopo, andò a cercare Lily. La signorina Lewis era nella camera della bambina, impegnata a cambiarle il pannolino.

'Ho sentito che ha ricevuto buone notizie, signora Emmerson?' Disse la signorina Lewis, passando Lily a Ellen.

'Sì, i miei adorati ragazzi sono al sicuro in Inghilterra.' Ellen tenne Lily stretta a sé. La dolce sensazione delle braccine di Lily che le cingevano il collo le fece salire nuove lacrime agli occhi. 'Mi occuperò io di lei per un po', prima di andare a trovare la signora Ratcliffe,' Disse alla signorina Lewis, sedendosi sulla sedia a dondolo accanto alla finestra.

Rimasta sola, Ellen iniziò a canticchiare le melodie irlandesi che la sua mamma le cantava un tempo, mentre Lily si rannicchiava tra le sue braccia. Piangendo sommessamente, Ellen cullò Lily fino a farla addormentare, sognando che Rafe potesse tenere in braccio quella che era sua figlia, e che gli assomigliava così tanto, al contempo desiderando ardentemente che i suoi adorati figli fossero a casa con lei.

CAPITOLO NOVE

Ellen schioccò le redini per far rallentare Betsy, mentre svoltavano nel sentiero che li avrebbe condotti alla capanna a poco più di un chilometro di distanza. 'Ora siamo sui terreni di Louisburgh.' Sorrise a Riona e alla signorina Lewis, che teneva in braccio Lily.

Accanto a loro cavalcavano Bridget, Alistair, il signor Thwaite e Douglas. Erano partiti quella mattina da Marulan, dopo aver trascorso la notte in una locanda.

'È molto arido. Sembra che gli unici alberi siano quelli che costeggiano la catena di colline in lontananza.' Riona sembrava poco colpita, mentre attraversavano campi ricoperti di erba secca e bruna.

'Le colline su entrambi i lati sono graziose,' Disse la signorina Lewis.

'A me piace, mamma.' Bridget guidò Princess accanto a Ellen. 'Posso cavalcare per chilometri e chilometri.'

'Puoi, cara, ma devi sempre avere qualcuno con te, perché non conosci la zona e potresti perderti facilmente.'

'Va bene. Douglas è qui. Cavalcherà con me.'

'Quella ragazza non scende mai da cavallo,' Borbottò Riona. 'Impartisce ultimatum alla signorina Lewis durante le lezioni, lo sai? La ascolta solo se le viene promessa una cavalcata ogni pomeriggio.'

'È vero, signorina Lewis?' Chiese Ellen mentre si avvicinavano alla capanna.

'Temo di sì, signora Emmerson.'

'Le parlerò.' Ellen fermò Betsy e Alistair smontò da cavallo accanto al calesse per aiutare le signore a scendere.

Ellen si guardò intorno, sentendosi come se fosse appena tornata a casa. Nelle poche volte che aveva visitato la proprietà dopo l'acquisto, aveva sempre sentito un peso sollevarsi dalle sue spalle. Lì era semplicemente Ellen, non la signora Emmerson, padrona di Emmerson Park, moglie di un importante uomo d'affari di Sydney, la donna che doveva mantenere una certa condotta e far parte di quella porzione della società che trascorreva il tempo a far visite, ricevere ospiti, partecipare a comitati di beneficenza, discutere i menù con Moira e qualsiasi altra cosa potesse aspettarcisi da lei. Louisburgh era un rifugio lontano dalla vita sociale. Lì non avrebbe mai invitato nessuno.

'Monteremo le tende,' Disse Alistair. 'Poi io e il signor Thwaite andremo a cercare il pastore per controllare il gregge.'

'Anch'io voglio ispezionare il gregge,' Disse Ellen, prendendo una borsa dal calesse.

'Perché?'

'Voglio vedere come stanno gli agnelli, anche perché sei stato molto esplicito sul fatto che questo posto non ti interessa.' Porse la borsa a Riona. 'Quindi, imparerò come renderlo redditizio, così non sarà una seccatura per te.' Fissò la capanna. 'Ho un sacco di idee, dovremo progettare una casa, costruire stalle migliori e—'

'Posso parlarti in privato, per favore, cara?' Alistair la prese per il gomito e la condusse lontano dagli altri.

'Cosa c'è?'

La sua espressione era rigida e fredda. 'Non ci sarà nessuna casa qui.'

Ellen indietreggiò sorpresa. 'Cosa intendi? Abbiamo bisogno di una casa.'

'No, non ne abbiamo bisogno. Questa è una fattoria di pecore, da gestire tramite un sovrintendente che vivrà nella capanna, senza bisogno di altro.'

'No, Alistair. Voglio che questo sia il mio rifugio.' Le sue labbra si assottigliarono per l'irritazione.

'Hai già una casa. Emmerson Park è la tua casa, la casa dei bambini, la nostra casa! Non questo posto sperduto!'

'Sai che mi piace stare qui,' Ribatté, mentre la rabbia le cresceva dentro.

'Inoltre non abbiamo soldi a disposizione da spendere per questo posto finché le pecore non inizieranno a generare profitti. La vendita della lana ha estinto parte del mutuo e la vendita degli agnelli ne coprirà un'altra parte, ma ci sono i costi di gestione e le tasse. Trasformare questo posto in un luogo confortevole non è mai stato nei miei piani. Doveva solo servire come allevamento di pecore.'

'Mi stai dicendo che non possiamo costruire una casa?'

'Esatto. Non abbiamo soldi disponibili per farlo.'

'Siamo in difficoltà economiche?'

'No...' Guardò altrove.

Fu scossa dal pensiero che Alistair le stesse nascondendo qualcosa riguardo alle loro finanze. 'Cosa c'è che non mi stai dicendo?'

'Niente. Semplicemente non farò spese che non posso permettermi per questa proprietà.' Fece un gesto con il braccio per includere la piccola capanna di legno, la stalla, il portico che la fiancheggiava e la desolazione di un giardino inesistente. 'Guarda, Ellen. Nessuno vuole vivere qui.'

'Io sì. Io. Voglio venire qui e essere—'

'Cosa? Libera dalle tue responsabilità? Ci hai trascinati tutti qui per cosa?'

'Per goderci un po' di cambiamento. Per essere libera dagli impegni che dominano le nostre giornate. Qui possiamo semplicemente rilassarci, senza dover socializzare. Possiamo cavalcare e fare picnic, leggere e non doverci vestire di tutto punto per la cena...'

'Tutto ciò che fai ora?' Era spaventosamente immobile. 'Vuoi voltare le spalle alla tua vita?'

'Non dire sciocchezze, Alistair,' Sbottò. 'Voglio solo un posto dove poter essere me stessa.'

'Perché essere mia *moglie* ti disgusta?'

'Perché dici queste cose? Non si tratta di te, Alistair. Si tratta di me. Voglio stare qui per poter fare ciò che voglio.'

'E non puoi farlo a Emmerson Park?'

'Posso, ma solo fino a un certo punto. Berrima sta diventando sempre più simile a Sydney, e ricevo ospiti ogni giorno, o sono io a dover andare in visita da altri. Non sono fatta per questo.'

'Ma lo desideravi per i tuoi figli. Mi hai sposato per garantire loro una buona posizione in una società di cui a te non interessa far parte. Questo è il prezzo che devi pagare,' Sogghignò.

'Lo capisco, e reciterò volentieri questo ruolo per i bambini, per te, ma vorrei anche un posto dove poter andare quando ne sento il bisogno.'

'La maggior parte delle donne invidierebbe la tua posizione. Hai case in città e in campagna, il meglio di tutto, eppure non ti basta.' Sospirò. 'Non ti capirò mai.'

'Mi dispiace che la pensi così.'

'Domani tornerò a casa e poi andrò a Sydney. Mi raggiungerai lì tra un paio di settimane? Ho dei biglietti per il teatro all'inizio di febbraio, credo il cinque. Mi piacerebbe che mi accompagnassi, se possibile. Dopo, siamo invitati a una cena a casa dei Gardner-Hill.'

Ellen sussultò. Lei e la signora Gardner-Hill non andavano d'accordo. 'Va bene. Se lo desideri, ma non mi tratterrò a lungo. Solo un paio di settimane. Non voglio partorire a Sydney.'

'No, Dio non voglia, significherebbe che dovresti restare con me.' Si girò per andarsene.

'Oh, e... Alistair?'

Si voltò verso di lei, con gli occhi spenti e privi di ogni interesse per qualsiasi cosa lei avesse da dirgli. 'Sì?'

'Troverò un modo per rendere Louisburgh un luogo dignitoso. Potrebbe volerci qualche anno, ma ne farò un posto non solo redditizio, ma anche confortevole.'

'Senza dubbio ci riuscirai, Ellen. Quando hai una passione per qualcosa, ci metti tutta te stessa.' Parlò come se fosse un insulto, piuttosto che un elogio, ed Ellen si sentì offesa.

Alistair si unì agli altri, mentre Ellen, sentendosi troppo tesa per poter assumere un atteggiamento amichevole, si allontanò nella direzione opposta, verso la tomba di Mariah Miller.

Si chinò e strappò le erbacce che crescevano alla base della croce.

'Chi è questa?' Chiese Bridget, avvicinandosi da dietro.

'La signora Mariah Miller. Era la moglie dell'uomo che possedeva la proprietà e che ce l'ha venduta.'

'Mariah è un bel nome.'

'Lo è. Aveva un bambino chiamato Thomas.'

'È morto anche lui?'

'No. Il signor Miller l'ha portato in Inghilterra.' Ellen si alzò e sorrise a sua figlia. 'Dobbiamo prenderci cura della tomba di Mariah al suo posto.'

'È una bella cosa. Voglio aiutare. Possiamo piantare una rosa per lei. Potremmo portarne una da Emmerson Park.'

'Che meravigliosa idea, cara. Lo faremo.'

'Il torrente è abbastanza profondo per nuotare, come il nostro fiume a casa?' Bridget saltellò verso la riva del torrente.

Ellen la seguì. 'No. È troppo basso, ma nei giorni caldi possiamo rinfrescarci i piedi.'

'Mi piace stare qui, mamma.' Bridget strappò uno stelo d'erba. 'A Patrick piacerebbe cavalcare sulle colline con me, ne sono sicura.'

'E un giorno lo farà.'

'Papà dice che dobbiamo andare a Sydney la prossima settimana. Non voglio. Mi mancherà Princess.'

'Non sarà per molto. Saremo di nuovo a Emmerson Park per il tuo compleanno.'

'La signorina Lewis dice che a Sydney fa troppo caldo d'estate.'

'È vero, ma dobbiamo stare con papà quando ce lo chiede.' Ellen trattenne un sospiro.

'Il signor Thwaite dice che devo far riposare Princess domani, perché ha fatto un lungo viaggio. Cosa faremo invece?'

'Le tue lezioni con la signorina Lewis?' Suggerì Ellen con un sorriso.

'Ma sono noiose!'

'Allora esploreremo a piedi?' Ellen le fece l'occhiolino.

'Possiamo?'

'Possiamo. Faremo una lunga passeggiata per vedere tutte le terre che possediamo.'

La mattina successiva, prima che il sole sorgesse sopra le colline, Alistair montò in sella a Pepper. Si era congedato la sera precedente, ma Ellen si alzò comunque insieme a lui all'alba.

Non avevano parlato molto dal loro litigio del giorno precedente. Nel pomeriggio erano andati a controllare il gregge e ad ammirare gli agnelli, che erano in buona salute, complimentandosi col pastore, il signor Jollis.

Di sera si erano seduti attorno a un falò e avevano chiacchierato di vari argomenti. Riona aveva cantato loro alcune canzoni irlandesi e anche la signorina Lewis li aveva deliziati con una ballata, prima che la timidezza la sopraffacesse.

Alistair aveva dormito in una tenda, mentre Ellen aveva condiviso il letto nella capanna con Riona e Lily. Mentre giaceva ascoltando i suoni della notte, Ellen aveva fatto progetti nella sua testa su come avrebbe potuto migliorare Louisburgh.

'Cavalca con prudenza,' Disse ad Alistair, standosene in piedi con le mani sul ventre nella pallida luce rosa dell'alba. Gli uccelli autoctoni intonavano il loro coro mattutino dagli alberi sulle colline, creando una sinfonia di suoni.

'Verrai presto a Sydney?' Chiese Alistair, aggiustando la sua seduta in sella.

'Verrò.'

Si chinò per baciarla di nuovo. 'Stai attenta durante le tue passeggiate. Porta sempre il signor Thwaite con te. E non esagerare. Pensa al bambino.'

Lei annuì, irritata dal fatto che lui credesse fosse necessario metterla in guardia come se fosse una bambina.

Guardandolo allontanarsi a cavallo, Ellen provò una sensazione di sollievo. Teneva molto ad Alistair, ma c'erano momenti in cui non erano sulla stessa lunghezza d'onda, e si sentiva come se lo stesse deludendo. Lui voleva una moglie sottomessa, una che facesse ciò che le veniva detto senza discutere, come facevano le mogli dei suoi amici. Un tempo, lui era stato attratto dalla sua indipendenza, dalla sua intelligenza e da quanto fosse diversa dalle altre donne della sua cerchia, ma quel fascino stava svanendo. Voleva che lei si conformasse, che fosse come le altre mogli, felici di sedersi a prendere il tè, cucire o leggere, partecipare a prove d'abito, fare visite, o giri in carrozza nei parchi della città. Tutte cose che la annoiavano terribilmente.

Come avrebbero potuto superare questo ostacolo? Avrebbero trascorso separati i lunghi anni a venire, litigando sugli appuntamenti a teatro e gli inviti a cena?

Ellen non credeva di poterlo sopportare.

'Mamma, ho fame.' Bridget uscì dalla capanna, strofinandosi il sonno dagli occhi.

'Beh, non possiamo permettere una cosa simile, vero?' Ellen la strinse a sé. 'Iniziamo a preparare la colazione per tutti?'

'Poi possiamo andare a esplorare?'

'Porteremo un picnic sulle colline, va bene? Forse il signor Thwaite riuscirà a sparare a un canguro per la cena.'

* * *

ELLEN SI SENTIVA GOFFA e a disagio nel suo vestito color crema e rosa pallido. Durante tutta la serata trascorsa al Sydney

Theatre, si era contorta a causa della taglia stretta del corpetto. Con l'avanzare della gravidanza l'abito era diventato troppo costrittivo, ma era arrivata a Sydney più tardi del previsto, con grande risentimento di Alistair, e non aveva avuto tempo di organizzare una prova d'abito al salone della signora Haggerty.

Dopo lo spettacolo, seduta su una sedia vicino al tavolo dei rinfreschi nella dimora dei Gardner-Hills, era pienamente consapevole del tessuto stretto intorno alle sue forme e degli sguardi delle donne presenti nella sala. Aveva sentito una di loro dire che la pelle di Ellen era quasi del colore degli indigeni, per via del tempo trascorso all'aperto, mentre un'altra aveva commentato che viveva come una selvaggia coi mandriani e che addirittura andava a cavallo da sola in giro per la natura selvaggia.

Nascose uno sbadiglio dietro la mano. L'ora tarda e le chiacchiere noiose delle altre donne l'avevano stremata.

Il minuto stesso in cui erano arrivati alla cena, alcuni amici di Alistair avevano subito sequestrato la sua attenzione, desiderosi di sapere della terra vicino a Goulburn e di avere la sua opinione sulla qualità dei raccolti in quella zona. Lei aveva raccontato volentieri ciò che aveva appreso durante le settimane trascorse a Louisburgh. Aveva camminato per chilometri insieme a Bridget, esplorando ogni parte della proprietà. Il signor Thwaite aveva insegnato a Ellen a sparare con il fucile, e il signor Jollis, lieto di avere la sua compagnia, si era offerto di insegnarle ciò che sapeva sulle pecore, gli agnelli, la tosatura e l'allevamento. Le due settimane a Louisburgh si erano trasformate in tre, e Ellen si era dovuta affrettare per arrivare a Sydney in tempo per lo spettacolo al teatro, come aveva promesso ad Alistair.

'Buonasera, signora Emmerson.' La signora Percival, una

delle mogli i cui mariti facevano affari con Alistair, si sedette accanto a lei. 'Dev'essere stanca.'

'Un po'.' Ellen diede un'occhiata all'orologio a pendolo e notò che era passata l'una di notte.

'Ho sentito che è appena arrivata a Sydney da qualche luogo nelle campagne selvagge?'

'Esatto.' Ellen cercò di mostrarsi amichevole, nonostante quella donna fosse stata scortese con lei in passato.

'Sarà stato spaventoso.' Lo sguardo dell'altra donna vagava per la sala da ballo, come se cercasse qualcuno.

'Non proprio. Mi piacciono gli spazi aperti della campagna. La città è troppo soffocante.'

'Davvero? Io temo di essere l'opposto. La campagna, quel poco che ne ho visto, mi terrorizza. Le bestie pericolose, le foreste selvagge e indomite, i briganti... La lista è infinita. Mi rifiuto di lasciare la città.'

'Che vita noiosa non uscire mai dalla città.'

'Ho pregato il signor Percival di comprare per noi una casetta lungo la costa per sfuggire al caldo estivo della città, ma confesso che non mi piace neanche lì e ci vado raramente. Tuttavia, il signor Percival sembra apprezzarla e ci va spesso per dedicarsi alla vela e alla pesca sui fiumi.'

'Deve davvero sentirsi in pace lì.' Ellen non poté fare a meno di mandarle una frecciatina.

'Infatti. Oh, c'è la signora Hinch che parla con Helen Swan. La conosce?'

'Chi?'

'La signora Helen Swan.'

'No.'

'È appena arrivata da New York, riesce a crederci? È in luna di miele. Suo marito è immensamente ricco e sta facendo un tour della colonia. Si dice che abbia investito molto a

Melbourne, nelle miniere d'oro, e che lei una volta solcasse i palcoscenici. Può crederci?' La voce della signora Percival si abbassò in un sussurro. '*Un'attrice*, qui, tra noi. Nessuno sa cosa dirle.'

'Forse cominciare da un *buonasera* sarebbe un buon inizio?' Ellen era terribilmente annoiata e desiderava solo andar via.

'Rimarranno solo poche settimane a Sydney, il che è una fortuna, perché socializzare con un'attrice è troppo imbarazzante.'

Ellen sollevò le sopracciglia, rivolgendosi alla signora Percival. 'Davvero? È questo che pensa?'

La signora Percival la fissò, senza comprendere cosa intendesse dire.

Con un sospiro, Ellen si alzò dalla sedia e camminò diretta verso la signora Swan, una donna alta e bellissima con un viso angelico e folti capelli biondi. Era semplicemente splendida.

'Signora Swan?' Ellen le tese la mano.

'Sì?' La graziosa donna le sorrise gentilmente e le strinse la mano.

'Sono Ellen Emmerson, piacere di conoscerla.'

'Lei è la moglie del signor Emmerson? L'ho incontrato a una cena la scorsa settimana. Sono felice di conoscerla. Mi è stato detto che è una bella donna irlandese.'

'Beh, sicuramente sono irlandese.' Ellen rise, attirando l'attenzione di altri nelle vicinanze.

'I miei nonni erano irlandesi, di Cork.'

'Quindi il vero sangue scorre anche nelle sue vene.' Ellen sorrise.

'Sì, infatti.' Gli occhi della signora Swan erano caldi e gentili. 'Quando sento cantare in irlandese, qualcosa mi si smuove dentro.'

'Sono le voci dei suoi antenati che la chiamano,' Rispose Ellen con tono affabile.

'Che bel modo di interpretarlo. Lo ricorderò da ora in poi, grazie.'

'Ho sentito dire che è un'attrice a New York?'

La donna si irrigidì, il che la fece sembrare ancora più alta. 'Lo sono.'

Ellen percepì che quella donna fosse abituata a essere oggetto di pettegolezzi. 'È una cosa meravigliosa. Che coraggio deve avere per esibirsi davanti a così tante persone. Io non riuscirei mai a farlo. La mia mente si bloccherebbe, ne sono certa. Quante ore di prove fa?'

'Quando devo andare in scena, anche diverse ore al giorno.'

'Mi piacerebbe vederla recitare un giorno. Ho sentito dire che è in luna di miele?'

'Sì, è così. Dopo Sydney, intraprenderemo il viaggio di ritorno verso New York, perché ho uno spettacolo che comincia a ottobre.'

'Le manca casa?'

Percependo la gentilezza e la sincerità di Ellen, le spalle della signora Swan si rilassarono. 'Ci sono giorni in cui desidero essere a casa, ma altri in cui vorrei che la luna di miele non finisse mai. Una volta tornati a New York, mio marito sarà impegnato col lavoro, e sarà lo stesso per me.'

Ellen cercò di trattenere un altro sbadiglio, la stanchezza si faceva sentire sempre di più. 'Mi scusi, signora Swan. Le assicuro che non è dovuto alla sua compagnia.'

Lo sguardo della donna cadde sul ventre di Ellen. 'Dev'essere stremata a quest'ora della notte.'

'Lo sono.' Ellen si guardò intorno alla ricerca di Alistair, desiderosa solo di andare a casa.

'Io desidererei tanto avere un bambino.'

Ellen vide l'emozione pura sul volto della signora Swan. 'Sono una benedizione.'

'Una benedizione che non riceverò mai...' Come se si fosse appena resa conto di ciò che aveva detto ad alta voce, la signora Swan si rianimò all'improvviso e indossò un sorriso. 'Devo andare a cercare mio marito.'

'Anch'io. È stato un piacere conoscerla.'

Si scambiarono un cenno di comprensione e si allontanarono.

Nella carrozza, sulla strada verso casa che attraversava Lower Fort Street, Ellen sonnecchiava.

'Cosa ne pensi della signora Swan?' Le chiese Alistair.

'Molto simpatica,' Rispose lei svegliandosi.

'Suo marito, Wilf, è un uomo intelligente. Ho parlato con lui di affari in svariate occasioni. Stavo pensando di invitarli a Emmerson Park la prossima settimana.'

'LA PROSSIMA SETTIMANA? Sono appena arrivata, Alistair.' Ellen lo guardò furiosa. 'Volevi che venissi a Sydney e sono qui. Non ho nessuna voglia di tornare di nuovo a Berrima. Ho bisogno di qualche giorno di riposo e c'è da fare compere per il compleanno di Bridget.'

Lui alzò le mani. 'Va bene. Calmati. Non li inviteremo a Berrima. Li riceveremo qui.'

Ellen chiuse gli occhi stanca. 'Mancano circa otto settimane al parto, Alistair. Non voglio passare ogni sera a ricevere persone in casa.'

'Questo no, ma puoi passare il tempo in mezzo al nulla a giocare alla contadina!' Sbottò lui. 'Mia moglie dovrebbe essere al mio fianco, aiutandomi, e questo implica anche intrattenere soci d'affari per migliorare le nostre prospettive.'

'Mi dispiace deluderti, Alistair.'

'Mi *hai* deluso, Ellen.'

Lei si morse il labbro per non parlare, sapendo che non avrebbe portato a nulla di buono, causando solo ulteriore risentimento.

Lui sospirò pesantemente e, nel buio, le prese la mano. 'Perdonami per lo scatto d'ira. Ultimamente non sto dormendo bene.'

'Perché?'

Lui scrollò le spalle e impiegò molto a risponderle. 'Starò bene. Non è nulla di cui tu debba preoccuparti.'

Risentita al pensiero di essere tenuta all'oscuro, Ellen guardò le strade buie fuori dal finestrino della carrozza, desiderando essere di nuovo a Louisburgh.

CAPITOLO DIECI

Ellen cercò di riprendere fiato, reggendosi la testa con le braccia appoggiate sulla scrivania del salotto nella casa di Lower Fort Street che dava sul porto. I dolori del travaglio si erano intensificati nelle ultime tre ore, ma lei cercava di tenere a bada l'agonia camminando in giro per la casa. Quella mattina aveva finto di stare bene, e Alistair era andato in città senza sospettare nulla. Aveva incoraggiato Riona e la signorina Lewis a portare Bridget e Lily a fare una passeggiata dopo pranzo, lasciandola a casa con la signora Lawson, la cuoca, e Dilly, la cameriera, che erano occupate col loro lavoro.

Ellen provò a concentrarsi sulle lettere che stava scrivendo ai ragazzi, rispondendo alle ultime missive arrivate solo il giorno prima. Sapere che avrebbe ricevuto notizie ogni tre mesi le dava una speranza a cui aggrapparsi.

Fuori i venti di aprile soffiavano via le foglie dagli alberi, ricoprendo le strade di un tappeto autunnale rosso e dorato. Sentì la signora Lawson canticchiare in cucina, mentre Dilly entrava con un vassoio per il tè.

'La signora Lawson pensava che le avrebbe fatto piacere una tazza di tè, signora Emmerson?' Disse Dilly con un sorriso.

Ellen sorrise e si alzò, ma un dolore ancor più acuto di prima la colpì allo stomaco, facendola cadere in ginocchio.

'Oh, signora Emmerson!' Dilly fece quasi cadere il vassoio e lo posò rapidamente su un tavolino, prima di accorrere in suo aiuto.

'Corri a chiamare la levatrice, Dilly,' Disse Ellen attraverso i denti serrati. 'Svelta.'

'Signora Lawson!' Dilly corse fuori dalla stanza, chiamando la cuoca.

Un attimo dopo, l'anziana donna entrò, asciugandosi le mani sul grembiule. 'Signora Emmerson, sarà meglio portarla di sopra e metterla a letto, no?'

'Penso sia una scelta saggia, signora Lawson,' Rispose Ellen con il fiato corto.

Un'ora dopo, Ellen giaceva esausta, il corpo indolenzito dopo aver dato alla luce la sua creatura.

'Ecco, signora Emmerson, sta più comoda ora che è lavata e con una camicia da notte pulita?' Chiese la levatrice, una donna che per fortuna viveva a pochi isolati di distanza.

'Sì, grazie. Ci mandi la sua parcella. Mio marito la pagherà prontamente.'

La levatrice ridacchiò e le porse il fagottino con il neonato. 'Forse non lo farà, quando vedrà che è un'altra femmina.'

Ellen fissò quel piccolo viso arrossato. Tutti i suoi bambini erano sempre nati coperti da una sottile peluria nera, ma questa piccola era così chiara da sembrare calva a prima vista.

'Somiglia al signor Emmerson,' Osservò la signora Lawson, raccogliendo il lenzuolo di tela sporco che aveva protetto le lenzuola e il materasso durante il parto.

'Sì, resterà chiara per tutta la vita,' Aggiunse la levatrice. 'Glielo posso confermare, ne ho visti abbastanza.'

Rimasta sola con la sua bambina, Ellen rimosse le coperte che la avvolgevano e ispezionò il piccolo corpo alla ricerca di imperfezioni. La sua ultima figlia era perfetta in ogni dettaglio. Il cuore di Ellen traboccava d'amore per quella preziosa creatura. 'Come ti chiameremo?' Sussurrò Ellen, ma raggiunta dalla voce squillante di Bridget, sapeva che la sua pace fosse ormai finita.

Pochi istanti dopo, Bridget irruppe nella stanza seguita da Riona.

'Mamma, hai avuto il bambino, Dilly ce l'ha appena detto. Cos'è?' Bridget si arrampicò sul letto, prima di ricevere un leggero colpetto sulla mano da Riona.

'Silenzio, bambina. Comportati bene. La tua mamma ha appena partorito e sarà stanca adesso.' Riona gettò uno sguardo a quel piccolo viso. 'Oh, Ellen.'

'È una femmina,' Disse Ellen.

'Un'altra sorellina?' Bridget sembrava delusa, mentre Riona prese la bambina da Ellen, stringendola a sé.

'È bellissima, Ellen, e così chiara. Ha preso tutto da suo padre, davvero.'

Sbadigliando, Ellen si rannicchiò sui cuscini. 'Sì, è così.'

'Avrei voluto un fratellino. Magari la prossima volta?' Disse Bridget scendendo dal letto.

'Non ho gran fretta di ripetere l'esperienza, grazie,' Rispose Ellen, ancora assonnata.

'La portiamo di sotto e ti lasciamo riposare?' Domandò Riona.

'Sì, portatela con voi. Vorrei dormire un po'.'

Quando Ellen riaprì gli occhi alcune ore dopo, il crepuscolo gettava ombre nella stanza. Risvegliandosi da un sonno profondo, si sentiva un po' intontita, ma appena si mosse, il dolore e i ricordi tornarono vividi. I suoi arti erano rigidi e tutto il resto del corpo era dolente. Guardò nella culla, ma era vuota.

'Riona!' Chiamò, alla ricerca dell'energia necessaria per alzarsi dal letto.

In pochi secondi la porta si aprì e Riona entrò con la bambina. 'Hai dormito per quattro ore, per fortuna. Dev'essere allattata.'

'Ha pianto?' Chiese Ellen.

'No, non ha fatto un fiato. Ha dormito come te.'

Ellen accostò la bambina al seno e sentì quel familiare tirare al capezzolo. 'È così faticoso tornare ad allattare. Sono vincolata un'altra volta.'

'Il tempo passerà velocemente. Anche se credo che dovresti assumere una balia. Io e la signorina Lewis non possiamo fare tutto e sai bene che vorrai uscire il prima possibile.'

'Sono d'accordo. Metti un annuncio sul giornale, va bene? Ne assumeremo due.'

'Andrò in città domattina presto.'

Sentirono una voce maschile al piano di sotto.

'Oh, Alistair è tornato,' Disse Riona. 'Lo mando su.'

Ellen aspettò che Alistair entrasse nella stanza e gli sorrise stancamente.

'Perché non mi hai mandato a chiamare? Sarei tornato subito a casa,' Disse, sedendosi sul letto. Guardò il piccolo viso che succhiava con soddisfazione. 'Riona non mi ha voluto dire il sesso e ha messo una mano sulla bocca di Bridget per impedirle di dirmelo. È un maschio?' Chiese con aria speranzosa.

'Mi dispiace deluderti, ma è una femmina.' Ellen si sentì

protettiva nei confronti della bambina, sapendo quanto Alistair desiderasse un maschio.

'Una femmina...' Un lampo di insoddisfazione attraversò il suo viso per un breve secondo, ma quando Ellen staccò la bambina dal seno e la passò a lui, i suoi occhi si illuminarono.

'Guarda com'è chiara! Così diversa dagli altri bambini, specialmente da Lily.' La guardò con completa adorazione. 'Somiglia proprio a me.'

'Allora sarà una bellissima bambina, specialmente se avrà le tue fossette e i tuoi capelli biondi.' Ellen sorrise, cercando di non pensare al fatto che Lily fosse diversa da tutti gli altri.

'No, sarà ancora più chiara di me, più simile a mia madre. Dobbiamo chiamarla Ava, come mia madre. Ti piace?'

Avendo ricevuto tante piacevoli lettere dalla madre di Alistair, insieme a semi e bulbi per il giardino, Ellen non aveva nulla in contrario a usare quel nome. 'Tua madre è una cara donna. Ava sarà orgogliosa di portare il nome di una persona così gentile.'

Alistair baciò la testa di Ava e poi Ellen. 'Mia madre sarà così felice della sua omonima. Dovremmo far fare un ritratto di Ava e mandarglielo.'

Ellen annuì. Si appoggiò ai cuscini. 'È un'idea magnifica.'

'So che non ci siamo comportati bene l'uno con l'altra negli ultimi mesi...' Alistair cambiò posizione, stringendo la bambina senza guardare Ellen. 'Sono grato che tu sia rimasta a Sydney e non sia tornata a Berrima o a Louisburgh, nonostante fosse ciò che volevi. L'hai fatto per me.'

'Sì, è così. Sono rimasta a Sydney per poter lavorare sul nostro matrimonio, ma tu sei stato a malapena a casa. Sarei dovuta andare a Berrima settimane fa, ma non volevo che tu pensassi che non ci stessi provando, Alistair. Poi si è fatto troppo tardi per viaggiare, con la data del parto che approcciava.' Ellen cercò risposte sul suo viso. Aveva cambiato i suoi piani per lui. Avrebbe voluto partorire a Berrima. Rimanere a Sydney per diversi mesi aveva messo a dura prova la sua pazienza, ancor più al pensiero che era rimasta per stare con Alistair, e lui aveva invece trascorso così tanto tempo in ufficio o con i suoi amici.

Aveva sprecato il suo tempo cercando di riparare il loro matrimonio, che stava diventando sempre più difficoltoso di giorno in giorno. Era stanca di sforzarsi di essere ciò che lui desiderava e continuare a fallire.

Alistair toccò con un dito la guancia della bambina. 'So che è colpa mia. Tante questioni mi hanno tenuto occupato in ufficio. Ma l'ultima spedizione è in viaggio verso l'Inghilterra e il carico più recente è stato consegnato a Melbourne. La lettera di Robin di oggi mi ha informato che il carico è arrivato in perfette condizioni, e lui è riuscito a vendere già gran parte della merce.'

'Questo significa che ora sarai meno preoccupato?' Chiese Ellen.

'Sì...'

Lei non gli credette. Qualcosa non andava. 'Sento che mi stai nascondendo qualcosa, Alistair. Vorrei sapere cosa.'

Lui le restituì la bambina e si alzò. 'Non è nulla di cui tu debba preoccuparti, cara mia. Riposati e riprendi le forze. Lascia che mi occupi io degli affari.'

Il suo ultimo commento la fece infuriare. Un'osservazione così pungente, benché sapesse bene quanto lei fosse ferrata negli affari. Quante altre volte avrebbe dovuto dimostrarglielo?

Dopo che lui uscì dalla stanza, Ellen rifletté a lungo sul suo atteggiamento distante. Ultimamente era rimasto in ufficio fino a tardi, e quando era a casa, sembrava distratto. Per il bene suo e del loro matrimonio, aveva deciso di rimanere in città e, fino a due giorni prima, aveva intrattenuto le mogli dei suoi soci e accolto tutti gli inviti che aveva ricevuto. Aveva fatto tutto questo per nulla?

Però, ora che la bambina era nata e in buona salute, desiderava partire e tornare a Berrima e trattenersi lì per un po', per poi dirigersi verso Louisburgh. Aveva trascorso abbastanza tempo a Sydney, anche se Alistair sembrava non averlo apprezzato affatto.

* * *

LASCIATA la carrozza in High Street, Rafe si affrettò lungo il sentiero che conduceva all'edificio principale in mattoni rossi di Harrow, la prestigiosa scuola a nord-ovest di Londra. Giunto all'interno delle pareti pannellate, fermò uno studente. 'L'ufficio del preside o l'infermeria?'

'L'infermeria è laggiù, signore.' Il ragazzo indicò a destra. 'Attraversi quelle porte, percorra il corridoio e poi giri a sinistra.'

Dopo aver attraversato diversi corridoi, Rafe trovò un uomo che trasportava una pila di libri. 'L'infermeria?'

'L'infermeria, signore?' L'uomo guardò Rafe dall'alto in basso, il che era difficile, essendo più basso di lui di qualche centimetro. 'L'infermeria è dietro di me, signore. Posso chiederle lei chi è?'

'Lei è il responsabile?'

'No, sono il capo impiegato del preside.'

'Rafe Hamilton. Mi è stata inviata una lettera riguardo al ragazzo che ho in custodia, Patrick Kittrick. È malato.'

'Ah, sì. Brutta faccenda. Mi segua.'

Dopo aver lasciato l'edificio e attraversato uno spazio

aperto diretti verso un altro palazzo, Rafe entrò finalmente in un ufficio. L'impiegato bussò a un'altra porta, parlò con l'uomo dentro la stanza e poi fece cenno a Rafe di entrare.

Un uomo con indosso un abito scuro e un lungo mantello nero stava dietro la sua scrivania e porse la mano a Rafe. 'Charles Vaughan, signor Hamilton. Benvenuto ad Harrow.'

'Grazie. Il ragazzo che ho in custodia, Patrick?' Aveva ricevuto la lettera riguardante Patrick la mattina precedente e aveva preso il primo treno da Liverpool diretto a Londra.

'È stato gravemente malato. Sono lieto che sia venuto il più velocemente possibile. Mi segua. La porterò da lui.'

Rafe lo seguì, appesantito dalla stanchezza di una notte insonne che lo sopraffaceva, insieme all'ansia del viaggio, durante il quale aveva trascorso ore intere a chiedersi se sarebbe arrivato troppo tardi.

'Il suo ragazzo è gravemente malato, signor Hamilton. Il dottore è stato al suo fianco tutto il tempo.'

In una piccola stanza senza finestre, priva di qualsiasi comodità, Patrick giaceva su un letto, coperto da un sottile lenzuolo bianco. L'odore stantio dei rifiuti corporei colpì Rafe. Il ragazzo sembrava uno scheletro, il corpo terribilmente sottile alla vista, la pelle pallida, e occhiaie nere circondavano gli occhi infossati. La testa rasata.

Rafe sussultò, credendo per un momento che non si trattasse di Patrick. Che ci fosse stato un errore.

'Dottor Rutledge, signor Hamilton.' Il signor Vaughan fece le presentazioni.

Senza dire una parola, Rafe strinse la mano grassa dell'uomo corpulento.

'Una febbre, mio caro. Temo che non ci siano molte speranze.' Il dottor Rutledge si soffiò rumorosamente il naso in un fazzoletto, ne ispezionò il contenuto e poi lo infilò nella tasca del cappotto. 'Un terribile spreco di una giovane vita.'

Facendo un passo avanti, Rafe osservò Patrick, quel ragazzo con cui aveva sviluppato un legame molto stretto nel breve tempo in cui lui e Austin erano rimasti con lui a Liverpool, prima di trasferirsi a Londra per frequentare la scuola lo scorso ottobre.

Quattro mesi prima Rafe aveva ospitato Patrick e Austin per due settimane a Natale e avevano trascorso insieme un bel periodo. Li aveva trattati come se fossero figli suoi, come aveva promesso a Ellen, e non fu affatto una sfida, dato che erano due ragazzi simpatici e interessanti. Insieme avevano assistito a spettacoli teatrali, fatto compere, pattinato su un laghetto ghiacciato, preparato vin brulé e gustato i banchetti che la sua cuoca aveva preparato per le festività. Si erano scambiati i regali il giorno di Natale e poi avevano fatto una lunga passeggiata lungo i moli. La sera avevano cenato con un pasto sontuoso e giocato a carte per ore.

La trasformazione da quel ragazzo sano che era arrivato a Liverpool l'anno precedente a quel corpo devastato non gli sembrava possibile.

Un nodo gli si formò in gola, e dovette deglutire più volte prima di riuscire a parlare. 'Deve vivere.' Era tutto ciò a cui riusciva a pensare. Era per Ellen che doveva tenere in vita quel ragazzo, farlo tornare in salute. Non poteva deluderla. Aveva promesso che si sarebbe preso cura dei suoi ragazzi.

'È improbabile che superi la notte.' Il dottor Rutledge controllò il suo orologio da taschino e tossì.

Rafe riuscì a percepire l'odore dell'alcol nell'alito dell'uomo. Scrutandolo, si ritrasse, notando il sudore gocciolare sulla sua fronte. Il tabacco da fiuto aveva macchiato il suo panciotto. L'uomo sembrava a malapena in grado di prendersi cura di sé stesso, figurarsi del suo paziente. 'Cos'ha fatto per cercare di guarire il mio ragazzo?'

'Ha la febbre, probabilmente qualche infezione interna... Gli ho fatto diverse trasfusioni, ma non c'è stato alcun miglioramento. Le febbri sono complicate, si annidano nel corpo e o il paziente ha la forza per resistere all'assalto all'organismo, o muore.'

Rafe serrò i denti e fissò l'uomo con rabbia. Si voltò verso il preside. 'È un medico competente? Puzza di alcol.'

'Ma come si permette!' Protestò il dottor Rutledge per l'insulto.

Il signor Vaughan sembrò a disagio. 'Il dottor Rutledge ha avuto molto successo in passato nel curare i nostri ragazzi, signor Hamilton.'

'Voglio che Patrick sia rimosso dalle sue cure. Pagherò un medico per occuparsi di lui.'

'Ora non siamo frettolosi.' Vaughan alzò una mano.

Il dottor Rutledge si infuriò. 'Voglio la mia parcella!'

Rafe si trattenne a stento dal colpire quel rospo grasso. 'C'è un ospedale nelle vicinanze?'

Vaughan annuì. 'A poco più di un chilometro. Ma è solo una piccola struttura.'

'È dove vanno i vecchi a morire,' Sbuffò Rutledge. 'È poco più di un ricovero per indigenti.'

Rafe guardò Patrick, che sembrava terribilmente malato. Doveva fare tutto il possibile. 'Avete una carrozza che posso prendere in prestito?'

'Sì, certo. È a sua disposizione.' Vaughan si avvicinò alla porta quando sentì bussare. Aprì, rivelando il volto di Austin.

'Rafe?' Gli occhi di Austin si spalancarono. 'Patrick...?'

'Respira ancora,' Disse Vaughan gentilmente, invitandolo a entrare.

Austin si avvicinò al letto, rivolgendosi a Rafe. 'Il mio tutore mi ha detto che potevo visitare Patrick dopo le lezioni di stamattina.'

Rafe accennò un sorriso ad Austin. 'Sto portando Patrick a casa di mia sorella vicino a Watford. Vuoi venire?'

'Ho un esame di storia questo pomeriggio. Devo passarlo con buoni voti.'

'Forse Austin potrebbe venire da lei sabato?' Intervenne Vaughan. 'Potrebbe restare qualche giorno.'

Rafe posò una mano sulla spalla di Austin. 'Riceverà cure migliori lontano da questa stanza.' Guardò Rutledge per rendere chiaro cosa intendesse.

Austin annuì. 'Sono stato in pensiero per Patrick tutta la notte.'

'Se lo porta via da qui oggi,' Dichiarò Rutledge, 'Non sarò responsabile di ciò che gli accadrà.'

'Mi assumerò il rischio,' Ringhiò Rafe.

Nel giro di un'ora, Rafe teneva Patrick tra le braccia sul sedile di una carrozza che Vaughan aveva noleggiato per loro, in viaggio su strade ricoperte di fango. La pioggia cadeva a dirotto, ostacolando il loro rapido avanzare, e Patrick non si muoveva né mormorava. Il ragazzo era così leggero tra le sue braccia che Rafe si chiedeva se sarebbe sopravvissuto al viaggio. Aveva forse sbagliato a portarlo via?

Giunti ai cancelli di Cherrybank, la tenuta del marito di sua sorella, Rafe salutò il guardiano. Passarono attraverso i cancelli, girando intorno al parco dei cervi, fermandosi davanti all'imponente dimora Tudor.

Babcock, il maggiordomo, aprì le porte principali e due valletti scesero in fretta i gradini per aprire la porta della carrozza. Nascosero il loro sgomento nel vederne Rafe all'interno.

'Signor Hamilton?' Babcock scese i gradini tenendo in mano un ombrello. 'Non la aspettavamo, signore.'

'Babcock, il ragazzo che ho in custodia è molto malato. Ho bisogno di un medico. Vada a chiamare mia sorella, per favore.' Disse Rafe dall'interno della carrozza.

'Certamente, signore.'

Pochi istanti dopo, Iris, sollevando la gonna con le mani, corse giù per le scale verso la carrozza. 'Rafe! Che diavolo è successo?'

'Patrick ha la febbre molto alta. Abbiamo bisogno di un posto dove stare, ma non entrerò in casa. Avete un cottage nella tenuta dove possiamo stare?'

'Un cottage? No, sono tutti occupati. Entra in casa, non penserai che lascerei mai che mio fratello e il caro Patrick alloggiassero altrove, vero?'

'Ma il rischio per il piccolo Edmund?' Non poteva mettere in pericolo il bambino di sua sorella.

'È nell'ala ovest. Ti metterò nell'ala est, lontano dalla cameretta di Edmund.' Si rivolse a Babcock. 'Qualcuno vada a chiamare il dottor Griggs e faccia preparare le stanze, per favore.'

Babcock diede ordine ai valletti di procedere e Rafe scese i gradini della carrozza. Poi si girò per prendere Patrick tra le braccia, pregando di aver fatto la cosa giusta portandolo lì, mentre il ragazzo restava inerte e caldo al tatto.

Rafe portò Patrick su per le scale fino a dentro casa.

'Tesoro?' La mamma arrivò dal salotto.

'Stai lontana, mamma,' Rafe si fece forza e salì le scale verso l'ala est.

'La prima stanza,' Disse Iris, aprendo la porta. Corse verso il letto e tirò indietro le coperte e il lenzuolo.

Una volta messo Patrick comodo, Iris ordinò a una cameriera di accendere il fuoco nel camino. Iris chiese a Babcock di sostituire la sedia di lusso in stile Luigi XIV nell'angolo della stanza con una poltrona più comoda prelevata da un'altra camera, sapendo che Rafe ne avrebbe avuto bisogno per riposare.

Mentre tutti erano impegnati nei preparativi, Rafe versò dell'acqua da una brocca in una bacinella e con un panno pulì la fronte calda, le guance e il collo di Patrick.

Iris si avvicinò a lui. 'Lo faremo guarire, fratello. Cerca di non preoccuparti.'

'Deve riprendersi, Iris. Non posso deludere sua madre.'

Lei gli accarezzò la schiena. 'Penso che sua madre sappia che faresti del tuo meglio per suo figlio.'

'Non dovresti essere qui. Pensa a Edmund.'

Iris sorrise rassicurante. 'Edgar porta sempre nostro figlio fuori, qualsiasi siano le condizioni atmosferiche. Edmund ha la forza di un piccolo toro e l'appetito di un gigante. Ora che cammina, cavalca insieme a Edmund seduto sulla sella davanti a lui. Si rifiuta di trattare nostro figlio come un delicato coccio di porcellana.' Fece una pausa, rendendosi conto di aver divagato. 'Andrò da mamma e aspetterò il dottor Griggs. Ti farò portare un vassoio.'

'Grazie.'

Si fermò alla porta. 'Hai scritto alla madre di Patrick?'

'Non ancora. Volevo aspettare...'

'Finché non starà meglio e potrai mandare *buone* notizie,' Concluse al suo posto. Gli prese la mano. 'Si rimetterà.'

I freschi venti autunnali di fine maggio avevano spogliato gli imponenti alberi di Emmerson Park delle ultime foglie colorate, ma gli alberi di eucalipto locali, che delimitavano i confini della proprietà, offrivano una protezione ideale dal vento che si abbatteva sulla collina e soffiava contro la casa.

'Se il tempo migliorerà domani, posso andare a fare una passeggiata?' Chiese Bridget, mentre entrava nella camera da letto dove Ellen aveva appena finito di dare da mangiare ad Ava.

'Sì, con Douglas, e a patto che la signorina Lewis mi confermi che hai terminato le lezioni giornaliere.'

'Oggi faremo delle lezioni in più per via del maltempo.' Bridget si sedette sul letto e osservò Ellen accarezzare Ava sulla schiena.

'Ti ho ascoltato esercitarti al pianoforte. Stai diventando molto brava.'

Bridget si pavoneggiò. 'Sono meglio di Caroline e Aisling, vero?'

'Lo sei, ma non fare la presuntuosa. Ricorda che Caroline sa cantare meglio di te, e Aisling è la migliore cantante delle tre.'

Bridget scrollò le spalle. 'Non mi interessa cantare, comunque. Sono la migliore ballerina. Quando arriva Papà?'

'La prossima settimana.' Ellen cercò di infondere un tono positivo nella sua voce. Da quando aveva lasciato Sydney la settimana precedente, sei settimane dopo la nascita di Ava, aveva provato un grande sollievo nel distaccarsi dalla città. Il lungo periodo trascorso a Sydney era stato reso ancor più pesante dalla presenza di Alistair, che sembrava nasconderle qualcosa. Non riusciva a capire esattamente di cosa si trattasse, ma pensava che fosse qualcosa legato agli affari.

Un colpo alla porta le fece sollevare lo sguardo dal dolce viso di Ava. 'Avanti.'

Rachel, la balia che Ellen aveva assunto a Sydney, entrò nella stanza. 'Posso prendere la bambina, signora?'

'Sì. È bagnata.' Ellen le passò Ava dopo averle dato un bacio. Avere Rachel e Lettie come balie era una nuova libertà che Ellen si stava godendo a pieno. Dopo ogni pasto, era libera di proseguire la sua giornata mentre Rachel si occupava di Ava, che si rivelò presto essere una bambina disciplinata, mentre Lettie si prendeva cura di Lily.

Ellen era continuamente meravigliata da come avesse avuto tre figlie da tre uomini diversi e dalle enormi differenze che le contraddistinguevano. Bridget era sempre stata una bambina forte, anche durante la carestia, quando la penuria di cibo incombeva su di loro e Ellen riusciva a offrirle solo dei pasti molto scarsi. Guardandola ora, Ellen era continuamente stupita dalla bellezza della sua primogenita dai capelli corvini. Gli occhi di Bridget erano un misto di blu e grigio e aveva una forza di carattere che la faceva risaltare tra tutti, mentre Lily aveva un aspetto delicato, con i capelli che stavano lentamente trasformandosi in un castano scuro, a contorno di due grandi occhi blu. Aveva i tratti eleganti di Rafe e un comportamento riservato, ma sembrava essere sempre in osservazione di chi le stava intorno. Poi c'era Ava, di sole sei settimane, chiara nei caratteri, con dei capelli così biondi da sembrare quasi bianchi.

Ellen amava le sue figlie, specialmente le loro differenze. Se solo avesse potuto avere anche i suoi figli con sé. Pensò brevemente al caro Thomas. Avrebbe compiuto dodici anni a fine aprile… Quanto le mancavano il suo dolce viso e i suoi sorrisi… la vista del suo corpo chiaro disteso sulla sabbia…

Scacciò via i ricordi e tese la mano a Bridget. 'Scriviamo a Austin e Patrick?'

'Abbiamo inviato delle lettere solo ieri.' Bridget prese la sua mano mentre uscivano dalla camera da letto.

'Lo so, ma erano tutte sul nostro viaggio di ritorno da Sydney e sull'asse della carrozza che si è rotto.'

'E abbiamo dovuto camminare fino al villaggio successivo.'

'Perché oggi non scriviamo del viaggio a Louisburgh che faremo tra qualche giorno?'

Bridget guardò Ellen. 'Papà ha detto che non possiamo andare perché Ava è troppo piccola per il viaggio.'

Ellen si irritò al pensiero degli ordini che Alistair le aveva impartito riguardo ad Ava, prima che lasciasse Sydney. Era innamorato della bambina, più di quanto non lo fosse di Lily, e insisteva affinché Ellen la trattasse come se fosse un angelo fragile. Lei gli aveva detto che quando era in attesa di Bridget, aveva lavorato nei campi piantando patate con la bambina legata sulla schiena, come aveva fatto anche coi ragazzi quando erano piccoli. Nonostante ciò, lui era stato insistente affinché ad Ava fossero riservate delle cure particolari.

Ellen era decisa a viaggiare verso Louisburgh prima che arrivasse il freddo. Sentiva che trascorrere un paio di settimane a Louisburgh, per poi tornare a Emmerson Park con l'arrivo dell'inverno, fosse una soluzione perfetta.

'Ava ha affrontato il viaggio da Sydney senza problemi. Ce la farà anche coi giorni necessari per raggiungere Louisburgh.'

'Non possiamo lasciare Ava e Lily qui e andare da sole a Louisburgh?' Chiese Bridget.

'Non sarebbe giusto per loro, no? E mi mancherebbero.'

'Ma sono solo delle neonate. Rachel e Lettie possono prendersi cura di loro, insieme a zia Riona e alla signorina Lewis.'

Ellen rise. 'Non posso lasciare Ava durante l'allattamento, lo sai. Ora vai a cercare la signorina Lewis.'

Nel salotto, Riona stava osservando il lavoro della domestica con occhio critico. 'La signorina Augusta Ashford e la signora Pippa Ashford arriveranno presto.'

Ellen si fermò. 'Oh, avevo dimenticato la loro visita.'

'E poi oggi pomeriggio la signora Riddle verrà a farci visita.' Riona annuì, guardando il suo diario. 'Domani mattina dobbiamo richiamare il signor Taylor e anche andare a trovare la signora Connelly al mulino. È stata gentile a invitarci per il tè. Anche se non appartiene all'élite della zona, è comunque una donna molto gentile.'

Ellen alzò gli occhi al cielo. Appena nel distretto si era diffusa la voce del loro ritorno da Sydney, tutti avevano ripreso a far loro visita.

'Abbiamo una cena martedì dai Riddle e poi la festa in giardino dagli Ashford venerdì.'

'Venerdì? Volevo andare a Louisburgh mercoledì.'

'Dovrai posticipare a sabato.' Riona chiuse il diario. 'Mercoledì ho una riunione con il comitato della chiesa e giovedì sera c'è il ballo di beneficenza al Victoria Inn.'

'Per cosa stiamo raccogliendo fondi stavolta?' Ellen si sedette e ravvivò il fuoco con il bastone di ferro.

'Per la signora Finch. La sua casa è andata a fuoco, ricordi?'

'Non andrò al ballo, Riona. Porta la signorina Lewis con te. Io mi occuperò solo della donazione.'

'Perché non puoi andare?'

'Voglio andare a Louisburgh.' Ellen sospirò e si appoggiò alla sedia. 'E non ne ho voglia.'

'Alistair arriva la prossima settimana. Sarai a Louisburgh quando arriverà?' Riona le lanciò uno sguardo tagliente. 'Non ne sarà felice.'

Ellen scrollò le spalle. 'Non c'è molto che lo renda felice ultimamente. Non mi è stato per niente grato per il tempo che ho trascorso a Sydney. Ha notato a stento la nostra presenza.'

'Devi ovviare a questa distanza che si sta creando tra voi, Ellen. Non vi fa bene.'

'E come? Alistair si rifiuta di parlare con me di qualsiasi problematica di rilievo. Siamo cambiati entrambi. Vorrei sapere come colmare il divario tra noi.' Si lisciò la gonna, triste nel constatare la dura verità sul suo matrimonio.

'Vivere in case separate non aiuta. Se andrai a Louisburgh quando Alistair sarà qui, la vostra relazione peggiorerà, piuttosto che migliorare. E ti ha vietato di portare Ava con te, quindi se andassi, sarebbe furioso e, ad essere onesta, non voglio dover vivere con lui in quello stato. È tuo marito, non il mio. Dovresti restare qui.'

Si passò stancamente una mano sugli occhi. 'Va bene. Non andrò a Louisburgh allora. Rimarrò mentre Alistair è qui.'

'Bene.' Riona la scrutò. 'Hai dormito?'

'Vuoi insinuare che ho un'aria stanca?' Cercò di scherzare, ma la battuta non attecchì.

'Ava dorme tutta la notte ora, ma tu sembri esausta. Non

riposi abbastanza durante il giorno. Gli unici momenti in cui ti siedi sono quando allatti Ava o se c'è qualcuno in visita, e anche allora a malapena riesci a rimanere ferma per più di cinque minuti prima di inventare delle scuse.'

'Le donne che vengono a trovarci sono amiche tue, non mie.' Ellen fissava le fiamme.

'Che sciocchezze. Vengono a trovare te. Sei la padrona di casa. Sono tutte amiche di entrambe, ancor più se ci mettessi più impegno.' Riona ripose il diario nel cassetto di un elegante armadietto di noce vicino alla finestra.

'Seriamente, Ellen, devi socializzare di più per il bene di Alistair e dei bambini. Ci riesci bene, quando ti impegni. Io sento sempre di non essere all'altezza di interfacciarmi con queste persone.'

'Stupidaggini. Sei più brava di me!' Osservò Ellen. 'Non so fare conversazioni frivole, tu sì. Le chiacchiere sociali mi annoiano, a meno che non riguardino terreni e agricoltura.'

'Ho dovuto imparare in fretta, considerando tutte le volte in cui abbiamo avuto visitatori sia qui che a Sydney e tu sei sparita!'

Ellen rise. 'Sto diventando abbastanza brava *in questo*.'

Riona sorrise. 'Sei impossibile. Bridget sta diventando altrettanto brava. Quella ragazzina scompare sempre nel momento esatto in cui la signorina Lewis la chiama.'

Un colpo alla porta interruppe la conversazione e Honor Duffy entrò nel salotto.

'Sì, Honor?'

'Scusate il disturbo, ma Moira ha avuto un piccolo malore.'

'Cosa?' Ellen e Riona corsero fuori dalla stanza e attraversarono il corridoio fino alla cucina.

Moira era seduta dietro al grande tavolo di cedro con la testa china. La stanza era calda coi forni accesi. Del pane fresco era stato riposto sul tavolo a raffreddarsi, mentre i vassoi da tè per i visitatori erano in preparazione.

'Moira.' Ellen si inginocchiò accanto a lei. 'Cos'è successo?'

'Niente. Sto bene, davvero.'

'Sembri pallida.' Ellen le toccò la fronte. 'Non hai la febbre.'

'Sto bene, ti dico.' Moira la scacciò con un gesto della mano.

'Vieni fuori e prendi un po' d'aria fresca.' Ellen la aiutò ad alzarsi. 'Honor, puoi occuparti delle preparazioni?'

Honor alzò il mento. 'Sì, certo.'

Ellen guardò Riona. 'La signora e la signorina Ashford sono arrivate. Sento una carrozza che approccia lungo il viale.'

Riona si strofinò le mani preoccupata. 'Tu occupati di Moira. Io accoglierò gli ospiti e porrò le tue scuse.'

'Tornerò il prima possibile,' Disse Ellen.

'Smettila di fare tante storie, va bene, Ellen?' Moira sospirò. 'Non sono un'invalida.'

'Non discutere con me, Moira.' Ellen le prese il braccio e la guidò fuori all'aria fresca. Si sedettero su una panchina di legno che Seamus Duffy aveva fatto costruire vicino al giardino delle erbe aromatiche. 'Mi hai spaventata. Sei sicura di star bene?'

Moira sospirò, il viso teso. Non aveva alcuna battuta pronta, nessuna risata o comportamento sprezzante.

Ellen guardò la sua amica. 'Sei malata? Dimmi.'

'Devo essere matta per essermi cacciata in una situazione del genere.'

'Cosa intendi?'

Moira fissò il giardino per qualche minuto. 'Oh, Ellen. Sono una sciocca.'

'Perché?'

'Penso di essere incinta, davvero.'

Non c'era nulla che Moira avrebbe potuto dire in grado di scioccare Ellen più di così. 'Incinta?'

'Sì. Non proprio una battuta spassosa, vero?'

'Non sapevo nemmeno che tu fossi… interessata a qualcuno, o che ti stessero corteggiando.' Ellen cercò di non far trasparire la sua sorpresa.

'Beh, è stato più che altro solo per divertirsi, fino ad ora.'

'Sei sicura di essere incinta?'

'O è questo o la menopausa, ma a quarant'anni non sono un po' troppo giovane per una cosa del genere? Mia madre era sulla cinquantina quando le sue mestruazioni finirono.'

'Non lo so. Forse dovremmo consultare un medico?'

'Un uomo? Come se potesse mai conoscere la risposta,' Rise Moira.

'Certo che lo sapranno. Sono preparati in materia.'

'No. Non credo che vedere un medico sia la soluzione.'

'Chi è il padre, allora?'

Moira arrossì. 'Ora non arrabbiarti.'

'Arrabbiarmi? Perché dovrei?' Ellen si irrigidì, pronta per la risposta.

Ci volle un momento prima che Moira prendesse la parola e il cinguettio degli uccelli sembrò ancor più forte nel silenzio. Moira si strinse le mani in grembo. 'Perché è il signor Thwaite.'

'Il signor Thwaite?' Di nuovo, Ellen spalancò gli occhi in sgomento.

'So quanto ti piace. È l'uomo su cui fai affidamento più di chiunque altro, anche più di tuo marito a volte.'

'È vero. Non so cosa farei senza il signor Thwaite,' Rispose Ellen. Il signor Thwaite era uno dei migliori uomini che conosceva. Avevano un'intesa speciale, una relazione professionale e un'amicizia che significava molto per entrambi.

'Lui ha un'ottima concezione di te, e farebbe qualsiasi cosa per renderti felice. Se fossi una donna gelosa, me la prenderei per quanto parla di te.'

'Anch'io lo stimo molto. Ma per quanto io dipenda da lui in molte cose, non c'è nulla di romantico tra noi.'

'Sì, lo so.'

'Mi sembra di averti delusa, Moira,' Disse improvvisamente Ellen.

'In che senso?'

'Perché hai corteggiato un brav'uomo proprio sotto il mio naso e non me ne ero accorta. Non mi ero resa conto di quanto io fossi diventata egocentrica.'

'Non è così, Ellen. Sei una donna occupata, proprietaria di beni, animali, personale, madre e moglie.'

'Non è una buona ragione. Sei mia amica.'

'Sì, lo sono, ma io e il signor Thwaite abbiamo nascosto la nostra amicizia intima. Gli incontri segreti sono stati solo per puro divertimento. Non siamo stati aperti al riguardo. E abbiamo sempre chiacchierato in giardino o in cucina davanti a tutti.' Moira si voltò verso il giardino. 'Nessuno poteva sospettare. Sei stata via per mesi, come potevi mai accorgertene?'

'Ti sposerai?'

'Non abbiamo scelta ora, vero? Siamo degli sciocchi.' Moira sorrise amaramente.

'Vi costruiremo un cottage.'

'Sarebbe magnifico, davvero. Grazie.' Moira non era una donna che mostrava spesso emozioni o affetto, quindi quando prese le prese la mano, Ellen capì che significava qualcosa. 'Sai, Ellen, non ricordo di essere mai stata così felice. Non avrei mai pensato di diventare madre. Sono stata sola per anni. Il mio primo marito fu mandato via in catene e attraversai i mari per ritrovarlo, solo per poi vederlo morire poco dopo il mio arrivo a Sydney. Pensavo che ciò avesse messo fine a ogni mia possibilità di essere felice o di avere una famiglia. Non sono una gran bellezza, e sto invecchiando. Ho fatto cose di cui non sono orgogliosa... Eppure, il signor Thwaite ha visto oltre tutto questo. È un brav'uomo.'

'Lo è. Sarebbe difficile trovarne uno migliore.'

'E sono terrorizzata.'

'Non c'è motivo di esserlo.' Ellen le strinse la mano. 'Hai il diritto di essere felice.'

'Sì, ho una famiglia qui con tutti voi. Un buon lavoro, e ora un uomo e un bambino. Mi sembra troppo, capisci?'

Ellen annuì. 'Lo capisco perfettamente. Certi giorni ancora mi sveglio e penso di essere tornata nel mio cottage a Mayo, circondata dal puzzo marcio delle patate o dai pianti dei bambini affamati e infreddoliti. Siamo riusciti a sopravvivere alla carestia meglio di tanti altri. Eppure, la morte ci inseguiva, e sono dovuta rimanere sempre vigile per far sì che non ci ammalassimo e morissimo.'

'E guardati ora,' Mormorò Moira.

Osservando i giardini e gli edifici, seduta nella brezza fresca e sapendo di avere cibo e un riparo, tutto sembrava irreale. 'Alcuni giorni non mi sembra vero. Conduco una vita da signora. Guardavo sempre con invidia le donne della parrocchia a Mayo. Passavano con le loro carrozze eleganti, mentre io camminavo nel fango con le scarpe bucate, il freddo che mi penetrava nelle ossa e lo stomaco vuoto, e immaginavo come potesse essere la loro vita. Mai, nemmeno nei miei sogni più sfrenati, avrei pensato che un giorno sarei diventata una di loro. Una signora in una carrozza con abiti eleganti e stivali tirati a lucido. Ero Ellen Kittrick, moglie di un contadino, madre di bambini piccoli. Le mie giornate erano divise tra lavoro estenuante nei campi e lunghe camminate per vendere i miei prodotti al mercato. Poi arrivò la malattia delle patate e tutto cambiò. Ho dovuto lavorare per un gentiluomo inglese per cercare di mantenere un tetto sopra le nostre teste, mentre mio marito ha perso la strada, rifugiandosi nell'alcol. Da allora, la vita non è mai più stata la stessa.'

'Ma sei anche una sopravvissuta, ragazza. Non sei stata sepolta in una fossa comune o peggio, morta in un fossato lungo la strada con i tuoi bambini. Hai lavorato e sei rimasta determinata. Non dandoti per vinta, arrendendoti a un destino in una casa di accoglienza per indigenti, e sei riuscita a venire *qui*.'

Ellen rabbrividì nella brezza fresca. 'Sono diventata una signora sposando Alistair.'

'Sì, e cosa c'è di sbagliato in questo?' Moira la guardò con una smorfia.

'L'ho sposato per avere sicurezza.'

'Certo, e non c'è niente di sbagliato in questo. Tanti matrimoni sono stati fatti per molto meno.' Moira si sistemò una ciocca di capelli che il vento le aveva tirato fuori dalla cuffia.

'Sì, e questo non significa che è destinato ad avere successo.'

'Certo, e chi può mai dire di conoscere il segreto di un matrimonio felice? Si tratta di fortuna, ragazza. Pura e semplice.'

'Ami il signor Thwaite?' Domandò Ellen.

'Lo rispetto, e andiamo d'accordo. Non so se questo sia amore però. Non sono più una ragazza con la testa piena di sogni sciocchi.' Moira sospirò. 'È tutto così sconcertante, davvero. Io, a questa età, che ho un bambino. È pazzesco.'

Ellen sorrise. 'È una cosa meravigliosa. Un bambino da amare.'

'E di cui preoccuparsi, come tu ti preoccupi dei tuoi. Sono stata bene da sola per tutti questi anni.'

Il vento trasportò il rumore di un cavallo che trottava lungo il vialetto. Un altro visitatore? Ellen e Moira si alzarono e si avviarono verso la casa.

'Ti senti meglio ora?' chiese Ellen.

'Sì.'

'Riposati ancora un po'. Non esagerare. Dai più compiti a Honor. Assumerò altre domestiche per aiutarti.'

'Suvvia, starò benissimo, davvero.'

In cucina, Moira tornò subito al lavoro per preparare il prossimo pasto per la famiglia, mentre Honor entrava dal corridoio portando un vassoio pieno di tazze di tè e piatti usati.

Ellen si affrettò nel salotto per parlare con gli ospiti. La signora Pippa Ashford e la signorina Augusta Ashford stavano giusto congedandosi sulla veranda anteriore, mentre Alistair scendeva da una lucida carrozza nera, con Higgins alla guida.

Nascondendo la sorpresa per l'arrivo di Alistair, Ellen sorrise alle donne. 'Perdonatemi per non essere stata disponibile per prendere il tè insieme.'

Pippa Ashford, una bellissima donna dotata di grande grazia ed eleganza, scacciò la sua apprensione con un gesto della mano. 'Comprendiamo perfettamente. A volte, specialmente quando si gestisce una grande casa, il nostro tempo non è più nostro, vero?'

'Sì,' Concordò Augusta con un sorriso, 'Ci siamo passate tutte quando dei piani vanno a monte.'

'Grazie per essere venute comunque,' Disse Ellen.

'Verrà alla festa in giardino venerdì?' Chiese Pippa Ashford.

'Sì, certo.'

'Di cosa si tratta?' Chiese Alistair, avvicinandosi alla veranda e salutando le donne con un inchino.

'Una festa in giardino a casa nostra venerdì,' Rispose Pippa. 'Potrebbe essere l'ultima festa all'aperto per mesi. Una volta arrivato il freddo, saremo costretti in casa almeno fino a settembre, quando arriverà la primavera.'

'Siamo ansiosi di partecipare.' Alistair sfoderò quel suo sorriso abbagliante contornato da fossette. 'Non parlo con Gil da un bel po'. Sarà un piacere incontrarci.'

Tutti camminarono verso la carrozza degli Ashford e Alistair aiutò le signore a salirvi.

Salutandole con la mano, Ellen guardò Alistair. 'Sei arrivato prima del previsto.'

Lui le baciò la guancia, poi fece lo stesso con Riona. 'Una volta andati via, mi siete mancati. Come sta Ava? Rachel si è presa cura di lei a dovere?'

'Ava sta benissimo, e Rachel è brava con lei.' Ellen nascose la delusione per il fatto che lui si concentrasse solo sulla bambina. 'Di chi è quella carrozza?'

'È nostra, mia cara.'

'Hai comprato una carrozza?' Inarcò le sopracciglia, dato che Alistair aveva specificato più volte la necessità di non fare spese inutili.

'Sì. E ho anche assunto Higgins a tempo pieno. Ha smesso di lavorare per conto suo e ha accettato di essere il nostro autista, anche se lo terrò con me a Sydney la maggior parte del tempo. La città si sta espandendo, e ho bisogno di potermi muovere liberamente. Avere una carrozza con Higgins a nostra disposizione sarà una grande risorsa.' Sorrise e si allontanò. 'Vado a lavarmi di dosso la polvere del viaggio e a visitare la stanza dei bambini.'

'Quanto ti fermerai?' Ellen lo fermò sulla soglia.

'Non lo so, cara, non lo so.'

Ellen si mordicchiò il labbro inferiore per l'irritazione. Quello strano comportamento continuava a sorprenderla, e non le piaceva.

Quando un'ora dopo Alistair si unì finalmente a loro nella sala da pranzo per il pasto, era tutto sorrisi. 'Giuro che è cresciuta, ed è trascorsa poco più di una settimana dall'ultima volta che l'ho vista. Sono sicuro che mi ha sorriso e ha capito chi ero. Rachel è proprio brava con lei, hai ragione. Ava si è addormentata tra le mie braccia, contenta come non mai. Devo averla fatta stancare. È una cosina tanto dolce, una bambina così bella.'

'Tutti i miei bambini sono belli,' Mormorò Ellen, sorseggiando la sua zuppa di rapa.

'Infatti.' Alistair sorrise radioso. 'E forse il nostro prossimo figlio sarà un bel maschio.'

'Sembri molto felice,' Disse Riona, lanciando uno sguardo rapido a Ellen.

'Lo sono.' Alistair sorrise.

'Possiamo chiedere il perché?' Riona spalmò del burro su una fetta di pane.

'Ho concluso un buonissimo affare. Tutti i nostri problemi si risolveranno presto.'

Ellen si destò dai suoi pensieri, focalizzati su quel desiderio di Alistair di avere un figlio maschio. 'Problemi? Abbiamo problemi?'

Alistair batté rapidamente le palpebre e scosse la testa. 'È un modo di dire, cara. Non abbiamo problemi, men che meno adesso.'

Lei non gli credette. 'Qual è questo affare?'

'Ho investito in un accordo commerciale con una compagnia a Hobart. Hanno bisogno di utensili e macchinari inglesi, che Rafe e io possiamo procurare loro, e in cambio importerò il loro legname. Ho investito in un'azienda di pini.'

Il cuore di Ellen si lanciò in un breve balzo, come accadeva sempre quando si parlava di Rafe. Avrebbe mai smesso di accadere? Avrebbe mai smesso di desiderare un uomo che non poteva avere? Si concentrò sulla conversazione con Alistair.

'Non abbiamo abbastanza legname sulla terraferma?' Chiese Riona. 'Siamo circondati da alberi.'

'Sì, ma ci sono grandi piantagioni di pini di Huon nella Terra di Van Diemen. Il pino è molto richiesto. Potrei andare all'insediamento del fiume Davey e fare un sopralluogo di persona.'

'Vuoi andare nella Terra di Van Diemen?' Chiese Ellen. 'È molto lontano.'

'Sì. L'inverno non è il periodo ideale. Il viaggio da Melbourne attraverso lo stretto di Bass è pericoloso in caso di mare mosso e la temperatura sull'isola scende molto. Ma ci andrò in primavera.'

'Pensavo volessi che riducessimo le spese. Eppure hai comprato una carrozza e hai un viaggio in programma.'

Alistair fissò Ellen. 'Questa è un'impresa commerciale, cara. Vale assolutamente la pena di affrontare la spesa, se può permetterci entrate aggiuntive.' Il suo sorriso era teso. 'Basta parlare di affari, raccontami i tuoi piani per la settimana. Quali inviti abbiamo?'

Ellen si infuriò interiormente per il modo in cui Alistair l'aveva liquidata. Stava lentamente distanziandola dai suoi affari, a differenza di quando si erano appena sposati e lui era immobilizzato a letto con la gamba ferita, permettendole così di essere informata su tutte le sue transazioni e aiutandolo a mandare avanti la sua azienda, facendola prosperare. Ma nell'ultimo anno o giù di lì, forse poco più, Alistair le aveva rivelato sempre meno e la stava spingendo verso il ruolo di moglie e madre piuttosto che di partner d'affari, nonostante sapesse che Ellen fosse abile nella gestione commerciale e astuta nel far crescere le entrate. Una caratteristica che aveva sorpreso entrambi.

Da quando aveva comprato Louisburgh, lui si era rifiutato di lasciarle acquistare altra terra. L'amore di Ellen per quella proprietà gli aveva dato un buon pretesto per limitare le sue spese. Ma nonostante ciò, Alistair sentiva il bisogno di investire in un'azienda così lontana senza discuterne con lei. Era frustrante e profondamente preoccupante che la stesse escludendo dai suoi affari.

Infastidita, Ellen si pulì la bocca e allontanò la scodella. Alistair si rifiutava di spendere soldi per Louisburgh, ma era disposto a investire in altri progetti. Avrebbe dovuto parlargliene, ma non era una conversazione che era ansiosa di intrattenere.

Mentre Riona lo aggiornava sul loro diario sociale, Ellen non riusciva a sopportare di restare in quella stanza e lasciò la tavola per andare ad allattare Ava. Sperava segretamente che Alistair non rimanesse a lungo a Berrima.

CAPITOLO DODICI

ella fredda aria notturna, Ellen passeggiava sulla veranda dopo aver allattato Ava. Era una bambina davvero tranquilla e aveva anche iniziato a dormire fino al mattino. Era come se potesse percepire di non dover essere troppo esigente, data la vita frenetica che Ellen conduceva.

Ellen aprì le portefinestre della sua camera da letto e rabbrividì, con la mente già alla festa in giardino del giorno seguente. Pippa e Gil Ashford erano due persone affascinanti e avevano una casa splendida. Ellen si sentiva un po' intimidita da quella famiglia, non perché avessero un atteggiamento scortese con lei o riponessero troppa attenzione sul suo passato, ma perché gli Ashford, come alcune delle altre famiglie benestanti della zona, mostravano una naturale sicurezza nel loro status e nella loro classe sociale di appartenenza. Ellen, anche se veniva trattata come una di loro, si teneva sempre un po' a distanza, riluttante ad avvicinarsi troppo, a essere troppo amichevole. Riona diceva che si comportava come se indossasse un'armatura attorno al cuore, in modo da non permettere a nessuno di avvicinarsi troppo e rischiare di essere tradita. Ma lei non poteva farci niente. Nel profondo, sapeva di essere un'impostora in quella società elitaria.

Entrando nella cabina armadio, si bloccò quando notò Alistair che stringeva in mano alcune lettere. Quella che stava leggendo era la nota privata che Rafe le aveva inviato qualche tempo addietro e che Ellen portava sempre con sé. Ma dovendosi spogliare spesso per allattare Ava, l'aveva nascosta in un portafoglio in pelle in fondo al cassetto, coprendola con delle calze.

La sorpresa, mista a disgusto e rabbia per il fatto che Alistair non solo avesse rovistato tra le sue cose, ma stesse anche leggendo la sua corrispondenza privata, si accesero in lei. 'Cosa stai facendo!' Urlò.

Alistair sobbalzò, colto in fallo, e si girò, il volto che aveva perso ogni colore. 'Questo…' Alzò la nota di Rafe. 'Io… tu e lui…' Il suo viso si contorse in agonia.

'Come osi leggere la mia corrispondenza privata!' Lei scattò in avanti cercando di afferrare la lettera, ma Alistair fu più veloce e sfruttò la sua altezza per tenere la lettera in alto sopra la testa.

Alistair la guardò con assoluto disprezzo. 'Tu e Rafe?'

'Non è nulla. Dammi la mia lettera.'

'Nulla, dici?' Alistair lesse dalla pagina. '*Quanto avrei voluto che fossi stata sulla nave con loro. Ti amo ancora disperatamente. Con il mio più affettuoso e sincero amore e devozione…*' Deglutì, il colore che tornava sul suo viso in un'ondata di risentimento e odio. '*Ti amo ancora disperatamente!*'

Ellen lo affrontò. Ferita e furiosa, ma consapevole che Alistair fosse in preda al dolore e che era tutta colpa sua. Fece un passo indietro. 'Non c'è nulla tra me e Rafe, Alistair. È stato un momento di follia, ormai è tutto passato.'

'Davvero? Solo un momento di follia? Eppure lui ti ama ancora, come scrive in questa lettera di soli pochi mesi fa?'

'Io non gli scrivo.'

'Tu lo *ami* ancora?' Le parole gli uscirono a fatica tra i denti serrati.

'Non ci vedremo mai più. Non importa. Sono sposata con te. Abbiamo una famiglia.'

'Quando è successo tutto questo? Prima di venire in questo Paese?'

'A Liverpool? No…'

'Ma a Liverpool è successo qualcosa?'

'No.' Il suo cuore batteva in modo irregolare. Come avrebbe potuto spiegare tutto il loro trascorso? 'A Liverpool siamo diventati amici. Ero attratta da lui.'

'E lui ovviamente era attratto da te.'

'Non lo sapevo all'epoca.'

Alistair camminò verso il lato opposto della cabina armadio, la lettera accartocciata nel pugno. 'Hai avuto una relazione con Rafe quando è venuto a Sydney?'

'Alistair, è tutto passato.'

Si lanciò verso di lei e le afferrò le spalle, le dita di lui che le affondavano dolorosamente nella carne. 'Dimmi la verità, maledizione!'

'Sì! Sì, abbiamo avuto un solo incontro, uno solo!' Gridò in risposta, stanca di mantenere quel segreto, di nascondere l'amore che provava per un uomo che si trovava dall'altra parte del mondo.

Lui la schiaffeggiò in viso con veemenza, facendole girare la testa di lato con uno scatto. Disgustato, la spinse lontano da sé.

Ellen barcollò all'indietro, coprendosi con la mano la guancia dolorante. Il fatto che l'avesse colpita era imperdonabile. Qualsiasi sentimento di affetto che ancora provava per lui appassì fino a morire del tutto.

'Mi fai ribrezzo,' Sibilò Alistair. 'Ti ho salvata dal fondo del barile. Avrei potuto avere chiunque!'

'Allora perché non l'hai fatto!' Gridò di rimando. 'Perché hai scelto me?'

'Perché la tua bellezza mi ha accecato. Eri diversa, una sfida, una donna che pensavo sarebbe stata intrigante, diversa dalle altre.'

'No,' Lo derise Ellen. 'Volevi essere al centro dei pettegolezzi a Sydney. Volevi creare uno scandalo, attirare l'attenzione degli uomini in modo da far prosperare i tuoi affari. Volevi sfidare le regole sociali, essere un ribelle, farti notare!'

'E ha funzionato!'

Ellen sussultò, i suoi sospetti interiori si rivelarono essere reali. Era stata un esperimento.

Alistair rise sarcastico. 'Pensavi che l'avessi fatto solo per amore? Povera illusa.'

Ellen si irrigidì, cercando di mantenere un'espressione coraggiosa davanti a lui, mentre dentro si sentiva usata e ingannata. 'Allora sei un bravo attore, Alistair, perché hai ingannato non solo me, ma tutti quelli che ti circondano.'

Le spalle di lui crollarono, e si passò una mano sugli occhi. 'Ti amo, Ellen. Mi eccitava l'idea di sposare qualcuno che non appartenesse al mio rango sociale, far sì che l'alta società parlasse di noi, di me, ma ti volevo davvero, e mi sono innamorato di te. Ero innamorato, e questa è la verità. Volevo una famiglia tutta mia come gli altri uomini che conosco. Grazie a te, ne ho trovato subito una. Non ero più solo.'

Il sentir menzionare i suoi figli le fece sollevare la testa con fierezza.

'Capisco che tu abbia usato me, ma sfruttare i miei figli è tutt'altra cosa.'

'Non li ho sfruttati. Adoro i bambini, lo sai.'

'Davvero, o stai solo recitando una parte?'

Le sue labbra si serrarono. 'Non osare mettere in dubbio i miei sentimenti per i bambini. Farei qualsiasi cosa per loro. Non te l'ho forse dimostrato? Ho accolto i tuoi tre figli e li ho trattati come fossero miei. La gioia che ho provato quando sei rimasta incinta non era una finzione, era tutto reale. Diventare padre ha marcato il giorno più felice della mia vita. Quando è nata Lily, ho scritto a Rafe e gli ho detto quanto fosse meraviglioso essere padre. L'ho detto a tutti. Non mi importava che non fosse un maschio...' Poi improvvisamente, emise un gemito e la fissò. 'Lily... oh mio Dio. Lily.'

Ellen quasi sentì il cuore fermarsi in petto, lo stomaco contratto.

'È di Rafe...' Gli occhi verdi di Alistair si spalancarono mentre prendeva coscienza della verità. 'È la sua copia. Ora lo vedo... Ha i suoi occhi e il suo sorriso...'

'Alistair.' Il sangue le si gelò in volto.

'È vero, non è così?'

Ellen deglutì, il terrore che potesse ripudiare Lily la travolse. 'Credo di sì.'

'*Credi di sì!* Non prendermi per un idiota, Ellen. Ora lo vedo chiaramente.' Imprecò aspramente. 'Cristo santo! Mi sento ridicolo per non essermene accorto prima. Non somiglia per niente ad Ava.'

'Lily somiglia a me,' Si difese lei, sapendo che fosse una bugia. La bambina era la copia di Rafe.

Lui crollò sulla sedia nell'angolo della stanza. 'Che stupido sono stato. Ingannato da mia moglie e dal mio migliore amico.'

'Non era nostra intenzione. È successo e basta. Sapevi che non ti amavo quando ci siamo sposati, ma non ho mai voluto farti del male.'

'Ma lo hai fatto.' La fissò.

'Mi dispiace.' Non riusciva ad avvicinarsi a lui. Ora tra loro si era eretto un muro così grande da non poter più essere oltrepassato.

'Non basta.' Le lacrime gli arrossarono gli occhi. 'Essere tradito da te e Rafe è un dolore che non posso sopportare.'

'È successo una sola volta, Alistair.'

Scosse la testa. 'Forse fisicamente, ma nel tuo cuore sei sua e lui è tuo. Io non conto niente.'

Lei ingoiò le lacrime. 'Provavo sentimenti per Rafe prima ancora che incontrassi te. Mi dispiace davvero.'

'Ti dispiace di avermi ferito o ti dispiace che io l'abbia scoperto?'

'Entrambe le cose.' Lo fissò. 'La verità non giova a nessuno. Rafe non lo sa, e nemmeno tu. Siamo riusciti a proseguire con le nostre vite. È nata Ava, siamo andati avanti.'

'Vivendo una bugia!'

'La bugia l'ho vissuta io, Alistair, non tu, non Rafe, io. Ho sopportato tutto per evitare di farvi soffrire e distruggere la vostra amicizia.'

'Dovrei ringraziarti per questo?' Chiese incredulo.

'No, certo che no.'

'Bene!' Le sue narici si dilatarono per la rabbia.

Ellen respirò profondamente. 'So che è difficile, ma Rafe sarà devastato nel sapere che tu hai sofferto a causa del nostro errore. Tiene davvero alla vostra amicizia.'

'Amicizia? Se avesse tenuto alla nostra amicizia, non si sarebbe mai portato a letto mia moglie!'

'È stato un momento di follia!'

'Tra me e quell'uomo non c'è più alcuna amicizia. Mi ha tradito con la mia stessa moglie!'

'E siamo terribilmente dispiaciuti.'

'Davvero?' Alistair alzò le sopracciglia in un'espressione sarcastica. 'Credo che ti dispiaccia solo che io l'abbia scoperto.' Entrò in camera da letto e gettò la lettera nel fuoco. La guardò bruciare. 'Ava è la mia unica figlia. La sola di cui mi importerà d'ora in avanti.'

Ellen si appoggiò allo stipite della porta mentre le parole di Rafe si annerivano, riducendosi in cenere. 'Ti prego, non trattare Lily diversamente. Nulla di tutto ciò è colpa sua.'

'No, è colpa tua.'

'Sì. Disprezza me, non lei.'

I pugni di Alistair si serrarono. Si avviò verso la porta. 'Vado nello studio. Non disturbarmi.'

'Dobbiamo parlare del nostro futuro.'

Lui rise, emettendo un suono stridente pieno di odio. 'Il nostro futuro? Che bella battuta.' Sbatté la porta dietro di sé.

Seduta sul letto, Ellen non sapeva cosa fare o pensare. Una parte di lei era sollevata perché la verità su Lily era finalmente venuta a galla. Eppure, sapeva che il suo matrimonio fosse oramai morto. Non si aspettava che Alistair la perdonasse. Aveva sbagliato. Ora doveva solo capire come rimediare.

* * *

NONOSTANTE IL CAMBIO DELLE STAGIONI, con l'inverno che bussava alle porte, il giorno della festa in giardino degli Ashford fu contraddistinto da un sole tenue. Il terreno era ricoperto da una pesante brina, che si era già sciolta quando Ellen condusse la carrozza con all'interno Riona e Bridget attraverso i cancelli della splendida casa degli Ashford a Sutton Forest.

Alistair cavalcava Pepper accanto a loro. Non le parlava da giorni.

Ellen aveva raccontato a Riona l'accaduto, e sua sorella aveva tenuto Bridget e Lily il più lontano possibile dalla vista di Alistair. Per ventiquattro ore, Alistair si era chiuso nello studio e aveva bevuto, ignorando tutti i tentativi di Ellen di parlargli. Lei lo aveva lasciato a covare rancore e a bere fino allo sfinimento.

Anche ora, mentre si fermavano davanti al palazzo degli Ashford, Alistair sembrava stanco e barcollava in sella. Si era tagliato facendosi la barba e, sebbene fosse vestito di tutto punto, non si era lavato e puzzava di alcol.

Dopo essere stati accolti dal maggiordomo, i quattro camminarono attorno alla casa, fino al prato circondato dai rigogliosi giardini dove la festa stava avendo luogo.

Sentendosi tutt'altro che serena e socievole, Ellen si sforzò di sfoderare un sorriso e scambiò due chiacchiere con Pippa, Augusta e i genitori di Gil. La madre di Pippa, la signora Noble, era seduta a uno dei tavoli con alcune altre donne, tra cui la signora Riddle. Ellen andò a parlare con loro, allontanandosi il più possibile da Alistair.

Man mano che la giornata proseguiva, Ellen era sempre più in pensiero per Alistair che continuava a bere costantemente. Aveva provato ad offrirgli una tazza di tè, ma lui si era voltato dall'altra parte sogghignando.

Dopo un paio d'ore trascorse a fare chiacchiere di circostanza su nulla di interessante, Ellen era alla disperata ricerca di una scusa per fare ritorno a casa. Si guardò intorno alla ricerca di Bridget, che era andata a giocare con degli altri bambini.

'Sua figlia sta disegnando con gli altri bambini,' Disse la signora Riddle. 'Augusta ha organizzato dei passatempi per loro sul prato ovest.'

'Che bello. Andrò un po' da loro.' Ellen si alzò dalla sedia proprio mentre Riona si avvicinava a lei in tutta fretta. 'Che c'è?'

Riona tirò Ellen a sé, allontanandola dalle altre donne. 'Gil ha organizzato una corsa di cavalli per gli uomini.'

'E allora?'

'Alistair è tra loro, ed è terribilmente ubriaco, ne sono sicura.'

Non volendo attirare l'attenzione, Ellen si incamminò rapidamente con Riona verso le stalle, dove gli uomini si erano radunati, ridendo e scherzando tra loro mentre montavano sui cavalli.

'Alistair?' Ellen si avvicinò a lui mentre era in sella a Pepper.

'Cosa vuoi?' Gli occhi iniettati di sangue la fissarono dall'alto.

'Non penso che tu sia in condizioni di cavalcare,' Gli sussurrò.

'Non permetterti di dirmi cosa fare, donna.' Picchiò i talloni contro il fianco di Pepper e trottò via con gli altri.

Adirata, tornò verso Riona e le strinse il braccio. 'Che sciocco!'

Riona aggrottò la fronte. 'Cosa sta cercando di dimostrare? Non sarà in grado di rimanere in sella, cadrà e tutti rideranno di lui.'

Fissando Alistair mentre si allontanava, Ellen era combattuta tra sentimenti di fastidio e preoccupazione. 'Si umilierà e sarà ancora più indispettito. Dobbiamo tornare a casa.'

'Sì, e quando torneremo dovrete parlare, Ellen. La casa è

diventata un luogo invivibile ultimamente. Bridget sta iniziano a fare domande. Alistair l'ha ignorata questa mattina quando lei ha provato a parlargli.'

Ellen si mordicchiò il labbro inferiore preoccupata. 'Se non vorrà parlarmi, ce ne andremo tutti a Louisburgh finché lui non tornerà a Sydney.'

Ellen e Riona seguirono gli uomini a cavallo fino alla recinzione del campo dove le altre donne si erano radunate per fare il tifo e sventolare fazzoletti.

'Gli uomini possono essere dei veri bambini a volte,' Rise Pippa. 'Sempre a cercare di superarsi a vicenda. Hanno scommesso su chi vincerà, riesci a crederci?'

Ellen si limitò a sorridere, anche se dentro di sé era furiosa. Alistair avrebbe continuato a comportarsi in quel modo imprudente e irresponsabile? E avrebbe continuato a scattare e ringhiare contro di lei per sempre? Non credeva di poterlo sopportare. Se questo era un assaggio del loro futuro, si sarebbe trasferita a Louisburgh definitivamente, ponendo fine al loro matrimonio.

Un uomo anziano, il signor Ashford, padre di Gil, diede il via e, tra le grida di incoraggiamento, i cavalli balzarono in avanti lanciandosi al galoppo sul prato.

'Quanto lontano devono arrivare?' Chiese Riona ad Augusta.

'Fino alla base della collina là in fondo, poi intorno alla fila di alberi, oltre il ruscello e di nuovo verso di noi. Il primo che passerà davanti a mio padre vincerà una bottiglia del miglior porto di Gil.'

Ellen desiderava tornare ai rinfreschi o raggiungere Bridget piuttosto che guardare la corsa. Alistair era posizionato nel mezzo del gruppo, quando tutti gli uomini sparirono dietro la collina.

Mentre le donne chiacchieravano e facevano ipotesi su chi avrebbe vinto, Ellen fece ritorno verso i giardini.

'Eccoli!' Gridò Augusta.

Ellen si girò sul sentiero che costeggiava i giardini e lanciò un'occhiata ai vasti campi bruni. Non riusciva a distinguere chi fosse in testa e non le importava. Voleva solo tornare a casa.

Un urlo squarciò l'aria.

Poi un altro.

Il rumore degli zoccoli si mescolò alle grida delle donne.

In piedi sul sentiero, Ellen non riusciva a capire cosa stesse succedendo. Un serpente era forse uscito dall'erba spaventando le donne o i cavalli?

Con sua sorpresa, vide una delle giovani signore svenire. Sollevando la gonna, si precipitò verso il gruppo di donne che parlavano tutte contemporaneamente.

'Riona?' Ellen raggiunse sua sorella, ma lo sguardo di Riona era fisso sui cavalieri che stavano smontando rapidamente, affrettandosi verso l'uomo e il cavallo riversi a terra.

'Ellen… è Pepper?' Riona indicò il cavallo, che tentava disperatamente di rialzarsi, colpendo con le zampe gli uomini che cercavano di aiutarlo.

'È Pepper!' Ellen attraversò la staccionata e, sollevando la gonna, corse attraverso il campo verso il ruscello alla base della collina.

Il nitrito di Pepper suonava straziante.

'Santa Madre di Gesù,' Pregò Riona correndo dietro Ellen. 'Povero cavallo!'

Ansimando, Ellen rallentò avvicinandosi a Pepper. Il bianco dei suoi occhi mostrava paura o dolore, Ellen non sapeva quale dei due. Poi notò l'osso rotto che spuntava dalla zampa anteriore. Ellen sussultò. 'Oh no!'

'Gesù mio,' Gridò Riona facendosi il segno della croce.

'Voltatevi, signore.' Uno degli uomini le allontanò. 'Dovremo spararle.'

'Alistair?' Ellen lo cercava con lo sguardo. 'Sarà distrutto per Pepper.'

Altri uomini erano inginocchiati accanto alla sponda del ruscello. Ellen corse verso di loro alla ricerca di Alistair. Poi rallentò, il cuore sprofondato, il respiro corto. Alistair giaceva sull'erba ai margini della sponda. Gil si era tolto il cappotto e lo aveva posizionato sotto la testa di Alistair.

Cadendo in ginocchio accanto a lui, Ellen gli strinse la mano al petto. 'Alistair! Dove sei ferito?'

'Da nessuna parte,' Lui fece una smorfia. 'Non sento alcun dolore. Aiutami a rialzarmi…'

Mentre Ellen lo aiutava a rimettersi in piedi, Gil la fermò e scosse la testa. Lei lo guardò senza parole.

'Ha preso un colpo alla testa.' Gil mostrò a Ellen l'ampia ferita profonda sul retro della testa di Alistair. Il sangue colava come un ruscello, scurendo i suoi capelli biondi e tingendo di rosso l'erba sottostante.

'Un dottore.' Ellen si voltò, pronta a correre per cercarne uno.

'È già stato chiamato.' Gil prese un cappotto offerto da un altro uomo e lo posò su Alistair. 'Ho chiesto a uno degli uomini di andare a prendere il carro dalla stalla. Lo porteremo verso casa.' Gil cercava di fermare il sangue che sgorgava dalla ferita.

Riona e un altro uomo si inginocchiarono per aiutarlo a tamponare il sangue con dei fazzoletti che si colorarono di rosso nel giro di pochi secondi.

'Ellen,' Alistair sussurrò, un rivolo di sangue gli uscì dal naso.

'Sì, sono qui, vicino a te.' Lei gli sorrise, usando un fazzoletto che Riona le aveva porto per asciugare il sangue. 'Riposa ora. Un dottore ti visiterà presto e poi ti porteremo a casa.'

'Mi dispiace.'

'Silenzio ora,' Lo calmò. 'Stai fermo. Non parlare.'

Uomini e donne si radunarono intorno a loro. Ellen percepiva vagamente Gil e Pippa dare ordini, e Riona seduta accanto a lei che premeva un panno sulla testa di Alistair. La scena sembrava surreale, eppure lei rimase concentrata su di lui, stringendogli la mano forte e sorridendogli.

'Ti perdono…' Sussurrò lui, fissandola con i suoi occhi verdi.

'Non parlare. Riposa.'

'Ti amo davvero…'

Lei gli baciò la fronte. 'Ti prego, smettila di parlare. Conserva le forze.' Gli baciò di nuovo la fronte. 'Dobbiamo farti guarire…'

'Ava… non lasciare che mi dimentichi…' Chiuse gli occhi, e il suo corpo si rilassò.

'Alistair?' Lo scosse delicatamente. 'Alistair!' Si chinò per avvicinarsi a lui, aspettando che i suoi occhi verdi si riaprissero, che le dicesse qualcosa. 'Alistair.'

Ellen guardò Riona, che iniziò subito a pregare, poi fissò Gil, che si inginocchiò per controllare il battito di Alistair sul collo. Verificò il respiro, gli aprì il gilet e la camicia e appoggiò l'orecchio sul suo petto.

In preda allo sgomento, Ellen lo osservò mentre si rimetteva in ginocchio e scuoteva la testa.

Ellen afferrò le spalle di Alistair e lo scosse. 'Alistair, svegliati. Svegliati ora, mi senti?'

'Ellen,' Gridò Riona, cercando di allontanarla. 'È morto.'

'No. È solo svenuto. Dobbiamo portarlo a casa.' Mentre

pronunciava quelle parole, la verità gli penetrò nella mente, spegnendo le sue emozioni e le sue parole.

Un colpo di pistola la fece sussultare. Qualcuno aveva messo fine alle sofferenze di Pepper. Ellen barcollò all'impatto con quella brusca conclusione.

Riona la aiutò ad alzarsi e lei fissò quell'uomo affascinante che aveva sposato per una questione di sicurezza economica, l'uomo che aveva tradito, ma per cui, a modo suo, aveva provato affetto. Avrebbe dovuto dirgli che lo amava…

CAPITOLO TREDICI

Rafe fece ingresso nella frescura della sua casa dopo aver viaggiato in una carrozza soffocante sotto il sole caldo di giugno. Salì velocemente le scale verso la stanza di Patrick e, dopo un breve colpo alla porta, entrò. Sorrise al ragazzo seduto su una sedia accanto alla finestra aperta. 'Stai bene.'

'Sì, sono contento che tu sia tornato,' Disse Patrick, ancora magro ma con un sano colorito sulle guance.

'Ti avevo detto che sarei stato via solo qualche giorno per sistemare alcune faccende a Liverpool.' Rafe gli scompigliò i capelli e si sedette sul davanzale della finestra. 'Come ti senti?'

'Bene. Anche se ora sono un po' annoiato. Il dottore ha detto che verrà solo una volta al giorno ora che sto migliorando così tanto.'

'Ah, beh, questo significa che ti stai riprendendo bene.' Rafe gli fece l'occhiolino, provando una grande gioia dentro di sé. 'Andiamo a fare una passeggiata, allora?'

'Possiamo?' Il ragazzo si animò.

'Sì, e se non sarai troppo stanco domani, potremmo andare a pescare.'

'Fantastico!'

Rafe rise per l'entusiasmo di Patrick. 'Hai scritto a tua madre?'

'Sì, ogni giorno nell'ultima settimana.'

'Bene. Anch'io. Ora che stai meglio le ho raccontato della tua recente malattia. Ho spedito una lettera la settimana scorsa. Dovrebbe riceverla entro agosto.'

Un'espressione di nostalgia si fece strada negli occhi di Patrick. 'Impiegherà così tanto.'

'Già.' Consapevole del sentimento di depressione che affliggeva il ragazzo per la mancanza di casa, Rafe si alzò di scatto. 'Bene, andiamo a prendere un po' d'aria e di sole. Una passeggiata nei giardini ti solleverà lo spirito.'

Rafe lo aiutò a infilarsi calze e stivali, essendo il ragazzo ancora molto debole. La febbre lo aveva costretto a letto per settimane, altalenante tra diversi livelli di intensità. Non fu prima di metà maggio che il dottore dichiarò Patrick fuori pericolo, ma la strada verso la completa guarigione era ancora lunga. Alcuni giorni Patrick stava bene, altri sembrava avere meno energia di un gattino appena nato.

Giunto in fondo alle scale, Rafe si fermò all'ingresso mentre la porta principale si apriva e Iris e sua madre entravano in casa.

'Oh, sei a casa?' Iris baciò Rafe sulla guancia.

'Sono felice di vederti, figlio mio.' Anche sua madre lo baciò.

'Resterai per un po'?' Chiese Iris, consegnando il parasole a un domestico.

'Sì, ho lavorato sodo negli ultimi due giorni per sistemare

alcune questioni all'ufficio e dare istruzioni a Pollard. Tornerò a Liverpool la prossima settimana.'

'E tu guardati, ometto.' Sua madre sorrise a Patrick. 'Migliori di giorno in giorno, vero, Rafe?'

'Sì, è vero, perciò stiamo andando a fare una passeggiata.'

'Splendido.' Iris entrò nel salotto. 'Farò preparare un vassoio sulla terrazza tra mezz'ora e potremo prendere il tè insieme.'

Rafe e Patrick passeggiarono lungo il sentiero di ghiaia bianca che serpeggiava attraverso i giardini formali curati nei minimi dettagli. Un pavone chiamò da sopra a un muro che separava i giardini dalle aree di servizio.

'È un bell'esemplare di maschio,' Disse Patrick indicando il pavone. 'Lo vedo spesso dalla finestra della mia camera. Ha una coda magnifica, ma le femmine non vogliono avere nulla a che fare con lui, nonostante le sue esibizioni.'

Rafe rise. 'A volte è così con le donne. Non importa cosa faccia un uomo, loro lo ignorano.'

'Perché non sei sposato?' Chiese inaspettatamente Patrick.

'Perché… perché la donna che amo non è disponibile.'

'Che cosa triste.'

'La vita a volte può essere crudele.'

Patrick si fermò al cancello che conduceva al parco dei cervi. 'Ho rischiato di morire, vero?'

Rafe fece un lungo sospiro. 'Sì.'

'Se dovessi morire, vorrei farlo con la mia mamma accanto a me.'

'Ora ti sei ripreso. Non morirai.' Rafe aggrottò la fronte ascoltando i pensieri cupi che attanagliavano il ragazzo. 'Guarda come stai bene.'

'Ho sentito il dottore dire a Iris che potrei avere una ricaduta in qualsiasi momento. Certi giorni non riesco ad alzarmi dal letto.'

'Quando lo ha detto?'

'Ieri, quando è venuto a visitarmi. Stavano parlando vicino alla porta pensando che stessi dormendo. Ma li ho sentiti. Se mi ammalo di nuovo, potrei non essere così fortunato, ha detto.'

Rafe poggiò una mano sulla spalla esile del ragazzo e la strinse delicatamente. 'Allora devi mettere su peso e rimetterti in forma, in modo che la febbre non potrà più attecchire.'

Patrick mise su uno dei suoi rari sorrisi, che svanì presto. 'Posso tornare a casa, per favore?'

Rafe sentì il cuore stringersi in petto. Il suo istinto gli suggeriva che il ragazzo non sarebbe mai stato felice in Inghilterra. 'Non posso lasciare che affronti un viaggio così lungo verso casa finché non sarai del tutto in salute.'

Patrick raddrizzò la schiena, la speranza che riempiva i suoi occhi grigio-blu. 'Ma potrò tornare a casa una volta che sarò abbastanza forte per viaggiare?'

Rafe annuì con la gola stretta. Non poteva tenere il ragazzo lì con sé. Non era giusto per lui. Era sopravvissuto a un'esperienza quasi fatale e Rafe sapeva che se si fosse ammalato di nuovo mentre era in Inghilterra, c'era la possibilità che non avrebbe avuto la forza necessaria per sopravvivere una seconda volta. Voleva tornare a casa, stare con la sua famiglia. Chi poteva biasimarlo?

Patrick gli cinse la vita con le braccia. 'Grazie, Rafe, grazie!'

Accarezzando la schiena del ragazzo, Rafe sentì un vortice di emozioni che lo attraversava. Non stava onorando gli ordini di Alistair di farlo studiare a Harrow e di tenerlo in Inghilterra per la sua sicurezza, ma se Patrick non fosse tornato a casa, si sarebbe presto deteriorato dentro, ne era sicuro. E per quanto gli sarebbe mancato quel ragazzo con cui aveva stretto un legame così forte, sapeva che la cosa giusta da fare fosse mandarlo di nuovo in Australia, da Ellen.

* * *

SOTTO LA PIOGGIA battente di giugno, Ellen se ne stava in piedi accanto alla tomba di Alistair Emmerson nel cimitero di Berrima. Lo scalpellino aveva completato la lapide, eretta proprio quella mattina, prima che il cielo si coprisse, lasciando scrosciare una pioggia torrenziale.

Ellen osservava con strana fascinazione la pioggia che creava piccoli rivoli sulla terra ammucchiata, schizzando gocce sui fiori secchi e morti che vi erano stati riposti sopra.

Nelle tre settimane trascorse dalla morte di Alistair, Ellen aveva cercato di confortare Bridget, che aveva reagito male non solo alla notizia della morte di Alistair, ma anche di Pepper. Lily era troppo piccola per poter capire, così come Ava. La tenuta era sprofondata nel lutto, con il signor Thwaite che si occupava della gestione delle questioni quotidiane, mentre Ellen era impegnata con l'organizzazione del funerale, scrivendo lettere alle persone più importanti dell'alta società. Scrivere a Rafe, ai ragazzi e ai genitori di Alistair era stata la cosa più difficile di tutte.

Sembrava che tutto il distretto fosse accorso per il funerale di Alistair. Molte persone erano arrivate da Sydney, richiamate dall'annuncio pubblicato da Ellen sui giornali locali. Aveva anche scritto a Robin, il cugino di Alistair a Melbourne, ma avendo contratto una febbre, non era riuscito ad affrontare il viaggio.

Alistair sarebbe stato orgoglioso del suo funerale. Ellen

aveva ordinato il meglio di ogni cosa. Era il minimo che potesse fare. Doveva onorare l'uomo che le aveva donato una vita grandiosa, nonostante fosse stato mosso da interessi personali. Comunque sia, avevano condiviso dei bei momenti e creato una famiglia. Non meritava di morire così giovane. Nonostante tutto, le sarebbe mancato.

'Ellen.' Riona attraversò le tombe nella sua direzione. 'Vieni, o prenderai freddo.'

'È bello, non credi?' Ellen annuì verso la lapide.

'Sì, lo è.' Riona sorrise tristemente al pezzo di arenaria scolpito che indicava Alistair come un buon marito e padre amorevole. 'Gli hai reso onore, questo è sicuro. Ora andiamo.'

Avvicinandosi alla strada dove la carrozza le attendeva, con Higgins a occupare il sedile del conducente, Ellen schivò le pozzanghere fangose per evitare di schizzare la sua gonna nera da lutto.

Durante il viaggio di ritorno a Emmerson Park, Riona consegnò a Ellen un fascio di lettere. 'Dai ragazzi.'

'Che meraviglia.' Abbracciò il prezioso pacchetto al petto. 'Naturalmente, non sapranno ancora della morte di Alistair. Passeranno mesi prima che lo scopriranno.'

'Mentre ti aspettavo, ho letto la lettera che mi ha mandato Patrick.' Riona le porse il singolo foglio di carta. 'È stata spedita a marzo.'

CARA ZIA RIONA,

Sto scrivendo questa lettera invece di copiare un testo da un libro. Non mi piace il latino. Non mi piace questa scuola. Non vedo molto Austin. Lui sta con i ragazzi più grandi. Qui non possiamo andare a cavallo. Il villaggio è carino. Il sabato pomeriggio possiamo

andare a fare compere nei negozi del posto. Rafe ci ha dato dei soldi.
Mi mancate tutti.

Tuo nipote,
Patrick Kittrick.
1° Marzo 1854
Harrow, Inghilterra.

ELLEN RILESSE LA TRISTE NOTA, lottando per trattenere le lacrime. 'Sembra terribilmente infelice.'

'Sì, davvero.' Riona riprese la lettera e la piegò.

'Scriverò a Rafe e gli chiederò di mandare i ragazzi a casa,' Decise Ellen. 'Ora che Alistair non c'è più, sento di poterlo fare. Volevo richiamarli a casa una volta assicuratici che Colm non fosse più una minaccia, ma Alistair non voleva saperne.'

Riona sospirò profondamente. 'E cosa mi dici di Rafe Hamilton?'

'Cosa vuoi che ti dica?' Ellen ignorò il battito del suo cuore al solo sentir menzionare quel nome.

'Lo ami ancora?'

Ellen guardò fuori dalla finestra. 'Che importa? Rafe vive in Inghilterra e io qui.'

'E allora? Non potresti vendere tutto e andare in Inghilterra per stare con lui a Liverpool?'

Ellen rifletté sul commento di Riona mentre aspettavano che Higgins fermasse la carrozza davanti casa.

Seamus giunse da dietro l'angolo della villa per aiutarle a scendere e prendere i pacchi contenenti gli acquisti che avevano fatto prima di andare al cimitero.

Una volta giunte all'ingresso, Riona si rivolse a Ellen mentre si toglievano cappotti e guanti. 'Allora? È questo che pensi di fare? Vendere tutto? Apprezzerei essere tenuta al corrente.'

Entrando in salotto, Ellen rabbrividì, posò le lettere sul divano e si avvicinò al fuoco, allungando le mani verso la fonte di calore. 'Onestamente, non voglio farlo.'

'Mi sorprende. Pensavo che saresti stata sulla prima nave per Liverpool.'

Dopo la morte di Alistair, Ellen era stata sorpresa dai suoi stessi pensieri. 'Non ho nessun desiderio di vivere a Liverpool.'

'Sono sicura che il signor Hamilton ti comprerebbe una bellissima casa da qualche parte nella campagna inglese.' Gli occhi di Riona si spalancarono. 'Potresti anche comprare una proprietà a casa, a Mayo.'

'Ho una bellissima casa in campagna proprio qui, e poi c'è Louisburgh. Non voglio lasciarla.'

'Nemmeno per l'Irlanda?'

Ellen sospirò, le lunghe notti di sonno agitato stavano esaurendo le sue energie. 'No, nemmeno per l'Irlanda. Non c'è futuro per noi in Irlanda, solo ricordi e fantasmi.'

'E quindi cosa farai?'

'Resterò in questo paese.'

'Ne sono felice.'

'Davvero?' Quella frase la sorprese.

Riona si unì a lei accanto al fuoco. 'Questa è casa nostra adesso. Sono felice qui.'

'Allora è deciso.' Ellen si sedette sul divano.

'E riguardo a Rafe Hamilton?'

'Non lo so.' E non lo sapeva davvero. Sentiva ancora di amarlo, ma percepiva anche un bisogno di avere del tempo per sé. Da quando aveva sedici anni, si era sposata due volte e, in entrambi i matrimoni, si era sentita intrappolata, vincolata dai desideri e dalle esigenze dei suoi mariti. Era giunto il momento di avere un po' di spazio per fare ciò che voleva senza dover prima chiedere il permesso o considerare l'opinione e i desideri di un uomo.

'Beh, c'è tempo per tutto questo. Per ora, Rafe e i ragazzi non sanno nemmeno della morte di Alistair e non lo sapranno fino ad agosto.'

Ellen slegò lo spago che avvolgeva il fascio di lettere. Mise da parte quelle dei ragazzi per leggerle più tardi, quando Bridget avrebbe finito le sue lezioni, in modo che potesse ascoltarle. Le bollette e le lettere concernenti gli affari furono riposte in un altro mucchio. Aprì una delle buste e iniziò a leggere.

'Ho ricevuto una lettera dall'avvocato di Alistair,' Disse a Riona. 'Domattina dovrò partire per Sydney. C'è la questione del testamento da sistemare, e anche gli affari.'

'Vuoi che venga con te?'

'No, preferirei che tu restassi qui; non voglio portare le bambine con questo freddo.'

'Ma stai ancora allattando Ava.'

'No, non più. Ho deciso che d'ora in poi berrà latte vaccino.'

'Perché? Ha solo nove settimane.'

'Sono troppo occupata per rimanere vincolata alla cura dei bambini. Non so cosa dovrò affrontare una volta a Sydney.' Ellen si alzò. 'Vado a parlare con Rachel per sistemare tutto. Forse nel villaggio c'è una balia che possiamo assumere.' Si fermò sulla soglia, pronta a parlare, quando Caroline Duffy irruppe nella stanza. 'Dovete venire, presto!'

'Cos'è successo, Caroline?' Chiese Ellen.

'È Moira. È svenuta.' La ragazza sembrò sul punto di piangere.

Ellen e Riona corsero in cucina, dove Honor era inginocchiata accanto a Moira.

'Dio del cielo,' Mormorò Riona vedendo la pozza di sangue che si allargava sulle gonne di Moira.

Moira gemeva.

'Honor,' Disse Ellen con tono deciso. 'Manda a chiamare il dottore e il signor Thwaite. Subito! Riona, trova una coperta per coprire Moira.'

Per diversi minuti, la cucina si riempì di persone che andavano e venivano. Le cameriere furono mandate di nuovo ai forni e ai pentoloni bollenti, mentre il signor Thwaite entrò, sollevò Moira e la portò nella sua stanza dall'altro lato della cucina.

Qui, la depose delicatamente sul letto. 'Ecco, cara. Stai tranquilla,' Mormorò.

'È il bambino,' Biascicò Moira. 'Sta arrivando.'

'Resta ferma, Moira.' Ellen mandò via il signor Thwaite dalla stanza e lei e Riona si occuparono di Moira, cercando di farla stare comoda mentre si contorceva dal dolore. La spogliarono e la vestirono con una camicia da notte, prima di coprire le lenzuola con degli asciugamani.

Honor entrò portando con sé una ciotola d'acqua calda e altri asciugamani. Si mise al lavoro ai piedi del letto.

Moira emise un grido smisurato e tirò su le gambe afferrandosi le ginocchia.

Ellen osservò mentre un bambino minuscolo, non più grande della sua mano, giaceva tra le cosce insanguinate di Moira. Lo prese in braccio, ma aveva un colore bluastro. Gli occhi chiusi, il petto immobile.

'È troppo piccolo,' Mormorò Honor.

Piangendo, Riona tenne Moira stretta al petto mentre Ellen aiutava Honor a ripulire dopo il parto.

Con estrema cura, Ellen avvolse il piccolo neonato in un asciugamano. Non sapendo cosa fare, uscì dalla stanza portandolo con sé. Poi esitò e tornò accanto a Moira. 'Vuoi vederlo?'

Senza mostrare emozioni, Moira sollevò la testa e fissò quel bambino piccolissimo. Gli accarezzò delicatamente la testa e poi lo baciò. 'Portalo da suo padre per seppellirlo.'

Una volta coperto il neonato, Ellen uscì dalla stanza. Il signor Thwaite aspettava fuori dalla porta. In silenzio, tese le mani e Ellen gli consegnò il fagotto. 'Trova un posto nel giardino,' Disse con le lacrime agli occhi.

'Ne conosco uno.' Con un cenno, il signor Thwaite si allontanò, le spalle basse.

Ellen lo guardò camminare verso il roseto. Capì subito che avrebbe seppellito il bambino sotto l'albero di rose piantato in memoria del suo Thomas, vicino al quale si trovava una panchina dove Bridget amava sedersi e parlargli. Ora lì sarebbero giaciuti due ragazzi giovanissimi che tutti avrebbero potuto piangere insieme.

CAPITOLO QUATTORDICI

Seduta nell'ufficio di Alistair rivestito in legno con vista sul molo, Ellen ricontrollò ancora una volta i conti. Sulla scrivania c'erano diversi registri contabili e il segretario di Alistair, il signor McCulloch, stava sistemando le fatture seduto a un'altra scrivania.

Era arrivata ieri alla casa di Lower Fort Street, a Sydney. Essendo in lutto, sapeva che non avrebbe ricevuto visite una volta che i conoscenti avessero saputo che era in città, e ne era grata.

Dopo aver gustato l'ottima colazione preparata dalla signorina Lawson quella mattina, si era recata in ufficio, un luogo che non visitava da quando Alistair si era ferito alla gamba subito dopo il loro matrimonio e Ellen aveva preso in mano la gestione dell'attività mentre lui si rimetteva in salute.

Da allora, Alistair aveva espanso la compagnia di importazione ed esportazione, acquistando anche azioni in altre società sia a Sydney che a Melbourne.

'Ha trovato i documenti dell'accordo che mio marito ha

fatto con la compagnia di pini di Huon a Davey River, signor McCulloch?'

'No, signora, non ancora. So che il signor Emmerson stava aspettando dei documenti dalla Terra di Van Diemen.' McCulloch, un uomo di circa quarant'anni, parlava con un marcato accento scozzese.

Ellen gettò uno sguardo all'orologio sulla parete. 'Devo andare. L'ufficio del signor Baldwin è dall'altra parte della città.'

'Molto bene, signora. Continuerò a smistare la posta e a rispondere alla corrispondenza del signor Emmerson finché potrò. Sarà tutto pronto per la sua controfirma al suo ritorno.'

'Grazie, signor McCulloch. Tornerò per le tre, ma se non dovessi farcela, vada pure a casa e ci vedremo di nuovo domani.'

Al piano di sotto, la brezza che soffiava direttamente dal porto la fece rabbrividire mentre saliva in carrozza. 'Bent Street, Higgins, allo studio Baldwin.'

'Subito, signora.'

Entro poco, Ellen giunse a Bent Street, scese dalla carrozza ed entrò nella villetta a schiera del signor Baldwin. La stanza anteriore della casa era stata convertita in un ufficio.

'Signora Emmerson. Prego, entri pure.' Il signor Baldwin, un uomo sulla sessantina con i capelli grigi e gli occhiali, le strinse la mano e la fece accomodare su una sedia dall'altra parte della scrivania. 'Che occasione mesta per incontrarci. Le porgo ancora le mie più sincere condoglianze.'

'Grazie. Nella sua lettera ha menzionato l'apertura di un testamento. Quando avverrà e dove?'

'Beh, proprio qui e ora, signora Emmerson.'

'Solo noi due?'

'Il mio segretario arriverà a breve e farà da testimone alla mia lettura, ma sarà tutto molto semplice.'

'Davvero?' Ellen era sorpresa. 'Mi aspettavo che sarebbe stato posposto, che forse Robin Emmerson, il cugino del mio defunto marito, dovesse essere coinvolto, o il signor Hamilton, il suo socio in affari che risiede a Liverpool, in Inghilterra.'

'No, niente affatto.' Il signor Baldwin fece un cenno al suo giovane segretario, che portò un vassoio con del tè e lo versò nelle tazze.

Ellen lo ringraziò, ma non toccò il tè e si concentrò sul signor Baldwin.

'Bene, posso iniziare subito, signora?'

'Prego.' Ellen si torse le mani in grembo, non sapendo cosa aspettarsi.

Baldwin le lesse alcune righe, dichiarando che Alistair era in pieno possesso delle sue facoltà mentali al momento della stesura del testamento, redatto dal signor Baldwin e firmato alla presenza del suo segretario, Haberfield, che arrossì per l'attenzione rivoltagli, e anche del socio del signor Baldwin, il signor Friend, attualmente impegnato in tribunale.

'In sostanza, signora Emmerson, suo marito ha lasciato tutto a lei.'

'Tutto a me?' Ripeté Ellen, incredula, sporgendosi in avanti.

Il signor Baldwin lesse dal testamento, lungo diverse pagine, ma la frase più importante che Ellen sentì fu: *lascio tutte le proprietà, il denaro e i beni a mia moglie, Ellen Emmerson.*

Il signor Baldwin si aggiustò gli occhiali. 'Capisce che un testamento è fondamentale quando si possiedono un patrimonio e un portafoglio aziendale così estesi? Alla morte di suo marito, lei è diventata una donna ricca, detentrice di molti beni. È estremamente importante che anche lei rediga un testamento.'

'Capisco.'

'Ricordo che nei nostri precedenti incontri il signor Emmerson ha detto che il ragazzo più grande, Austin, non è ancora maggiorenne? Che nessuno dei suoi figli lo è?'

'No, nessuno.'

'Allora deve nominare una persona, o più persone, di cui si fida perché diventino esecutori del suo testamento, nel caso lei dovesse venire mancare prima che suo figlio maggiore raggiunga la maggiore età, ma ne parleremo tra poco. Prima esamineremo a fondo il testamento di suo marito.' Baldwin sorseggiò un po' di tè. 'Le darò una copia da conservare per i suoi registri.'

Ellen sentì la testa girarle. Alistair aveva lasciato tutto a lei.

'Innanzitutto, signora Emmerson, ora è proprietaria della casa di Lower Fort Street, delle cinque case a schiera a Nicholson Street a Balmain, della tenuta di campagna di Emmerson Park, una proprietà con una casa imponente, dei nove edifici annessi e dei cinquecento acri di terreno con tutti gli animali presenti sul luogo.' Si fermò. 'Vuole che legga l'elenco completo degli animali?'

'No, grazie. Conosco ogni animale. Continui pure.'

'È anche proprietaria di una stazione ovina a nord delle Goulburn Plains, chiamata Louisburgh, con una capanna, due edifici annessi, settecento acri di terreno e duemila pecore, della fattoria a Marulan di cinquecento acri con un bestiame di duecentoquattro capi, e di una piccola proprietà a Moss Vale con una casa colonica e tre acri di terreno coltivati a grano. È inoltre proprietaria del venticinque percento della società di importazione ed esportazione Hamilton & Emmerson.'

Ellen aggrottò la fronte. 'Ha dimenticato la proprietà a Kangaroo Valley.'

'No, signora. Quella proprietà è stata venduta a marzo, il ventiquattro, se non sbaglio.'

'Venduta?' Alistair aveva venduto la proprietà che lei aveva acquistato senza dirle nulla? L'aveva comprata quando era incinta di Ava, meno di un anno addietro.

'Davvero. Ho i documenti che testimoniano che è stata venduta. Credo che il signor Emmerson volesse usare il denaro per saldare alcuni debiti.'

'Debiti? Quali debiti?' Non era a conoscenza di alcun debito, solo di piccoli prestiti bancari iniziali. Uno per la costruzione di Emmerson Park e l'altro per acquistare Louisburgh. Alistair le aveva detto che la proprietà di Lower Fort Street era libera da ipoteche.

Il signor Baldwin sembrava a disagio. 'Sembra che il signor Emmerson abbia investito in alcuni progetti che non hanno generato profitti. Devo anche informarla che le cinque case a schiera a Balmain, la fattoria a Marulan e Emmerson Park sono tutte gravate da seconde ipoteche.'

'Seconde ipoteche?' Si sentiva come se l'aria le fosse stata risucchiata dai polmoni.

'Anche Lower Fort Street è stata ipotecata come garanzia per i prestiti.'

Lei lo fissò, desiderando di poter rispondere che si sbagliava, ma l'istinto le suggerì che aveva ragione; dentro di sé sapeva che qualcosa del genere doveva essere successo. Perché non aveva fatto più domande ad Alistair?

'Purtroppo, i rimborsi bancari sono un po' arretrati…'

Ellen continuava a fissarlo. 'Arretrati?' Si sentiva stupida a ripetere quelle parole, ma era davvero troppo da poter comprendere.

'Sì. Credo che il signor Emmerson stesse cercando di finanziare un nuovo investimento nella Terra di Van Diemen e che abbia utilizzato come capitale la casa di Lower Fort Street. Tuttavia, l'azienda non ha ancora registrato alcun ritorno sull'investimento. Inoltre, credo che suo marito...' Il signor Baldwin non riusciva a guardarla negli occhi e continuava a rigirarsi le pagine tra le mani.

'Sì?'

'Beh, per dirlo educatamente, amava uno stile di vita stravagante. Uno stile che non poteva davvero permettersi. Ho cercato di dissuaderlo dall' intraprendere molti dei progetti in cui si è lanciato, ma ha ignorato la mia opinione. Fortunatamente, è riuscito a coprire le perdite ipotecando le proprietà. Quella nella Kangaroo Valley ha generato un buon profitto, ma il signor Emmerson ha investito quei guadagni in una miniera d'oro a Ballarat. Non ha ancora ripagato nemmeno un dividendo e le consiglierei di vendere la licenza mineraria.'

'Capisco.' Si sentì crollare sotto il peso dei problemi che le il notaio le stava esponendo.

'Le banche vogliono essere pagate, signora Emmerson. Non posso sottolinearlo abbastanza. Se non adempie, avvieranno procedimenti contro di lei.'

Il sangue sembrò scomparirle dal volto. Sarebbe finita in tribunale?

Baldwin consultò i documenti sulla scrivania. 'Deve sapere che ho anche ricevuto una lettera dal signor Gardner-Hill che esprime il desiderio di acquistare le sue restanti azioni dell'azienda di importazione ed esportazione, qualora volesse vendere. Una mossa che potrebbe rivelarsi saggia, considerando la situazione attuale.'

Confusa, Ellen cercò di capire cosa il notaio stesse cercando di dire. 'Il signor Gardner-Hill?'

Baldwin la guardò con un'espressione addolorata. 'Comprendo perfettamente che sia uno shock per lei dover affrontare tali questioni in un momento così difficile.'

'Mi sta dicendo che Alistair ha venduto al signor Gardner-Hill una parte delle sue azioni nell'azienda che possedeva con Rafe Hamilton?'

'Esattamente. Ha venduto il venticinque per cento della sua originaria quota del cinquanta per cento.'

Non riusciva a crederci. Quell'azienda apparteneva a lui e Rafe, la loro prima impresa, che si era rivelata essere un investimento redditizio e che significava molto per entrambi. 'Perché?'

Baldwin si agitò sulla sedia. 'Come ho appena menzionato, suo marito si trovava sotto una certa pressione finanziaria. Ho ricevuto una sua lettera il giorno prima di quella con cui lei mi ha informato dell'incidente. La sua morte mi ha impedito di agire secondo le sue istruzioni.'

'Che erano?'

'Vendere Louisburgh.'

'Vendere Louisburgh.' Sentì il sangue gelarsi nelle vene. Quella era l'unica proprietà che Alistair sapeva lei desiderasse più di ogni altra cosa.

'Sì. Ma non ho avuto modo di iniziare a parlare con un agente immobiliare perché il giorno successivo la sua lettera mi ha informato della morte improvvisa di suo marito.'

Un'ira bruciante le montò nel petto, ma riuscì a trattenersi, cercando di concentrarsi su ciò che il signor Baldwin le stava dicendo.

'Vuole vendere le sue azioni al signor Gardner-Hill?'

'No!' Rispose con eccessiva veemenza, per via della rabbia che sentiva montarle dentro. 'Mi scusi, ma no, non accadrà.'

'Signora Emmerson, al momento le sue spese superano le

entrate. La banca chiede il pagamento delle rate. Suo marito aveva compreso la necessità di dover vendere i suoi beni per stare al passo con i rimborsi e che facendo altrimenti, avrebbe rischiato la rovina.'

Ellen si strofinò le mani guantate sul viso. 'Possiamo vendere altro per pagare i debiti con la banca?'

'Assolutamente.' Annuì lui vigorosamente. 'Penso che sia la migliore e forse l'unica opzione al momento.'

'Può farlo per me, signor Baldwin?'

'Sì, signora, se desidera posso diventare il suo notaio e lavorare in sua rappresentanza.'

'È ciò che vorrei.' La disillusione nei confronti di Alistair lottava contro la necessità di dover essere pratica. Aveva bisogno di tempo per riflettere, ma ora non poteva permettersrlo.

'Molto bene.' Il signor Baldwin ordinò al suo silenzioso impiegato di cominciare a prendere appunti. 'Cosa desidera fare, signora Emmerson?'

La mente di Ellen lavorava velocemente. 'Venda le azioni nella compagnia di pini della Terra di Van Diemen, la licenza dell'oro e qualunque altra cosa legata alla miniera di Ballarat.'

Anche il signor Baldwin prendeva appunti. 'Altro?'

'Venda le case a schiera di Balmain.' Pronunciare quelle parole la ferì, perché era stata lei a realizzarle, lavorando sui vari progetti, vedendole ergersi sin dalla prima zolla di terra. La rabbia che stava provando si trasformò presto in un duro nodo di furia verso Alistair.

IL SIGNOR BALDWIN ALZÒ lo sguardo dalle sue note, aspettando.

Ellen fece un respiro profondo. 'Venda la casa di Lower Fort Street.'

'Lower Fort Street!' La fissò. 'È un terreno di prima scelta sul lungomare, signora Emmerson. Non c'è bisogno di prendere misure così estreme per il momento. Forse può vendere qualcos'altro? La fattoria di Moss Vale e il terreno a Marulan? Le azioni nell'azienda di importazione e esportazione?'

Avrebbe preferito vivere per strada piuttosto che vendere ai Gardner-Hill. Inoltre, quell'azienda rappresentava un legame che aveva con Rafe e anche una buona entrata.

'Tutto ciò che mi interessa, signor Baldwin, sono Emmerson Park, Louisburgh e l'azienda di importazione. Finché potrò tenere quelli, sarò felice. Devo avere qualcosa da lasciare ai miei figli. Se possibile, mi piacerebbe mantenere anche la proprietà di Marulan.'

'Non desidera vendere né Marulan né Louisburgh?'

Serrò i denti per trattenersi dal fare commenti sul fatto che Alistair volesse vendere Louisburgh a sua insaputa. Voleva ferirla. Dopo aver scoperto di Lily, aveva scritto al signor Baldwin per vendere Louisburgh. 'No. Non quelle due proprietà.'

Il signor Baldwin iniziò a scrivere su un nuovo foglio. 'Capisco. Deve ottenere un buon prezzo per poter ripagare quell'ipoteca, e credo che ci riusciremo con le cinque case a schiera. È improbabile che ne derivi un profitto, ma vedremo come andrà. La priorità è che la banca venga rimborsata. Lo stesso vale per le azioni della compagnia nella Terra di Van Diemen. Dobbiamo trovare un acquirente e, una volta vendute, il prestito bancario potrà rientrare. Resta la casa di Lower Fort Street. Potrebbe ottenere un prezzo molto alto, essendo situata sul lungomare. Immagino che ne ricaverà anche un profitto, che potrebbe utilizzare per iniziare a rimborsare l'ipoteca su Emmerson Park.'

'Allora prosegua pure.'

'Ne è del tutto sicura? Avere una casa a Sydney è molto vantaggioso.'

'Non lo è quando è un cappio intorno al mio collo perché non posso permettermela. Terrò Emmerson Park, Louisburgh, la proprietà a Marulan e la piccola fattoria a Moss Vale. Se riesco a mantenere quelli, per ora sarà abbastanza.'

'E non dimentichiamo le sue azioni nell'azienda di importazione.'

'E le mie azioni.'

'Dovrà ovviamente nominare un gestore per l'azienda di importazione. Il signor Emmerson faceva la maggior parte del lavoro da sé, avendo stabilito contatti in tutta Sydney nel corso degli anni e, più recentemente, a Melbourne.'

Ellen annuì. 'Me ne occuperò.'

'E le sue proprietà in campagna dovranno cominciare a produrre reddito. Non posso sottolinearlo abbastanza. Deve ricavarne profitti. Le spese per Emmerson Park sono piuttosto elevate, e andava bene quando c'erano entrate da altre attività, ma dobbiamo rivalutare il tutto, o almeno trovare un modo per trarne guadagni."

'Mi occuperò anche di questo.' Si irrigidì di fronte al gravoso compito che aveva davanti a sé.

'Con la vendita di queste proprietà ristabiliremo un senso di ordine e, andando avanti, saprà meglio su cosa dovrà concentrarsi. So che non ho bisogno di dirle, signora Emmerson, che dovrà iniziare a risparmiare.'

'Signor Baldwin, in Irlanda ho vissuto la carestia. So come vivere con parsimonia quando è necessario.'

Lui annuì e terminò la stesura dei suoi appunti. 'Mettiamo su dell'altro tè e poi cominciamo con il suo testamento?'

'Sì.' Ellen si appoggiò allo schienale della sedia, provando un miscuglio di emozioni. Era sollevata per il fatto che Emmerson Park e Louisburgh fossero per ora salve, ma al contempo furiosa con Alistair per le decisioni spregiudicate che avevano portato alla vendita delle altre proprietà.

Aveva l'impressione che fossero passate tantissime ore e, quando non riuscì più sopportare di parlare, Ellen lasciò l'ufficio del signor Baldwin e si diresse in fretta fuori verso l'aria fresca.

'Stavo cominciando a preoccuparmi, signora,' Higgins chiamò giù dal suo sedile.

'Mi dispiace, Higgins, è stato straziante anche per me.' Gli rivolse un sorriso ironico.

'A casa, signora?'

Ellen sospirò. L'ultima cosa che voleva fare era tornare nella casa che Alistair amava, piena delle sue cose. 'No, possiamo andare al Domain, per favore? Ho voglia di fare una passeggiata.'

'Benissimo, signora.'

Si rilassò nella carrozza, la mente ancora in subbuglio per gli eventi della giornata. Come aveva fatto Alistair a tenerle tutto nascosto? Perché vendere la proprietà nella Kangaroo Valley, quella che aveva visitato mentre era incinta e che gli aveva spiegato essere molto preziosa grazie alle foreste di cedri? Non riusciva a capirlo. Ma poi, perché ipotecare i loro beni? Era sbalordita. Accollarsi tali rischi, investire in progetti che avevano generato debiti. Perché stava giocando coi loro beni come se non significassero nulla? Il solo pensiero le dava i brividi. Tutti quegli anni di sofferenze in Irlanda fatti di carestia e fame, solo per venire in quel Paese alla ricerca di una vita migliore, erano ora a rischio di essere vanificati dai capricci e dalle scommesse spericolate di Alistair.

Non gli aveva forse detto più volte che i terreni erano il miglior investimento? Eppure, per assecondare i suoi impulsi, lui aveva ipotecato o venduto proprio quelli che era stata lei a comprare. Non poteva perdonarlo per non averla presa sul serio. Alistair era ben consapevole del suo costante terrore di non avere un tetto sulla testa, della prospettiva che i bambini potessero rimanere con nulla, della fame e della morte. Non aveva pensato minimamente alle difficoltà in cui sarebbero potuti incappare a causa delle sue peripezie. Mentre lei cercava di garantire loro un buon futuro con l'acquisto di tante proprietà, lui stava rischiando denaro in progetti che li avevano quasi mandati in rovina. Se Alistair non fosse morto, chissà dove sarebbero potuti finire. Avrebbe ipotecato o venduto tutto in segreto, senza che lei ne sapesse nulla?

Stava ancora elaborando l'inganno che lui stava orchestrando sulla vendita di Louisburgh. Dopo aver scoperto che Lily era la figlia di Rafe, aveva spedito una lettera al signor Baldwin, probabilmente proprio la mattina successiva. Per farle dispetto, mosso da dolore e rabbia, l'avrebbe venduta e si sarebbe probabilmente divertito a raccontarglielo. Come poteva perdonarlo?

Ciò nonostante, mentre stava morendo, le aveva detto che la amava. Le aveva detto che gli dispiaceva.

Il dolore le colpì il petto.

Il loro matrimonio non aveva mai avuto una vera possibilità di sopravvivere e se Alistar fosse rimasto in vita, si sarebbero distrutti a vicenda, finendo per odiarsi.

Quando la carrozza si fermò, Ellen alzò lo sguardo e fissò i vasti giardini del Domain, un'area nel centro della città dove le persone potevano passeggiare e i bambini giocare.

Ellen scese e percorse i sentieri circondati dagli ampi prati, serpeggiando tra giardini rigogliosi, colmi di esemplari di piante provenienti dalle parti già esplorate del Paese.

Il cappellino nero le copriva il viso dalla vista dei passanti e dalle persone sedute sulle panchine a godersi il sole pomeridiano. Sperava di non incontrare nessuno di sua conoscenza. Per una questione di rispetto, il fatto che indossasse il nero del lutto avrebbe forse dissuaso chiunque dal rivolgerle la parola. Non era dell'umore giusto per mettersi a chiacchierare del tempo. Aveva bisogno di riflettere, di pianificare.

Si deve iniziare a risparmiare, le aveva detto il signor Baldwin.

Beh, lo aveva già fatto prima, poteva farlo di nuovo, e non sarebbe stato così male come in Irlanda. Il suono della sirena di una nave fu trasportato dalla leggera brezza proveniente dal porto. Ellen alzò lo sguardo per osservare le navi e le piccole imbarcazioni che procedevano sul lungomare. Una somigliava alla *Blue Maid* la nave che l'aveva portata in quel Paese insieme alla sua famiglia. Le tornarono in mente il suo ingresso nel porto e quel sentimento di nervosismo misto a eccitazione. I sogni che aveva di dare ai suoi figli un'esistenza migliore erano sempre stati al centro di tutto. Era determinata nei suoi piani di rendere la loro nuova vita un vero successo.

Sposando Alistair aveva visto quel sogno diventare realtà, eppure ora si trovava di fronte alla prospettiva che tutto potesse svanire, qualora le banche non fossero state rimborsate. Pensava che, grazie al matrimonio con Alistair, sarebbe stata al sicuro, protetta, e si era rilassata un po', credendo di aver assicurato a tutti loro un buon futuro. Quanto era stata sciocca a fidarsi di una terza persona per costruire un futuro per i suoi figli? Non aveva forse già imparato quella lezione in Irlanda?

Nessuno poteva prendersi cura della sua famiglia meglio di lei stessa. Aveva abbassato la guardia e ne stava subendo ora le estreme conseguenze. Se non fosse stata attenta, avrebbe perso tutto.

Non lo avrebbe permesso.

Ne aveva passate troppe per poter lasciare che tutto le scivolasse dalle mani proprio ora.

Non aveva tempo da perdere.

Se la vendita delle proprietà non avesse reso abbastanza da ripagare i prestiti bancari, avrebbe corso il rischio di trovarsi in enormi debiti. Doveva assicurarsi velocemente delle entrate. Gli agnelli di Louisburgh e la lana non potevano essere venduti fino alla primavera, che era ancora lontana.

Restava l'azienda di importazione e esportazione, ma il denaro che ne ricavava dipendeva dagli arrivi delle navi e dalle aste dei beni. Per un momento, si sentì sopraffatta dal compito che aveva davanti a sé.

Un'altra sirena navale risuonò nell'aria e lei fece un respiro profondo. Ora dipendeva tutto da lei.

Tornò velocemente alla carrozza. 'Higgins, riportami in ufficio, per favore.'

Il crepuscolo proiettava lunghe ombre sulla città. Una volta tornata nell'area dei moli, Ellen salì le scale fino all'ufficio situato sopra al magazzino della Hamilton & Emmerson. Incontrò il signor McCulloch che stava chiudendo la porta in cima alla scalinata.

'Signora Emmerson. Non mi aspettavo che tornasse.'

'Mi dispiace, ci ho messo più del previsto.' Attese che le aprisse la porta. 'Non è necessario che resti. Buona serata, signor McCulloch.' Lo congedò e si sedette dietro la scrivania di Alistair. Accese la lampada sulla scrivania e un'altra vicino alla finestra.

'Si fermerà ancora un po', signora Emmerson?'

'Sì. Il notaio non mi ha dato buone notizie.'

Il signor McCulloch impallidì. 'Lo immaginavo.' Si tolse il cappotto e lo appese. 'Resterò per darle una mano, signora.'

Ellen si slegò il cappellino. 'Potrebbe volerci un bel po', signor McCulloch. Forse tutta la notte.'

'Sono un uomo solo, signora. Il tempo che ho a disposizione è solo mio.'

'Grazie.' Il sorriso gentile dell'uomo le fece venire voglia di piangere, ma non aveva tempo per le lacrime. Ancora una volta, doveva combattere per il bene dei suoi figli.

CAPITOLO QUINDICI

Nel rovente calore estivo d'agosto, Rafe lanciò con un gesto delicato la palla da cricket a Patrick, che la colpì con decisione, facendola volare sopra il prato, per poi atterrare tra i cespugli di ortensie.

'Oh, davvero un ottimo colpo, giovanotto, devo ammetterlo.' Edgar applaudì dal suo posto vicino alla coperta da picnic, dove il piccolo Edmund stava giocando.

Rafe rise mentre Austin correva a recuperare la palla, inseguito dal cagnolino di Iris che abbaiava.

'Che piacere è stato avere i ragazzi qui per l'estate,' Disse Olive, la madre di Rafe. 'Soprattutto dopo l'apprensione per Patrick e la sua malattia.'

'Non trovo la palla,' Gridò Austin.

'Ti aiuto io.' Patrick lasciò cadere la mazza e si precipitò ad aiutare il fratello.

Prendendosi un momento per ripararsi dal sole, Rafe si sdraiò sulla coperta da picnic accanto a Iris, che gli versò un bicchiere di succo di sambuco. 'Continuo a dimenticare che non sono più giovane come una volta.'

Edgar ridacchiò. 'Capita a tutti. Dio solo sa come farò a tenere il passo con questo giovanotto.' Solleticò il pancino di suo figlio. 'Sarò vecchissimo quando quest'ometto andrà a scuola e inseguirà la sua prima palla da cricket.'

'A proposito di scuola, presto sarà il momento per Austin di tornare a Harrow,' Mormorò Rafe, guardando i ragazzi inseguire la palla sfuggente.

'E manderai Patrick a casa,' Mormorò Iris. 'Qual caro ragazzo non fa altro che parlarne.'

'Non dovresti mandarlo a casa dalla mamma, Rafe.' Sua madre si agitò delicatamente il ventaglio davanti al viso. 'È stato mandato qui per ordine del suo patrigno.'

'Non discuterò più con te di questo argomento, mamma.' Rafe sospirò, sorseggiando la sua bevanda. 'Ho preso la mia decisione e non appena il Capitano Leonards sarà di nuovo in porto, affiderò Patrick alle sue cure per il viaggio di ritorno verso Sydney.'

'E se si ammalasse lungo il percorso? Chi si occuperà di lui?' Sbottò lei. 'Tutto il duro lavoro che abbiamo fatto per tenerlo in vita potrebbe essere vanificato, e se morisse, non ti perdonerò mai, Rafe.'

'Mamma!' Iris la ammonì. 'Non è certo colpa di Rafe. Lo sta facendo per rendere felice Patrick.'

'È un bambino. Noi siamo gli adulti e Rafe ha la responsabilità delle sue cure. Patrick dovrebbe andare ad Harrow con Austin e continuare lì la sua istruzione.'

Rafe fissò sua madre. 'Ti sei affezionata troppo a lui, mamma.'

'È forse un crimine?' Agitò rapidamente il ventaglio.

'No. Sono felice che vi siate tutti affezionati così tanto ai ragazzi.'

'Ci siamo divertiti ad averli qui,' Disse Edgar, mordendo

una fetta di pane imburrata. 'Questa casa è grande e necessita di essere riempita.'

'Sto facendo del mio meglio,' Rise Iris, accarezzandosi il ventre, che continuava a crescere con un'altra gravidanza.

Edgar le baciò la mano con un'espressione di tenerezza negli occhi. 'Dopo anni passati qui a Cherrybank da solo, mi riempie di gioia vedere una famiglia tra queste mura.'

'Non ti ringrazierò mai abbastanza per aver permesso a me e ai ragazzi di trascorrere qui l'estate, Edgar,' Disse Rafe, balzando in piedi. I ragazzi avevano trovato la palla, con grande gioia del cagnolino.

Un valletto approcciò con un vassoio d'argento tra le mani.

Olive lo guardò. 'Spero non sia una lettera di tuo padre che annuncia le sue intenzioni di venire qui,' Sussurrò.

Rafe sperava lo stesso. Il fatto che suo padre vivesse di nuovo a Londra a spese di Edgar li risparmiava tutti dal dover avere a che fare con lui. Fortunatamente, Drew era stato arruolato nell'esercito, il che portava altrettanto sollievo a Rafe, poiché non dovevano più subire lui e i suoi modi sconsiderati.

Senza suo fratello e suo padre a Cherrybank, sua madre aveva recuperato una certa parvenza della vecchia sé, e lo stress di essere sposata con un giocatore d'azzardo si era un po' attenuato, sapendo che, insieme a Iris e Edgar avrebbe sempre avuto una casa. La sua salute era migliorata, così come il suo benessere generale. Rafe era rimasto sorpreso e contento di quanto rapidamente sua madre si fosse avvicinata a Patrick e Austin. Era come se avere dei giovani intorno l'avesse fatta risorgere dalle sue miserie.

Il valletto si chinò accanto a Rafe. 'Per lei, signore.'

'Grazie.' Rafe prese la lettera e riconobbe subito la calligrafia di Ellen. Si allontanò dal picnic, attraversando la terrazza, diretto verso la serra.

Con le mani tremanti, aprì la busta e ne estrasse un foglio.

Caro Rafe,

Ti scrivo in fretta perché ho molte lettere da scrivere e devo spedire velocemente la posta.

Alistair è morto oggi. È stato disarcionato dal cavallo ed è morto sul colpo per una ferita alla testa.

È stato un grande shock, che al momento non riesco ancora a processare. Mi dispiace che tocchi a te dare ad Austin e Patrick questa tragica notizia.

Tuttavia, dopo questo incidente, desidero riavere i miei ragazzi a casa con me. Ti prego di mandarmeli il prima possibile.

Impiegherò qualcuno per continuare a gestire l'azienda fino a quando non riceverò direttive da parte tua.

A gennaio ho ricevuto la lettera che hai inviato a ottobre. I tuoi sentimenti mi hanno riempito il cuore di gioia e sono pienamente ricambiati. Ti prego di credermi quando ti dico che sei sempre nel mio cuore.

Grazie per esserti preso cura dei miei ragazzi. Mi rende felice sapere che sono sotto la tua protezione e guida.

Con il mio più profondo affetto,

Ellen

Emmerson Park

25 maggio 1854

Rafe rilesse la lettera. Quelle parole lo penetrarono lentamente. Alistair era morto. Non riusciva a crederci. Il suo amico e socio in affari non era più vivo? Il dolore lo travolse.

Il povero Alistair non meritava di morire così giovane. Aveva così tanto, una bella vita, una famiglia, Ellen…

Questo cambiava molte cose. Cercò di scacciare l'esaltante pensiero che Ellen fosse ora libera. Adesso non poteva permettersi di pensarci. In quel momento, non aveva il diritto di comportarsi da egoista.

Gettò uno sguardo fuori dalla finestra verso il picnic, preparandosi a dare la notizia ai ragazzi. Si avvicinò lentamente a loro. 'Austin. Patrick. Ho bisogno di parlarvi entrambi.'

Continuò a camminare, imboccando il sentiero che portava alla fontana posizionata dietro a un'alta siepe.

'È successo qualcosa?' Chiese Austin, aggrottando la fronte.

'Sì. Ho appena ricevuto questa lettera da vostra madre.'

Gli occhi di Patrick si illuminarono.

Rafe distolse lo sguardo, poi si concentrò su Austin, che provava una forte ammirazione per Alistair. 'Ci sono giunte notizie terribilmente tristi. Alistair è morto in un tragico incidente a cavallo. Mi dispiace davvero.'

'Morto?' Austin lo fissò, scioccato.

Rafe annuì.

'Mami avrà bisogno di noi a casa,' Intervenne Patrick.

Austin si voltò verso di lui. 'È tutto ciò che ti interessa? Tornare a casa? Cosa potresti fare tu per aiutare mamma adesso? Non sei un uomo.'

Patrick, un ragazzo di indole normalmente timida e tranquilla, aggrottò le sopracciglia. 'No, non sono ancora un uomo, ma lo diventerò presto e se sarò a casa, potrò confortare mami.'

'Non chiamarla così!' Urlò Austin. 'Mami è la parola che usano i bambini piccoli in Irlanda. Si dice mamma.'

'E perché? Solo perché lo dici tu?' Ribatté Patrick. 'Tu e i tuoi amici snob?'

'Papà voleva che parlassimo correttamente, non come dei contadini irlandesi!'

'Alistair non era il mio papà! Mio padre è morto!' Urlò Patrick.

'Nostro padre era un povero buono a nulla!' Urlò Austin, furioso.

'E io sono irlandese!' Gridò Patrick. 'Non voglio essere inglese. Sono irlandese.'

'Sei un idiota!' Austin si gettò addosso al fratello.

'Ragazzi. Basta!' Rafe li separò. 'Non è così che ci si comporta. Mi vergogno di entrambi. Smettetela.' Rafe li scosse per le spalle mentre cercavano di afferrarsi di nuovo. 'Ho detto *basta!*'

'Rafe!' Iris corse giù per il sentiero. 'Cosa sta succedendo?'

'Alistair è morto,' Disse Rafe a bassa voce, tenendo d'occhio entrambi i ragazzi.

'È terribile.' Iris strinse Austin con un braccio. 'So quanto lo ammiravi. Era un brav'uomo, anche se l'ho incontrato solo in poche occasioni, mi è piaciuto.'

Austin annuì con la testa china.

Rafe affondò le mani nelle tasche. 'Vostra madre vuole che vi rimandi a casa.'

Patrick si lasciò andare a un tale sollievo che Rafe temette sarebbe caduto in terra.

Al contrario, Austin raddrizzò la schiena. 'No. Non tornerò. Non ancora. Devo finire la scuola.'

'Mami ha bisogno di noi!' Implorò Patrick. 'Non vuoi vedere lei, zia Riona e Bridget?'

'Sì, voglio vederle, ma...' Lo sguardo triste di Austin si

fermò su Rafe. 'Voglio continuare la scuola ad Harrow. Per favore, permettimelo, Rafe, ti prego.'

Il suo tono supplichevole lo colpì. 'Devo pensarci, Austin. Significherebbe andare contro i desideri di tua madre.'

'Sarà felice di avere Patrick a casa e se le spiegherai che io voglio davvero completare i miei studi, allora capirà. Avrà bisogno che io sia ben istruito, ora che è sola.'

'Puoi frequentare il King's a Parramatta,' Gli ricordò Rafe. 'È una buona scuola.'

'Non è Harrow.' Austin sollevò il mento con aria ostinata, e Rafe vide in lui l'immagine di Ellen.

'Ci penserò.'

Iris sorrise. 'Andate entrambi dentro e lavatevi il viso e le mani.' Quando i ragazzi se ne furono andati, Iris si rivolse a Rafe e lo afferrò per il braccio. 'Questa giornata era iniziata così piacevolmente. Chi avrebbe mai pensato che sarebbe finita in modo così tragico.'

Rafe sospirò. 'Già. La morte di Alistair è davvero inaspettata.'

'Non sto parlando di Alistair, per quanto sia terribile.'

'A cosa ti stai riferendo allora?' Aggrottò la fronte, coi pensieri concentrati su Alistair e sulla sua tragica fine.

'Oggi è stato il giorno in cui ho scoperto che perderò mio fratello.'

Rafe si fermò e la fissò con disapprovazione. 'Di cosa stai parlando?'

'La signora Emmerson è libera e mio fratello la ama. La signora Emmerson vive dall'altra parte del mondo e mio fratello andrà da lei.'

'Iris—'

'Proprio come hai fatto l'ultima volta.' Gli strinse il braccio. 'Solo che questa volta sarà per sposarla.'

'Non oserei mai sperare...' Il suo cuore si contorse al pensiero di poter finalmente essere libero di amare Ellen.

'Porta Patrick a casa, Rafe, e stai con la donna che ami. Ci occuperemo noi di Austin.'

Il suo stomaco fece una capriola al pensiero di rivedere Ellen. Se lei l'avesse voluto, l'avrebbe sposata all'istante. 'Prima, devo fare visita ai genitori di Alistair.'

* * *

Ellen si fermò per riprendere fiato, tossendo nel fazzoletto. Un raffreddore che aveva preso la settimana precedente si rifiutava di darle tregua. I venti gelidi dell'inverno di agosto che soffiavano dal porto non erano certo d'aiuto, quando doveva uscire nelle più disparate condizioni atmosferiche per trattare coi commercianti di merci.

Fuori dal magazzino, la pioggia cadeva a dirotto. Le strade pericolosamente scivolose rappresentavano un gran rischio per gli uomini impegnati a scaricare le merci dai carri. Gli spazi angusti erano ricolmi di casse piene di articoli per la casa. Nel magazzino vicino, sacchi di grano attendevano di essere caricati. Tutto era pronto per essere trasportato sulle navi che Ellen aveva noleggiato e che sarebbero salpate per Melbourne con la marea serale.

'Signora Emmerson.' Il signor McCulloch le si avvicinò stringendo in mano un registro. 'La nave *Snow Cloud* è stata svincolata dallo stato di quarantena e sta entrando in porto.'

'È quella che sta trasportando il tabacco.' Ellen annuì, dirigendosi verso le grandi porte aperte. 'Ringrazio la sorte per la sua soffiata, signor McCulloch!'

'Ho Higgins che la aspetta.' Le corse dietro sotto la pioggia. 'Donaldson è il capitano. Gli ho mandato un messaggero con un biglietto che annuncia il suo arrivo. Deve battere sul tempo gli altri mercanti,' Le gridò dietro mentre lei saliva in carrozza.

Seduta nel veicolo mentre Higgins faceva partire i cavalli a un trotto veloce verso l'altro lato del molo, Ellen rabbrividì a causa dell'umidita che le impregnava il mantello e il cappellino. Stanca, chiuse gli occhi per un secondo.

Le settimane trascorse a lottare incessantemente per avere la meglio sugli altri mercanti per l'acquisto e la vendita di merci stavano sortendo il loro effetto. Non tornava a Emmerson Park da giugno, quando era arrivata per la lettura del testamento. Ora era fine agosto e le mancavano terribilmente le ragazze e la sua casa.

Fortunatamente, il signor Baldwin si era dimostrato un prezioso notaio ed era riuscito a vendere rapidamente Lower Fort Street e le cinque case a schiera. Il denaro proveniente da quelle vendite aveva ripagato due prestiti e le aveva fruttato abbastanza da permetterle di effettuare alcuni rimborsi sui prestiti per Emmerson Park e per la proprietà di Marulan. La vendita della licenza mineraria aveva estinto altri debiti, ma nonostante tutto il suo duro lavoro, il signor Baldwin non era ancora riuscito a vendere le azioni nella compagnia di pini della Terra di Van Diemen.

Tuttavia, aveva ancora bisogno di fare soldi per mantenere a galla le proprietà. Da giugno aveva iniziato ad ampliare la sua padronanza della materia in tema di acquisti e vendite. Partecipava alle aste, negoziando con uomini che o ridevano di lei o la disprezzavano. In fin dei conti, i suoi soldi valevano quanto quelli di chiunque altro e, anche se doveva lavorare più duramente degli uomini per essere presa sul serio, tutti capirono presto che non si sarebbe data per vinta.

Il suo nome era di nuovo sulla bocca di tutti nell'alta

società di Sydney. All'inizio, gli amici di Alistair l'avevano supportata, fino a quando non aveva iniziato a batterli al loro stesso gioco. Quando ciò accadde, sia loro e che le loro mogli cominciarono a evitarla. Non che le importasse. Ora la sua sopravvivenza era in gioco. In passato aveva provato ad adattarsi per il bene dei bambini, ma ora si trattava di pura conservazione personale. Non le importava dover vendere le merci a prezzi ribassati rispetto alle altre aziende; il suo obiettivo era sempre quello di concludere un affare.

E non si preoccupava nemmeno del dover acquistare prodotti che gli altri tendevano a scartare. I beni deteriorati, spesso rifiutati da altre aziende, erano quelli che Ellen acquistava. Li faceva portare al magazzino per esaminarli insieme al signor McCulloch, ricavandone ciò che era ancora vendibile e il resto, se troppo danneggiato, veniva inviato a piccole aziende che pagavano per lotti di qualità inferiore, essendo ciò che potevano permettersi.

Quella strategia di concludere affari era accaduta in modo del tutto casuale. Una volta, aveva acquistato delle casse di rotoli di tessuto da una nave appena arrivata. Quando aprirono le casse, scoprirono che erano state macchiate dall'acqua a causa di alcune perdite nella stiva della nave. Scioccata dal fatto di aver pagato per una merce inutilizzabile, aveva quasi ordinato di farla bruciare, quando si rese conto che alcuni rotoli conservati nel mezzo delle casse non fossero entrati a contatto con l'acqua.

Riuscì a salvare quelli che potevano essere venduti a prezzo pieno e aveva anche scoperto che non tutti i clienti volevano acquistare merce in blocchi. Visitò il salone della sua sarta, la signora Haggerty, e parlandoci, apprese che i rotoli danneggiati potevano essere venduti sui banchi del mercato alla classe operaia a un prezzo inferiore. Con grande maestria, questi erano in grado di realizzare abiti nascondendone le macchie, o se rimanevano in vista, sarebbero state comunque facili da coprire.

Tenendo a mente ciò, Ellen continuò ad acquistare a buon mercato altre merci danneggiate. Candele rotte e saponette venivano vendute a un prezzo ridotto e l'acquirente semplicemente le scioglieva e le rimodellava. Scarpe danneggiate venivano smontate e rifatte, cibo non più adatto al consumo per gli uomini veniva venduto agli agricoltori per nutrire i loro animali, e così via.

Ellen imparò che non doveva solo importare ed esportare lana costosa e porcellane raffinate, grano e altri beni di consumo di alto valore, trattandosi di investimenti ad alto rischio, nel caso in cui le merci venissero danneggiate o perse in un incidente navale. Poteva guadagnare lavorando in settori di valore inferiore. Tagliava fuori gli intermediari e visitava personalmente negozi e fabbriche, agricoltori e mercati.

Sebbene fosse un lavoro ininterrotto ed estenuante, per cui doveva sempre pensare e pianificare in anticipo, Ellen si stava lentamente costruendo intorno una rete di commercianti e clienti che si rivolgevano a lei per ciò di cui avevano bisogno. Il suo nome si stava diffondendo. Riuscì a far arrivare il suo bestiame da Marulan ai commercianti di sua conoscenza che operavano in diversi mercati, invece di passare attraverso agenti, e avrebbe fatto lo stesso quando i suoi agnelli di Louisburgh sarebbero stati pronti per essere venduti. Avrebbe inviato il vello della lana a Liverpool da Rafe affinché lo vendesse e in cambio gli avrebbe chiesto di inviarle macchinari agricoli e industriali, che stavano diventando le merci più richieste.

In tutta Sydney stavano nascendo fabbriche, man mano

che la popolazione cresceva grazie alla corsa all'oro. Le industrie non riuscivano a stare al passo con la domanda dei consumatori, essendo costrette a espandersi con macchinari moderni. Ellen voleva entrare a far parte di quel settore.

Ovunque andasse, vedeva crescere sempre più impianti manifatturieri. Segherie, fornaci di mattoni, carrozzerie, fonderie di ferro, fabbriche di bibite, mulini a farina, birrerie e altro ancora stavano diventando sempre più importanti ed erano proprio i macchinari che stavano rendendo possibile questa espansione. Sydney stava crescendo oltre i suoi confini, verso le aree rurali più velocemente di quanto venissero costruite le strade che portavano a queste destinazioni.

Nei due anni trascorsi da quando Ellen era arrivata, la città era cresciuta oltre ogni immaginazione e lei desiderava contribuire a questo fenomeno. Alistair si era concentrato per troppo tempo sulle spedizioni di merci a Melbourne per soddisfare le esigenze della corsa all'oro e, così facendo, si era dimenticato della città in cui viveva.

Lei non sarebbe stata così compiacente. Sydney e la sua crescente popolazione avevano bisogno di carne e macelli. Lana e grano venivano esportati in grandi carichi navali, ma non la carne, che si sarebbe deteriorata entro pochi giorni. Ellen credeva che, con la crescita della popolazione, il cibo sarebbe stato fondamentale. I terreni e il cibo andavano di pari passo. Doveva comprare più terra.

Giungendo al molo, Ellen salì rapidamente sulla passerella, procedendo fino al ponte della nave. Cercò un marinaio di comando e vi trovò invece un volto familiare. 'Signor Donaldson!' Sorrise all'uomo che era stato il primo ufficiale sulla *Blue Maid*, la nave su cui aveva viaggiato per l'Australia.

'Signora Kittrick. Che piacevole sorpresa.'

'Ora sono la signora Emmerson, anche se mio marito è morto di recente.'

'Mi dispiace. Come sta il resto della famiglia? Sua sorella e i suoi figli?'

'Stanno tutti bene. Ha visto Austin e Patrick quando hanno navigato per l'Inghilterra l'anno scorso sulla *Blue Maid*?'

'Purtroppo, no. Ho lasciato la *Blue Maid* nel momento stesso in cui l'avete fatto voi. Ho ricevuto un'offerta migliore per stare a comando della mia nave intorno alle coste dell'India.' Allargò le braccia. 'Questa è la mia nave.'

'Ben fatto. Che gran successo.'

'Sono molto contento.' Sorrise, orgoglioso del risultato. 'Allora, perché si trova qui sul mio ponte, signora Emmerson?'

'Sono venuta per acquistare il suo carico di tabacco.'

Lui sorrise. 'Direttamente dalle Indie Occidentali.'

'È stato già acquistato?' Chiese.

'No, andrà all'asta la prossima settimana.'

'Posso offrirle un buon prezzo già oggi.'

Lui aggrottò la fronte. 'Mi perdoni, ma perché dovrei farlo quando potrei ottenere un prezzo più alto all'asta?'

'Perché, Capitano Donaldson, ho una proposta per lei.'

'Quale sarebbe?'

'Ha già il suo prossimo carico?'

'Non ancora. Sono appena arrivato al porto.'

Ellen sorrise. 'Ho un magazzino pieno del più bel legname australiano, che so per certo verrà venduto a Liverpool attraverso i miei contatti. In cambio, ho bisogno di macchinari fabbricati in Inghilterra. Io e lei insieme potremmo stabilire una relazione commerciale come quella che mio marito e il signor Hamilton avevano con il Capitano Leonards. Un accordo di lungo termine. Non dovrete più competere con altre navi per ottenere un carico.'

Donaldson abbassò la testa, tamburellando con le dita sul mento, riflettendo sulla sua proposta. 'La rotta Liverpool-Sydney. Sono viaggi più lunghi rispetto a quelli che ho fatto per l'India.'

'È un problema?'

'No… Sono in competizione con il Capitano Leonards?'

Lei scosse la testa. 'C'è abbastanza merce per tutti. Il signor Hamilton e il mio defunto marito hanno investito in un'altra nave. Sarete il terzo capitano a trasportare le nostre merci. A meno che non preferiate l'incertezza delle aste per i lotti di carico? Chiudere questo accordo significherebbe avere continuamente le stive piene.'

Donaldson sorrise. 'Lei mi è sempre piaciuta. Andiamo nella mia cabina e ne parliamo davanti a una tazza di tè?'

Lei gli prese il braccio. 'Che idea eccellente.'

*E*llen si tirò lo scialle attorno alle spalle, cercando di combattere il freddo che filtrava dalla porta. Nonostante fosse settembre, l'inverno sembrava ancora persistere, e lei desiderava ardentemente il calore della primavera. Il piccolo cottage in Surry Hills che aveva affittato era modesto e sgradevole, ma poiché ci trascorreva così poco tempo, non le importava.

Seduta alla sua scrivania, Ellen stava verificando con attenzione le cifre nel registro rosso, confrontandole con quelle nel registro verde. Con grande pazienza, stava riuscendo a guadagnare abbastanza soldi da poter tenere le banche a distanza e accumulare risparmi per il suo prossimo progetto.

Dalla finestra, sentì Bridget ridere per qualcosa che Lily aveva fatto. Le due bambine stavano giocando sotto un melo, raccogliendo fiori primaverili per crearne dei mazzolini. La voce della signorina Lewis stava avvertendo continuamente Bridget di non arrampicarsi troppo in alto.

Riona entrò con un vassoio da tè. 'So che è primavera, ma

a settembre può ancora far freddo. Ho insistito perché le ragazze indossassero i cappellini di lana.' Si chinò verso il caminetto e rimestò i ceppi per creare più calore. 'Ora fermati un po', prendi qualcosa da mangiare e una tazza di tè. Rachel sta dando latte e pane a Ava e le ragazze sono fuori con la signorina Lewis.'

'Sì, le sento.' Ellen chiuse il registro.

'E allora, puoi prenderti un momento di pausa dai numeri, no?'

Ellen annuì e, stancamente, si alzò dalla sedia. Un dolore alla schiena la fece sussultare, e tossì.

Riona la fissò severamente. 'Cosa ti ho detto? Devi rallentare e riposarti. Non vuoi venire a Emmerson Park per qualche settimana?'

'Non posso, lo sai. Devo restare qui a Sydney e assicurarci dei guadagni.'

'Parli proprio come faceva Alistair,' Disse Riona con tono ironico.

'No, non è così.' Ellen sorseggiò il tè, apprezzandone il gusto dolce e caldo. 'E poi, io sto guadagnando, non ci sto indebitando, è questa la differenza.'

'E ti stai quasi uccidendo per farlo, questo è certo. Non vuoi venire a casa per un po', per favore? Moira chiede di te. Anche Honor si domanda quando tornerai, e sono sicura che il signor Thwaite stia contando i giorni da quando sei andata via, chiedendosi se ti rivedrà mai!'

'Ci penserò.' In verità, desiderava ardentemente tornare a casa sua a Berrima e a Louisburgh.

'Bene.' Riona aggiunse un altro ceppo al fuoco e si sedette nuovamente.

'Ho un appuntamento alle quattro,' Le ricordò Ellen.

'Di cosa si tratta questa volta?'

'Un'assemblea degli azionisti per l'azienda di pini nella Terra di Van Diemen. Sono necessari più fondi per acquistare attrezzature per la lavorazione del legno.'

'Pensavo volessi vendere.'

'Sì, ma nessuno vuole comprare le mie azioni. Le ho persino offerte al signor Gardner-Hill, ma ha rifiutato. Ce l'ha ancora con me per non avergli venduto quelle della società di importazione.'

'Come se lo avresti mai fatto. Guarda come sta andando bene.' Riona tagliò delle fette di torta alla frutta e ne porse un pezzo abbondante a Ellen. 'Mangiala tutta. Sei pelle e ossa. Non so perché tu abbia lasciato andare la signora Lawson e Dilly. Almeno con la signora Lawson in casa avresti mangiato come si deve.'

'La signora Lawson voleva andare in pensione per stare con sua sorella e qui non ho bisogno di una cuoca o di una domestica. Non do ricevimenti e vengo a casa solo per dormire. Sto benissimo.'

'Benissimo? Ho visto più carne su un osso masticato da un cane di quanta non ne veda sulle tue. E quella tosse! Non ti stai prendendo cura di te. Ora che sono qui, mangerai di più, te lo garantisco.'

'Ho detto che sto bene, è così.' Ellen prese un boccone di torta per accontentare sua sorella. Avere lì Riona e le ragazze la rendeva così felice. Erano arrivate senza preavviso due giorni prima, ed Ellen aveva pianto di pura gioia quando le aveva abbracciate tutte.

'Mamma!' Bridget corse nella stanzetta. 'La signorina Lewis dice che possiamo andare a fare una passeggiata a Hyde Park. Ava e Lily possono venire nel passeggino. Vieni anche tu?'

. . .

ELLEN ESITÒ: aveva ancora molti conti da controllare e un appuntamento tra un'ora, ma doveva anche trascorrere del tempo con le ragazze. 'Che ne dici se cammino con voi fino al parco e poi da lì vado al mio appuntamento?'

Bridget batté le mani e corse fuori per comunicarlo alla signorina Lewis.

'Le sei mancata,' Disse Riona. 'Tre mesi sono troppi, Ellen. Lily quasi non si ricorda più di te, e Ava non ha idea di chi tu sia.'

'Ava è una bambina, non nota alcuna differenza. Lily si sta acclimatando. Penso che stia iniziando a ricordarsi di me.' La difficoltà maggiore di essere a Sydney era il non poter stare con le bambine, soprattutto perché Lily era così timida in presenza di Ellen, come se avesse dimenticato chi fosse sua madre. Ellen ne era rimasta profondamente ferita. Non poteva permettere che accadesse di nuovo, ma aveva anche bisogno di lavorare e guadagnare. Trovare un equilibrio era complicato.

'Se questa casa fosse più grande, potreste rimanere tutte più a lungo,' Disse a Riona. 'Ma l'ho affittata per il suo prezzo vantaggioso, non per ospitarci tutte.'

'E allora cosa c'è di male nel condividere qualche stanza?' Riona sorrise. 'Abbiamo dormito in posti peggiori in Irlanda.'

'È proprio quello che sto cercando di evitare.' Ellen rise amaramente.

'E ci stai riuscendo? Hai notato dei benefici lavorando tutte queste ore? Perché, guardandoti adesso, sei la metà della donna che eri. Sei pallida, troppo magra, con aloni scuri sotto gli occhi. I tuoi capelli sono spenti e quella tosse ti sta quasi mettendo in ginocchio. Sembri tornata a come eri in Irlanda.' Riona si sporse in avanti e strinse le mani di Ellen nelle sue. 'Ne vale la pena, sorella? Non puoi lasciar perdere tutto e vendere? Possiamo essere felici a Emmerson Park, non ci serve altro.'

'Te l'ho detto nelle mie lettere, Emmerson Park è gravata da un'ipoteca. Se non onorerò i pagamenti, la proprietà sarà venduta. Abbiamo bisogno di un reddito.'

'Ma le altre proprietà, quelle non puoi venderle?'

'Louisburgh si mantiene in modo indipendente con le entrate degli agnelli e la tosatura della lana. Non venderò mai.'

'Bene. Allora trasferiamoci tutti a Louisburgh. Vendi il resto. Possiamo fare di Louisburgh la nostra casa.'

Ellen sospirò, sentendo la stanchezza crescerle dentro. 'Ci ho pensato.'

'E allora perché non lo fai? Preferirei averti con noi nell'unico posto che possediamo, piuttosto che stare a guardare mentre ti distruggi nel tentativo di mantenere tutto il resto.'

'Perché non è abbastanza per i bambini. Devo pensare al loro futuro. I ragazzi hanno bisogno di proprietà a sufficienza per far prosperare le loro famiglie.'

'I ragazzi sapranno come badare a loro stessi quando saranno uomini!' Riona sbottò. 'Potrebbero anche non volere nessuna delle proprietà e dedicarsi a tutt'altro. Hai pensato a questo?'

'Ci ho pensato, e se sarà così, allora andranno alle ragazze.'

'Ellen, ti prego. Questo impero che vuoi costruire ti distruggerà se non stai attenta.'

'Questo *impero*, come lo chiami tu, è proprio ciò che ci permetterà di non dover vivere per sempre in un posto come *questo*.' Ellen indicò la stanza spoglia.

Riona sospirò e si lasciò andare sulla sedia. 'Allora rimarrai a Sydney per anni interi, spingendoti prematuramente alla tomba? Quando sarà abbastanza?'

'No, non resterò a Sydney per anni interi.' Ellen sorseggiò il tè. 'Ho dei piani che spero di realizzare molto presto.'

'Quali?'

'Ho intenzione di comprare altri terreni.'

'Tu e il tuo insaziabile bisogno di terreni!' Riona sbottò. 'È follia pura!'

'Ascoltami. Voglio annettere la terra di Marulan a Louisburgh acquistando la catena di colline che separa le proprietà. Poi, se comprassi il terreno dall'altra parte di Louisburgh, estendendo la proprietà a nord-ovest verso le terre non reclamate, l'intera area potrebbe ospitare greggi di pecore ancora più grandi. Ho sentito che alcune di quelle terre erano state date in concessione alla famiglia Macarthur e che altre stanno diventando disponibili. Una parte,' Cercò tra i documenti sulla sua scrivania finché non trovò un foglio e lo sollevò in aria, 'Questa parte sul fiume Tarlo fu originariamente data in concessione ai primi esploratori e si estende oltre le catene montuose. I discendenti degli uomini in questione sono tutti morti o non sono più interessati alla proprietà e intendono venderla. È a buon prezzo perché una parte della terra si estende sulle colline e gli agricoltori pensano che sia uno spreco perché non ci sono abbastanza pascoli per nutrire il bestiame.'

'E allora perché la vuoi?'

'Perché le pecore pascolano meglio tra gli alberi sulle colline rispetto ai bovini, e possiamo disboscare alcune delle pendici per ricavarne il legname di cui avremo bisogno per costruire una casa e delle dipendenze. Ci sono settecento acri di pascoli, oltre a quelli che coprono le colline. Molti dei nuovi arrivati in questo Paese non vogliono rischiare di stare così lontano dalla civiltà e dai porti. Grazie a questo, potrei riuscire ad acquistarlo a un prezzo inferiore. Ho invitato delle richieste agli uffici competenti per ricevere tutti i dettagli. I terreni saranno messi in vendita il mese prossimo.'

'Ci andremo a vivere?'

'No, ma un sovrintendente vorrà avere una sistemazione decente.'

'Puoi permettertelo?'

'Sì, se riesco a vendere le azioni dell'azienda di pini. Sto accumulando un fondo per comprare più terreni. Non ci sono arrivata ancora, ma potrei riuscirci nelle prossime settimane. Non sto lavorando tutte queste ore per niente, sai. Le pecore ci aiuteranno a sopravvivere.' Ellen si alzò. 'Presto riuscirò a concentrare le mie attenzioni su tutte le nostre terre. Nominerò il signor McCulloch gestore dell'azienda di importazione e dovrò venire a Sydney solo poche volte all'anno.'

'Mi stanco solo a sentirti parlare dei tuoi piani. Non so come fai a fare tutto, non lo so.'

'Lo faccio per noi.' Ellen si avvicinò alla porta proprio mentre Bridget entrava indossando un grazioso cappellino e un cappotto per la passeggiata. Ellen le baciò la guancia. 'Vai a prendere il mio cappello, tesoro, mentre mi metto il cappotto.'

DURANTE LA PASSEGGIATA per le strade che portavano a Hyde Park, Ellen prese Riona sottobraccio. Bridget correva avanti e indietro per raccontare loro di tutto ciò che vedeva. Essere in città, con tutti i suoi spettacoli e suoni sconosciuti che erano completamente estranei a Berrima, stordiva tutti i componenti della piccola famiglia. I venditori ambulanti gridavano i nomi delle loro merci, mentre una diligenza piena di passeggeri passava rimbombando. Veicoli trainati da cavalli di tutte le forme e dimensioni intasavano le carreggiate, mentre i ragazzi agli angoli delle strade offrivano giornali in vendita.

Una donna vendeva fiori dal suo carretto, fischi di fabbriche risuonavano tutt'intorno e il rumore di centinaia di operai intenti a creare nuovi negozi, hotel e strade meglio pavimentate echeggiava da ogni angolo.

Il prato verde di Hyde Park si trovava nella zona industriale della città in crescita. Bridget corse verso una piccola fontana all'angolo del sentiero, ridendo mentre due ragazzini si schizzavano a vicenda.

'Non bagnarti, Bridget. Non fa abbastanza caldo,' Ellen la avvertì. Poi si chinò verso la carrozzina e baciò Lily e Ava sulla guancia.

'Ora vai via?' Chiese Riona.

'Sì, o farò tardi.' Si diresse rapidamente verso Bathurst Street e poi girò in Pitt Street. Percorse altri cento metri e raggiunse gli uffici dove si sarebbe tenuto l'incontro.

Un po' nervosa, come sempre quando entrava in una stanza piena di uomini d'affari, Ellen tenne la testa alta e si diresse verso il tavolo al centro della sala.

'Signora Emmerson.' Uno dei principali azionisti, il signor Triverton, le strinse la mano. 'Sono lieto che sia riuscita a venire.'

'Non mancherei mai a un incontro così importante.' Annuì a diversi altri uomini nelle vicinanze.

Una volta che tutti presero posto, la riunione iniziò. Per alcuni minuti, il signor Triverton parlò dell'azienda e dei progressi che stavano facendo in termini di crescita del business. Annunciò che durante il trimestre successivo, si sarebbero registrati i primi profitti, il che suscitò un applauso nella sala.

· · ·

Ellen rimase in silenzio, ascoltando, ma anche cercando di cogliere a pieno la reazione degli altri uomini. L'unica altra occasione in cui aveva partecipato a una riunione aziendale era stato il mese precedente, quando gli azionisti avevano chiesto di sapere cosa stesse succedendo a Davey River e quando avrebbero iniziato a vedere profitti. Quella riunione era stata inondata da urla e insulti furiosi, prima che il signor Triverton riuscisse a calmare gli animi e a promettere che molto presto si sarebbero registrati dei rendimenti.

Anche se Ellen apprezzava l'anziano signore, si sentiva trattata da lui con sufficienza. Le sue domande erano state ignorate o messe da parte a favore di quelle di altri azionisti che avevano messo in gioco più fondi.

Quando finalmente la riunione si concluse, Ellen si alzò e si avvicinò a Triverton.

'Ah, signora Emmerson.' Le porse una tazza di tè.

Stringendo il piattino tra le mani, Ellen si guardò intorno. 'Ha detto molte cose positive, signor Triverton.'

'Certamente, il futuro è luminoso, signora.'

'Sono contenta, davvero, perché ciò renderà più facile vendere le mie azioni.'

Triverton sospirò. 'Ne abbiamo parlato il mese scorso, signora. Ora non è il momento di vendere. Abbiamo bisogno che gli investitori rimangano forti. Se si venisse a sapere che qualcuno vende le proprie azioni, ciò potrebbe influenzare la reputazione dell'azienda.'

'Allora perché non compra lei le mie azioni? Così lo terremo tra noi.'

Triverton si strofinò la calvizie. 'Non ho il capitale necessario per acquistare altre azioni, signora Emmerson. Ho investito fino all'ultimo centesimo in questa azienda.'

'Ma io no,' Disse una voce alle loro spalle.

Ellen si girò e vide un uomo alto, vestito con un abito realizzato su misura a righe nere e grigie. Aveva una barba corta ben curata che non intaccava minimamente la sua bellezza.

L'uomo le tese la mano. 'Maxwell Duncan. Piacere di conoscerla, signora Emmerson.'

Ellen prese la sua mano.

Triverton fissò il nuovo arrivato. 'Duncan, non sei il benvenuto qui. Questo è un incontro per soli azionisti.'

'Perdonate il mio arrivo tardivo. La mia nave è appena attraccata questa mattina.' Maxwell Duncan sorrise. 'E, Triverton, da quattro giorni sono un azionista, dato che ho acquistato il cinque per cento delle azioni dal signor Hoddle a Melbourne.'

'Ma è oltraggioso.' Triverton sbuffò. 'Hoddle è in punto di morte. Non avrebbe mai potuto concludere un affare con te.'

'Eppure l'ha fatto. Gli ho fatto visita e abbiamo convocato i nostri avvocati. È tutto concluso e sigillato con le firme. La signora Hoddle ora può seppellire suo marito come merita e vivere in tutta comodità per il resto della sua vecchiaia.'

'Non la passerai liscia.'

'L'ho appena fatto.'

'Mascalzone!' Le guance di Triverton diventarono rosse per la rabbia. 'Mi scusi, signora Emmerson.' Il signor Triverton fece un inchino e si allontanò prontamente per parlare con l'uomo dietro di loro.

Ellen lanciò un'occhiata a Maxwell Duncan. 'Le viene davvero facile farlo arrabbiare.'

'Se lo merita, signora Emmerson.' Scrollò le spalle come a voler minimizzare.

'Conosce il mio nome.'

Maxwell Duncan sorrise. 'Come potrebbe mai un uomo

sano di mente non cercare di scoprire il nome di una bella donna appena entra in una stanza?'

Lei ridacchiò per il complimento, sentendosi tutt'altro che bella, vestita a lutto con abiti neri. 'Quindi, signor Duncan, è interessato alle mie azioni?'

'Lo sono.' I suoi occhi scuri sembravano scrutarla nel profondo. 'Ma non è una cosa di cui dovremmo parlare davanti a una tazza di tè.' Le prese la tazza e il piattino dalle mani. 'Perché non troviamo un tavolo in un bel ristorante e ordiniamo del vino con un buon arrosto di manzo?'

'Perché no?' Avrebbe fatto qualsiasi cosa pur di vendere le sue azioni, e se ciò significava passare un'ora a bere e mangiare, tanto meglio per lei.

Fuori, nella brezza fredda che fischiava dal porto lungo le strade, Ellen fu costretta a fermarsi per tossire. Quando riprese fiato, camminarono lungo Pitt Street fino a Market Street, dove svoltarono a sinistra. Presto si sedettero a un tavolo coperto da una tovaglia bianca in un ristorante piccolo ma elegante.

'Alla buona riuscita di questa cena.' Il signor Duncan sollevò il bicchiere di vino verso Ellen, con lo sguardo che vagava dal suo volto fin giù al busto.

Ellen sorseggiò il suo vino bianco e si appoggiò allo schienale della sedia. 'È davvero interessato alle mie azioni, signor Duncan?'

Lui sorrise. 'Sì, lo sono. Ma sono anche interessato a lei. È troppo audace da parte mia dirlo al nostro primo incontro?'

'Credo di sì.'

'Bene. Mi piace sorprendere le persone.'

'Perché è interessato a me?' Chiese lei, consapevole della presenza degli altri commensali dell'alta società che li circondavano. Ricordava alcuni volti dalle feste a cui aveva partecipato con Alistair.

'Perché è diversa. Affascinante.'

'Non mi conosce.'

'So di lei. So che è la vedova di Alistair Emmerson. So che ha trascorso i mesi dopo la sua morte cercando di riacquisire una certa sicurezza finanziaria, a causa della mala gestione di suo marito e—'

'Come lo sa?' Si sporse in avanti, allarmata dal fatto che quell'uomo sapesse così tanto di lei, mentre lei non sapeva nulla di lui.

Lui le si avvicinò. 'È mio compito conoscere gli affari degli altri, specialmente quando si tratta di denaro,' Parlò a bassa voce, con un leggero tono di avvertimento.

Ellen si appoggiò allo schienale della sedia, sentendo la pelle d'oca ricoprirle il corpo. 'Cosa vuole?'

'Lei.'

Ellen lo fissò.

Lui rise alla vista della sua espressione scioccata. 'Ma saprò aspettare. Nel frattempo, penso che dovremmo fare affari insieme.'

'Vuole acquistare le mie azioni?'

'Sì, certo, ma aldilà di questo, penso che lavoreremmo bene insieme.'

'In che modo?' Non riusciva a staccargli gli occhi di dosso.

Lui si adagiò sulla sedia e sorseggiò il suo vino. 'Le sue origini. Contadina irlandese, giusto?'

Ellen si irrigidì. Prese immediatamente la sua borsetta e cercò di alzarsi.

Lui le afferrò il polso, tenendola ferma. 'Si sieda.'

Lei lo fulminò con lo sguardo. 'Mi lasci.'

'Mi permetta di finire quello che stavo dicendo.' Allentò la pressione. 'Per favore?'

Con i denti stretti per l'irritazione, Ellen si risedette lentamente.

'Ho menzionato le sue origini perché le mie sono simili.'

Lei aggrottò la fronte. 'È irlandese?'

'No. Scozzese. O meglio, i miei nonni erano scozzesi. Io sono nato in questo Paese...' Inclinò audacemente la testa. 'I miei nonni vennero qui in catene. Furono cacciati dalla Scozia e si avventurarono alla volta dell'Inghilterra per cercare lavoro. Stavano morendo di fame. Mio nonno rubò del pane per darlo a mia nonna, che era incinta. Li catturarono entrambi e li condannarono a vita all'esilio nella Terra di Van Diemen.'

Ellen avvertì l'amarezza nella sua voce.

'Scontarono sette anni ciascuno prima che mio nonno venisse mandato a lavorare per un gentiluomo a nord di Hobart. Un uomo gentile, onesto. Mio nonno gli piaceva e permise a mia nonna di venire a lavorare in casa sua per permettergli di stare insieme.' Il signor Duncan sorseggiò il suo vino. 'Quel gentiluomo incoraggiò mio nonno a mandare a scuola suo figlio, che era mio padre, e prese a cuore anche lui. I miei nonni morirono di febbre quando mio padre aveva dodici anni. Lui fece di mio padre il suo pupillo e lo educò da gentiluomo.'

'Perché mi sta raccontando tutto questo?' Chiese Ellen, ignorando la prima portata di ostriche che era stata servita al loro tavolo.

'Mio padre ha dovuto lottare per essere preso sul serio in una classe sociale nella quale non era nato. Veniva emarginato e deriso quando partecipava agli eventi dell'alta società.' Il signor Duncan fece roteare il vino nel bicchiere. 'Mio padre non fu mai accettato a Hobart. Quando il vecchio gentiluomo morì, lasciò metà della sua fortuna a mio padre. L'altra metà fu lasciata a suo nipote.' Il signor Duncan guardò Ellen. 'Il signor Triverton è suo nipote.'

'Una storia molto interessante, ma di nuovo, perché me lo sta raccontando?'

'Perché, cara signora Emmerson. Il signor Triverton rese la vita di mio padre un inferno. Contestò il testamento in tribunale, e mio padre perse, bloccando così ogni suo tentativo di andare avanti con la sua vita.' Duncan bevve un grande sorso del suo vino. 'Mio padre si suicidò a causa di Triverton.'

'Oh, ma è terribile.' Ellen osservò le emozioni fluttuare sul suo volto.

Duncan riempì nuovamente il suo bicchiere. 'Mia madre morì sette mesi dopo di crepacuore. Io ero via a scuola, ero solo un bambino. Triverton mi fece perdere entrambi i genitori. Il mio obiettivo è fargliela pagare.'

'E come farà?'

'Il successo di Triverton dipende tutto dall'azienda di pini a Davey River. Ho intenzione di acquistare abbastanza quote da diventare l'azionista di maggioranza.'

'E come farà se Triverton ne detiene il cinquantuno percento?'

'Ho i miei metodi.'

'Iniziando con l'acquisto delle mie azioni?'

'Sì, esattamente.' Alzò il bicchiere verso di lei.

'Sono felice di vendergliele al prezzo di mercato.'

'Grazie, ma non è tutto.'

'No?' Ellen si girò per tossire in un fazzoletto.

Il signor Duncan aspettò che si ricomponesse. 'Vorrei che mi accompagnasse a un ballo domani sera.'

Ellen spalancò gli occhi per la sorpresa. 'Perché?' Ansimò, lottando contro una sensazione di pizzicore in gola.

'Perché no?' Sorseggiò il vino, sorridendole con gli occhi da sopra il bordo del bicchiere.

'Non credo sia il caso.' Lei distolse lo sguardo, incrociando quelli di alcune donne a un altro tavolo. Non ricordava i loro nomi, ma ne riconobbe i volti. Tossì di nuovo.

'Ho sentito dire che il signor Gardner-Hill vuole acquistare le sue azioni nella sua attività di importazione, e lei non vuole vendere nonostante abbia bisogno di denaro.'

Voltò bruscamente la testa verso di lui. 'Come lo sa?'

'So molte cose, signora Emmerson. Conosco la situazione finanziaria in cui suo marito l'ha lasciata e so quanto brillantemente lei stia risalendo da quel profondo baratro.'

Ellen si sentì esposta, mentre lo sguardo di quell'uomo la scrutava di nuovo. Sapeva troppo di lei, la faceva sentire come la preda di un serpente che si aggira nell'erba. 'Non voglio essere una pedina nel suo gioco con il signor Triverton. Se desidera acquistare le mie azioni, allora dica al suo notaio di mettersi in contatto col mio. Il signor Baldwin a Bent Street.'

Lui mangiò un'ostrica, prendendosi un momento per godersene il sapore. 'Mi perdoni. La sto mettendo a disagio, e non è affatto mia intenzione.' Aggiunse dell'altro vino al bicchiere di Ellen, nonostante lei lo avesse appena sfiorato. 'Signora Emmerson, lei mi piace. Mi piace che abbiamo cose in comune. Siamo pari in questa società chiusa. Non siamo come loro. Non le piacerebbe batterli al loro stesso gioco?'

'Lo sto facendo a modo mio.' Bevve un po' di vino per lenire il dolore alla gola.

'Riducendo i loro profitti con l'acquisto di qualche carico di merci malandate.'

Lei lo fissò. Conosceva davvero i suoi affari. Era un amico o un nemico?

'Quel è il suo obiettivo finale, signora Emmerson?'

'Sospetto che già lo sappia, signor Duncan,' Rispose lei sarcastica.

Lui ribatté con una risata fragorosa. Si sporse in avanti, abbassando la voce fino a sussurrare. 'Mi piacerebbe sinceramente che condividesse con me i suoi desideri.'

Lei deglutì. Una ondata di coscienza sessuale le rinvigorì i sensi. Quell'uomo era decisamente intrigante, anche se misterioso e pericoloso allo stesso tempo.

Il signor Duncan si appoggiò allo schienale della sedia, coi suoi occhi scuri che la osservavano. 'Ha della terra in campagna.'

'Sì.'

'Ne vuole di più?'

'Sì.'

'Posso procurargliela.'

'Come?'

'Comprerò le sue azioni della compagnia di pini e con quei soldi lei acquisterà altre azioni da alcuni investitori che non vogliono vendere a me perché sono amici di Triverton. Dovrà farlo sotto falso nome.'

'Mi sta usando?'

'No, è un beneficio reciproco. Lei continuerà a comprare azioni con i miei soldi e in cambio io le venderò a prezzo scontato dei terreni che possiedo e che non voglio.'

'Terreni che non vuole? Perché mai non vorrebbe dei terreni?' Le sembrava ridicolo.

'Vivo nella Terra di Van Diemen. È lì che voglio spendere i miei soldi e mostrare a tutti quanto hanno sbagliato a respingere mio padre.'

Il suo atteggiamento emanava un vigoroso desiderio di vendetta. Ellen rabbrividì, sentendo il formicolio di un altro colpo di tosse formarsi in gola. Sorseggiò un po' di vino.

'Allora, cosa ne dice? Ci stringiamo la mano per concludere questo affare?'

Lei lo fermò sollevando un dito. 'E se non volessi i suoi terreni? Potrebbero trovarsi in luoghi troppo remoti perché possa visitarli regolarmente, o è possibile che siano del tutto inutili e inadatti per le colture o l'allevamento del bestiame.'

Un sorriso furbo si diffuse sul suo bel volto. 'Conosce già quella terra.'

'Davvero?'

'Ho comprato i terreni sul fiume Tarlo su cui ha recentemente chiesto informazioni.' Giocò il suo asso nella manica.

Ellen sentì il respiro venirle a mancare e iniziò a tossire, ansimando alla ricerca di aria.

Preoccupato, Maxwell Duncan cercò di calmarla con delle pacche sulla schiena e ordinò un bicchiere d'acqua.

Quando finalmente riprese fiato, imbarazzata per aver dato spettacolo, Ellen si voltò verso di lui con gli occhi umidi. 'Affare fatto.'

CAPITOLO DICIASSETTE

*E*llen scese dalla carrozza.

'Ci vediamo domattina, Higgins.'

'Come desidera, signora Emmerson.'

Camminò fino al cancello che portava al piccolo cottage e si fermò un attimo per riprendersi. La sensazione di stordimento diminuì leggermente, poi si raddrizzò, pronta ad affrontare Riona e i bambini.

La porta d'ingresso si aprì, e Bridget corse verso di lei.

'Mamma, la signora Stein ha detto che sono stata bravissima al pianoforte oggi.'

'Meraviglioso.' Ellen baciò i capelli neri corvini che ricoprivano la testa di Bridget.

'La signora Stein dice che sei la benvenuta ad assistere a una delle mie lezioni. Verrai?'

'Verrò.' Ellen camminò con lei fino alla porta.

'Che fortuna avere un'insegnante di pianoforte proprio qui vicino.'

'Puoi venire alla mia prossima lezione?'

'Ci proverò.' Ellen si slacciò il cappellino e lo appese al gancio nell'ingresso.

'Mamma.' Lily avanzò barcollando verso di lei, ed Ellen si chinò per abbracciarla. Più Lily cresceva, più assomigliava a Rafe, sebbene avesse i capelli color castagna di Ellen, che crescevano sempre più lunghi.

Con fare spossato, Riona uscì dal salotto con in braccio Ava.

'Giuro che questa sta quasi per gattonare. Ha solo sei mesi e non riesce a stare ferma sul tappeto per un minuto.' Riona passò Ava a Rachel e Lettie, che portarono le bambine in cucina per la cena.

'Sembri esausta,' Disse Riona mentre seguiva Ellen nella camera da letto, che non era grande abbastanza per due donne adulte e tre bambini. La tettoia sul retro per la signorina Lewis, Rachel e Lettie era ancora più piccola

'Sono stanca.'

'Non mi sorprende. Stai fuori tutto il giorno a lavorare e di sera vai a balli e cene con il signor Duncan.' Riona si inginocchiò per aiutare Ellen a togliersi gli stivali e sostituirli con un paio di pantofole.

'Stasera rimarrò a casa.' Ellen desiderava solo sedersi. La testa le pulsava.

'Bene.' Riona si alzò e posizionò gli stivali ai piedi del letto. 'Non puoi continuare così, Ellen. Sembri malata.'

'Sono solo stanca per le troppe notti trascorse sveglia fino a tardi.'

'Allora smettila di uscire. Dì al signor Duncan di lasciarti in pace per qualche settimana.'

'Non posso farlo.' Ellen versò dell'acqua dalla brocca nella bacinella per lavarsi la polvere della città dal viso.

'Ti stai innamorando di lui?'

Ellen si voltò bruscamente verso Riona. 'Sei impazzita?'

'Beh, la gente parla. Siete sempre insieme. Credo che tutti si aspettino una proposta da un momento all'altro.'

'Conosco il signor Duncan da un mese e mezzo. Non proprio le giuste tempistiche per una proposta.'

'Diresti di sì se te lo chiedesse?'

Ellen si fermò per asciugarsi il viso. Maxwell era sorprendentemente di buona compagnia. La faceva ridere spesso. Parlavano per ore, ma a volte si chiudeva in un cupo malumore, scattando e andandosene all'improvviso, ovunque fossero. L'aveva fatto un paio di volte, e lei lo aveva detestato in quelle occasioni. Il giorno dopo si scusava sempre, mandandole dei mazzi di fiori, e lei lo perdonava. Le piaceva la sua compagnia, e lui era felice di fare lunghe passeggiate con tutta la famiglia, comprando mele caramellate per Bridget e correndo in giro per i prati del parco.

'Ci stai mettendo tanto a rispondere,' La incalzò Riona.

Ellen piegò l'asciugamano. 'Maxwell Duncan è un amico. Un socio d'affari, come ti ho spiegato.'

Riona si intrecciò le mani in grembo. 'Allora possiamo tornare a Emmerson Park?'

'Pensavo ti piacesse stare in città con me.'

'Mi piaceva, ma ora non più. Ho incontrato degli amici che avevamo a Lower Fort Street, ma vivere in questo piccolo cottage rende difficile ricambiare gli inviti, soprattutto quando non abbiamo personale, e tocca a me cucinare.'

Ellen non poté fare a meno di sorridere. 'Senti come ti lamenti di cucinare e di non poter ricevere visite. Che cambiamento dalla contadina irlandese che è arrivata qui due anni fa.'

Riona rise. 'Vero. Quasi non mi riconosco, ma è colpa tua

che mi hai trasformata in una signora, quindi ora è ciò che sono.'

'Ed è proprio questo che mi dà tanta gioia. Voglio solo il meglio per te e i bambini.'

'Ciò che è meglio per noi è stare insieme a te e vederti in salute. Nelle ultime sei settimane sei stata sempre con il signor Duncan e questa casa è troppo piccola per tutti noi. Se non posso vederti, tanto vale stare nel comfort di Emmerson Park.'

Sistemandosi i capelli, Ellen annuì. 'Capisco. Questo cottage non è l'ideale per tutti noi.'

'Per favore, torna con noi. Hai bisogno di riposare, Ellen.'

Il desiderio di rivedere Emmerson Park, e ancor di più Louisburgh, la sopraffece per qualche istante. Era così stanca della città, degli affari, delle trattative e dei continui tentativi di stare un passo avanti agli uomini che avevano più contatti e più risorse di lei. Maxwell Duncan l'aveva portata a feste, cene, spettacoli teatrali e altri eventi sociali, e ciò aveva attirato l'attenzione su di lei, facendo nascere pettegolezzi, proprio come quando era sposata con Alistair, ma stavolta la situazione era persino peggiore, dato che loro due non erano sposati.

Era stanca di dover costantemente sorridere, chiacchierare, ballare, sforzarsi di essere socievole con persone che non l'avevano mai apprezzata come moglie di Alistair e che di certo non la apprezzavano ora come sua vedova, perdipiù accompagnata in giro per la città da uno sconosciuto, per quanto affascinante e sofisticato fosse. Maxwell Duncan non era uno di loro. Era un emarginato, il discendente di un criminale.

Ma il piano che Maxwell aveva messo in atto per loro stava funzionando. Con i suoi soldi, Ellen aveva acquistato il trentacinque percento della compagnia di legname, intestando tutto a nome di Riona. La sera successiva avrebbe cenato con un ricco gentiluomo, George Evans, che deteneva il dieci percento delle azioni e gli avrebbe fatto un'offerta che, si sperava, non avrebbe potuto rifiutare.

'Ellen?'

Ritornò alla realtà trovandosi davanti il volto interrogativo di Riona. 'Cos'hai detto?'

'Ho chiesto se tornerai a casa con noi a Emmerson Park.'

Improvvisamente, Ellen si rese conto di non desiderare nient'altro. 'Se la cena di domani sera andrà bene, sì, faremo i bagagli e torneremo a casa la prossima settimana.'

Riona batté le mani. 'Sia benedetta la Santa Vergine, finalmente hai ritrovato il senno.'

Ellen le lanciò uno sguardo ironico, ma fu colpita da un attacco di tosse e passò i minuti successivi a cercare di riprendere fiato.

'Credo che dovresti andare da un altro dottore, Ellen,' Disse Riona, avvolgendole uno scialle intorno alle spalle e facendola sdraiare sul letto.

'Sto molto meglio rispetto a prima. Il clima più caldo mi sta aiutando.' Si distese sul letto, desiderosa di dormire anche se erano solo le sei di sera.

'Riposati,' Disse Riona, stendendole addosso una coperta.

'Solo per un po',' Sbadigliò. 'Svegliami per cena.'

Quando Ellen si svegliò, sentì la pioggia battere sul tetto in lamiera. La luce era cupa e grigia, come se l'alba fosse alle porte. Si sentiva accaldata e si tolse la coperta di dosso.

Accanto a lei, Riona si voltò e si appoggiò su un gomito per rimboccarle la coperta.

'Ho troppo caldo!'

'Sì, hai sudato e poi tremato tutta la notte. Penso che tu

abbia la febbre.' Riona si alzò e indossò la vestaglia. 'Ti preparo del tè,' Sussurrò, per non svegliare Bridget.

'Che ore sono?'

'Mattina presto. Hai dormito da ieri sera.' Riona si fermò vicino alla porta. 'Non ti alzare dal letto. Manderò a chiamare il dottore.'

'Sto bene, è solo un raffreddore.'

'Zitta, sarà il dottore a deciderlo.'

Due ore dopo, il dottore, un giovane gentile che viveva a pochi isolati di distanza, dichiarò che Ellen aveva una leggera febbre e che doveva restare a letto per i prossimi giorni.

Quando se ne andò, Ellen si vestì e si diresse verso il salotto, dove Riona e la signorina Lewis intrattenevano le bambine mentre la pioggia continuava a cadere.

'Cosa ci fai in piedi?' Chiese Riona infastidita.

'Ho troppe cose da fare, Riona, quindi non cominciare. Devo andare a una cena stasera.'

'Perché?'

'Sai perché. Ho bisogno di comprare le azioni per il signor Duncan, così poi mi venderà la terra a Tarlo.'

Le labbra di Riona si serrarono in un'espressione di rabbia. 'Sono stanca di tutta questa angoscia, Ellen. Basta così. Non vogliamo che tu muoia per un altro pezzo di terra!'

Bridget spostò lo sguardo da Riona a Ellen. 'Mamma?' Il suo tono preoccupato fece subito pentire le due sorelle di aver discusso in quel modo davanti a lei.

'Non è niente, tesoro.' Ellen sorrise. 'È solo uno scherzo.'

Riona sorrise falsamente. 'Sì, una lite sciocca. Continua a disegnare. Stai facendo un bellissimo disegno, davvero.'

Ellen tornò in camera da letto con Riona alle calcagna.

'Manda un biglietto al signor Duncan. Digli che non puoi

andare stasera. Sei malata.' Riona restò in piedi sopra a Ellen, che si era sdraiata di nuovo sul letto.

'Prima concludo quest'affare, prima posso lasciare la città.'

'È questo che vuoi? Lasciare la città? Lasciare il signor Duncan? Perché ho la sensazione che sia lui a trattenerti qui, nient'altro.'

Ellen chiuse gli occhi stanca. 'Questo è l'ultimo affare da concludere, e poi torneremo a casa.'

Con il passare delle ore, Ellen sembrò peggiorare. Riona la costrinse a sorseggiare un po' di brodo di carne, ma lo sforzo si rivelò eccessivo.

Quando il sole cominciò a scomparire dietro le colline, Ellen sapeva che fosse giunto il momento di lavarsi e vestirsi. Alzandosi dal letto, inciampò, e gli oggetti nella stanza le sembrarono offuscati.

'Mamma?' Bridget entrò nella stanza e corse a sorreggerla. 'Zia Riona!' gridò.

Riona si precipitò nella camera e diede un'occhiata a Ellen. 'Torna subito a letto o non sarò responsabile delle mie azioni.'

Ellen cercò di raggiungere il letto, ma all'improvviso tutto divenne nero e l'ultima cosa che ricordò fu il grido di Bridget.

ELLEN SUDÒ, tremò e dormì per tre giorni di fila. Sentiva il dottore e Riona parlare a bassa voce, senza capire cosa dicessero e senza nemmeno preoccuparsene. Non aveva energia, né desiderio di far nulla, neanche di muoversi.

La mattina del quarto giorno, si svegliò quando Riona entrò nella stanza. Sentì il bisogno di andare in bagno ma ogni movimento le risultava incredibilmente difficile.

'Ellen!' Riona si affrettò verso il letto. 'Fai piano.' Le sorrise amorevolmente. 'Come ti senti?'

'Ho bisogno del vaso.'

'Oh, giusto. Sì, certo.'

Dopo che Riona la aiutò a usare il vaso, Ellen si distese di nuovo, esausta dal compimento di quel minimo gesto.

'Il dottore sarà qui tra un'ora.' Riona sistemò le coperte. 'Sarà felice di vederti sveglia e in grado di parlare. È stato molto preoccupato. Lo siamo stati tutti. Io… io…' Le lacrime riempirono gli occhi di Riona, per poi discendere lungo le guance. 'Ho avuto così tanta paura,' Sussurrò, inginocchiandosi accanto al letto e prendendo Ellen per mano. 'Non voglio mai più vivere un'esperienza simile. Ho pensato che stessi morendo e… e… non sapevo cosa fare!'

'Mi dispiace.' Ellen strinse delicatamente la mano di Riona. I vasi pieni di fiori colorati attirarono la sua attenzione. La camera da letto ne era piena. 'Questi fiori…'

Riona si asciugò gli occhi con il dorso della mano. 'Il signor Duncan. È venuto due volte al giorno negli ultimi tre giorni. Quel pover'uomo è stato davvero in ansia.'

Le tornarono in mente che la cena a cui avrebbe dovuto partecipare, le azioni e l'affare con Maxwell. All'improvviso, niente di tutto ciò contava più. Non aveva l'energia necessaria per preoccuparsi della terra di Tarlo. 'Voglio tornare a casa, Riona.'

'Sì.' Riona sorrise con le lacrime agli occhi. 'Lo faremo. Non appena starai meglio.'

'Le bambine?'

'Stanno bene. Bridget è preoccupata, ma è coraggiosa e sta facendo del suo meglio per aiutare la signorina Lewis, Rachel e Lettie con Lily e Ava. Ha persino voluto aiutarmi a cucinare.'

Sollevata, Ellen si rilassò e chiuse gli occhi. 'Ho bisogno di tornare a casa… a Louisburgh…'

Più tardi, quando Ellen si risvegliò, sentì delle voci fuori dalla porta. Si aspettava di vedere Riona con il dottore, ma rimase sorpresa nel vedere Maxwell Duncan, con un'espressione preoccupata in viso, entrare nella stanza al seguito di sua sorella.

'Signora Emmerson.'

Gli rivolse un sorriso fugace, ma ogni gesto richiedeva uno sforzo enorme.

Lui si sedette sulla sedia di legno accanto al letto. 'Non riesco a descriverle la mia gioia nel vederla sveglia e fuori pericolo.'

'Grazie per essere venuto a trovarmi.'

'Niente mi avrebbe tenuto lontano, anche se sua sorella ha fatto di tutto per impedirmi di attraversare la porta.' Ridacchiò. 'Ci ha davvero spaventati tutti.'

'Mi dispiace per la cena… per le azioni…'

'Niente affatto. Non è qualcosa di cui deve preoccuparsi. La sua salute è la cosa più importante. Quando starà meglio, la porterò a fare delle passeggiate all'aria aperta. Forse, anche una gita al porto e un picnic su una delle spiagge.'

'Sto per tornare a casa…'

Il viso del signor Duncan impallidì. 'A casa?'

'Sono stanca della città, degli affari.'

'Di me?' Disse tra scherzo e serietà.

'No…' Aveva la gola secca. Cercò di afferrare il bicchiere d'acqua, ma lui la precedette e la aiutò a sorseggiarne un po'.

'Posso offrire a tutti voi il mio aiuto per tornare in campagna?'

Lei scosse la testa. 'Grazie, ma no.'

'Ellen.' Lui le prese la mano tra le sue. 'Mi hai preso completamente alla sprovvista, ma tengo davvero a te.'

'Maxwell…' Lei percepì la sua emozione, ma non riusciva a ricambiare. Non aveva nulla da dargli. Il suo cuore apparteneva già a un altro, anche se dubitava che avrebbe mai rivisto Rafe.

'Non dire niente adesso. Tornerò tra qualche giorno, quando ti sentirai di nuovo te stessa.' Le baciò la mano e uscì velocemente dalla stanza.

Riona entrò con uno sguardo interrogativo in volto. 'Se n'è andato di fretta. Non ha nemmeno salutato.'

'Ha detto che tiene a me.'

Riona strinse si strinse le mani in grembo. 'Tu tieni a lui?'

'Non in quel modo, no.'

'Sono abbastanza egoista da ammettere che ne sono felice. Il signor Duncan sarebbe una complicazione. Vuole tornare a Hobart.'

Ellen fissò sua sorella. 'Non andremo a Hobart.'

'Quindi posso iniziare a fare i bagagli per tornare a casa e chiudere il contratto di affitto di questo cottage?'

'Prima lo fai, meglio è,' Rispose Ellen stancamente.

Qualche giorno dopo, Ellen fece la sua prima passeggiata all'aperto. Higgins aveva portato lei, Riona e Bridget in carrozza ai Giardini Botanici sul lungomare.

Era una giornata bellissima, con il cielo limpido e azzurro d'ottobre e una brezza calda che arrivava dal mare. Essendo domenica, i sentieri dei giardini erano colmi di persone che passeggiavano dopo i sermoni mattutini in chiesa, e tutti indossavano i loro abiti migliori nelle tipiche tonalità estive.

Sebbene Ellen vestisse ancora di nero per il lutto e Riona di grigio scuro in rispetto ad Alistair, sentiva comunque il cuore più leggero rispetto al passato.

'Non devi stancarti troppo,' La avvertì Riona, stringendo un parasole che stavano condividendo.

'Farò presto una pausa.' Ellen, con il braccio intrecciato a quello di Riona, osservava Bridget saltellare, annusando i fiori appena sbocciati e ammirando le navi e le barche nel porto.

Camminarono per altri dieci minuti prima che Ellen sentisse il bisogno di sedersi su una delle panchine.

'Là c'è un uomo con un pappagallo parlante sulla spalla.' Bridget indicò la piccola folla radunata intorno a un vecchio e al suo volatile.

'Portala a vederlo,' Disse Ellen, aggiustandosi la gonna. 'Aspetterò qui e mi godrò il sole.'

Seduta, Ellen salutò Bridget mentre sua figlia si sedeva sull'erba ad ascoltare il vecchio e il pappagallo parlante.

'Signora Emmerson.' La signora Gardner-Hill si fermò davanti a lei. 'Ho sentito che è stata malata. Sono felice di vederla in salute.'

'Grazie.' Ellen chinò la testa, aspettandosi che la donna più anziana proseguisse oltre.

Invece, si sedette accanto a lei e per diversi minuti non parlò. Poi, la matrona dell'alta società si sfilò l'anello nuziale e guardò Ellen. 'Mi dispiace che la nostra amicizia non sia iniziata al meglio. Mi scuso se l'ho offesa in passato.'

Colta alla sprovvista da quell'ammissione, Ellen la fissò. 'Davvero?'

'Sì. Mi sono comportata in modo abominevole nei suoi confronti. Ho visto solo il suo passato, non la persona che è, e ho permesso alla mia mentalità ristretta di offuscare il mio giudizio. Lo rimpiango.'

Ellen era stupefatta. 'Mi perdoni se trovo la sua dichiarazione un po' scioccante. Non mi aspettavo che mi parlasse con tanta onestà.'

La signora Gardner-Hill continuava a torcersi l'anello sul suo dito. 'È... difficile essere una donna in questa città coloniale. Veniamo sempre giudicate. Noi donne dell'alta società dobbiamo dare un esempio per cancellare la macchia della storia degli ex detenuti, per cavare la città e la sua gente fuori dal suo sgradevole passato oscuro. Temo che ciò ci abbia resi degli snob, e il nostro comportamento fa davvero vergognare le nostre controparti in Inghilterra. Carità e generosità sembrano esserci state strappate nel momento in cui abbiamo messo piede qui.'

'Non sono d'accordo. Credo che facciamo una scelta, signora Gardner-Hill. Possiamo essere civili e gentili o possiamo essere sgradevoli e meschini. Non siamo schiavi di ordini malvagi dettati da altri. Godiamo della libertà di scelta.'

'Effettivamente, ha ragione. Le mie azioni mi fanno vergognare. Il suo arrivo ci ha scosse. Ci consideravamo tutti superiori a lei. Eppure, ci ha affascinati. Quando Alistair l'ha sposata, tutti pensavamo che fosse uno sciocco.'

'Forse lo era.'

'No.' L'anziana donna fissava il parco. 'Siamo stati noi gli stupidi per aver permesso ai nostri pregiudizi di prevalere sul buon senso. Lei è molto diversa da noi, è vero, ed è stata proprio quella differenza a turbarci. I nostri mariti l'ammirano, signora Emmerson, perché non lei non è come noi altre, mogli noiose. Le piace il grande mondo sconosciuto degli affari, in cui la maggior parte delle donne non ha desiderio di addentrarsi. Inoltre, ha eccelso nella creazione di nuove proprietà in campagna, nel parlare senza timori, nel rompere le regole, nel voler fare ciò che desiderava senza badare a cosa la società si aspettasse da lei.'

'Non l'ho mai fatto con l'intenzione di mettere altri a disagio. L'ho fatto perché è ciò che sono.'

'Adesso lo so. Ma quando ha sposato Alistair e ha disprezzato tutto ciò che per noi era giusto, ci ha fatto sentire inferiori e deboli. Ci sentivamo meno di quello che avremmo dovuto essere e abbiamo incolpato lei per quel sentimento, invece di cambiare il nostro modo di pensare. Altri, naturalmente, non cambieranno mai, non ci pensano neanche. I comportamenti acquisiti sin dalla nascita non possono modificarsi nel giro di pochi mesi, o persino anni, e a volte mai. Ma io cambierò. L'ho già fatto. Tu, Ellen Kittrick Emmerson, mi hai dimostrato che la ricchezza e lo status sociale non rendono una persona onesta. Rendono solo più facile nasconderne i difetti.'

Ellen non sapeva cosa dire.

'Ieri ho parlato con la signora Haggerty nel suo salone,' Continuò la signora Gardner-Hill. 'Mi ha detto che sua sorella ha riferito che si sta riprendendo e che tornerà in campagna per rimettersi del tutto.'

'Sì.'

'So anche che mio marito possiede delle azioni nella sua attività di importazione.'

'È vero.'

'Allora abbiamo un legame, io e lei.' L'anziana donna si alzò aiutandosi col bastone. 'Creda alle mie parole, signora Emmerson, a meno che non porti scandalo al suo nome, non parlerò mai più male di lei. È una promessa.'

'Grazie.' Ellen inclinò il capo in segno di riconoscimento.

'Buona giornata e si rimetta presto.' La signora Gardner-Hill si allontanò con passo deciso, ed Ellen si rese conto che era la prima volta che vedeva la donna da sola, senza il solito gruppo di amiche dell'alta società.

Ellen fu sorpresa da quella conversazione. Perché la signora Gardner-Hill aveva cambiato opinione e persino comportamento nei suoi confronti? Cosa aveva provocato quell'improvviso cambiamento di atteggiamento? Importava davvero? Ma sembrò sincera, ed era tutto quello che le interessava. Solo il tempo poteva dimostrarlo.

'Mamma!' Bridget le corse incontro. 'Il pappagallo ha detto una parolaccia.'

'Davvero? Beh, non ripeterla allora.'

'Ha detto *dannazione!"* Dichiarò Bridget con una risatina.

Ellen rise. Anche sua figlia maggiore infrangeva tutte le regole. 'Andiamo, torniamo a casa, dobbiamo preparare le valigie.'

Quando arrivarono al cottage, il signor Duncan era in piedi davanti al cancello. Aiutò le donne a scendere dalla carrozza.

'Entra,' Lo invitò Ellen con lo stomaco in subbuglio. Maxwell aveva un aspetto diabolico nel suo abito color cuoio.

Riona accompagnò Bridget in cucina per lavarsi, ed Ellen invitò Duncan ad accomodarsi. Si sentì sollevata nel constatare che non le avesse portato un altro bouquet di fiori, perché non aveva più dove metterli. 'Tè?'

'No, non ancora, grazie.' Sembrava nervoso. 'Stai bene? Sembri stare molto meglio rispetto all'ultima volta che ti ho vista.'

'Grazie, sì. Mi sento più me stessa. Siamo andate a fare una passeggiata.'

'Eccellente.' Il sorriso non raggiunse i suoi occhi scuri.

La stava mettendo a disagio, ma prima che lei potesse parlare, lui si inclinò in avanti.

'Hai pensato a quello che ti ho detto l'ultima volta che sono venuto?'

'Ci ho pensato.'

'I miei sentimenti non sono cambiati. Tengo a te, Ellen. Sarei molto felice se accettassi di diventare mia moglie.'

'Maxwell, ti ammiro. Sei un brav'uomo e gentile, ma—'

Lui alzò una mano. 'Ma non mi ami.'

Lei scosse la testa. 'Mi dispiace. No, non ti amo. Ho sposato Alistair senza amarlo e non è una cosa che farei di nuovo. È troppo difficile. Inoltre, mi piace la mia indipendenza.'

L'espressione di Maxwell si addolcì e un sorriso ironico gli comparve sulle labbra. 'Lo immaginavo. Ne è valsa la pena provarci comunque.'

'Possiamo essere amici? Ne sarei lieta.'

'Sarai sempre mia amica, Ellen.' Prese dalla tasca del suo cappotto un rotolo di carta legato con un nastro rosso. 'Questo è per te. Volevo dartelo prima di tornare a Hobart.'

'Andrai via?'

'Sì. Come per te, il mio tempo qui è finito.'

'E le azioni della compagnia dei pini?'

'Oh, riuscirò ad averle, alla fine.' Le fece l'occhiolino. 'Grazie a te ora possiedo più partecipazioni nella compagnia rispetto a quando sono arrivato a Sydney, quindi è stato tutto molto utile, anche se il mio cuore né è uscito leggermente ammaccato.'

Ellen sorrise. 'Meglio ammaccato che spezzato.'

'Concordo.' Le baciò la guancia. 'Non cambiare mai, Ellen.' Si sistemò il cappotto. 'Quello aprilo più tardi. Addio.'

Lei tenne in mano il rotolo di carta e, attraverso la finestra, lo guardò lasciare il cottage e allontanarsi lungo la strada. Una volta sparito dalla sua vista, slegò il nastro e srotolò la carta. Rimase senza fiato leggendo che gli atti di proprietà della terra sul fiume Tarlo erano a suo nome.

CAPITOLO DICIOTTO

Nel tardo pomeriggio, Ellen camminava lungo la riva del fiume, sotto un sole che, con l'avvicinarsi del Natale, si faceva sempre più presente e caldo. Più avanti, Bridget galoppava a cavallo di Princess come se fosse nata in sella. Sua figlia si mantenne nel mezzo dei campi, mentre Ellen si avvicinava agli alberi in cerca di ombra. Faceva lunghe passeggiate ogni giorno per riacquistare le forze. Erano tornati a casa da due mesi ed Ellen era ansiosa di viaggiare verso Louisburgh e poi alla volta del fiume Tarlo, ma Riona le aveva proibito di farlo finché non si fosse rimessa del tutto.

In verità, Ellen si sentiva abbastanza in forze per viaggiare, ma doveva rimanere per Natale e trascorrere insieme un'occasione felice. Lo doveva a Riona. Le bambine stavano crescendo e aveva bisogno di dedicare loro del tempo prima di gettarsi di nuovo nella gestione delle terre. Inoltre, le piaceva stare a casa con Moira e persino con Honor, che nonostante fossero trascorse otto settimane dal loro ritorno, non l'aveva ancora innervosita.

Ora il signor Thwaite trascorreva con lei intere giornate,

discutendo delle loro proprietà e dei piani futuri. Lui e Moira volevano sposarsi in segreto dopo Natale, e quella era un'altra ragione per cui Ellen sarebbe rimasta a Emmerson Park fino al nuovo anno.

Un ramo si spezzò alle sue spalle ed Ellen si girò di scatto. Non riusciva a vedere nulla. Un animale nell'erba alta? Un serpente? Fece un passo avanti quando una figura emerse da dietro a un albero.

Sobbalzò sorpresa. 'Eddie Patterson.'

'Ellen.' Lui si toccò il bordo del cappello in segno di saluto, ma il gesto fu lento. Aveva un aspetto sporco e trasandato, e sembrava affamato.

'Non mi aspettavo di rivederti.'

'Io...' Barcollò.

Lei corse a sorreggerlo in piedi. 'Stai male?'

'No.' Lui si lasciò scivolare lungo il tronco e lei si accovacciò accanto a lui. 'Non mangio da giorni. La polizia ci ha braccato nelle ultime settimane. Nessun posto è sicuro.'

'Allora vai a Louisburgh. Ti avevo detto di nasconderti lì se necessario.'

'Non credo di farcela. Il mio cavallo si è rotto una gamba. Gli altri sono riusciti a scappare. Dan è morto, che la Beata Madre lo protegga.' Si fece il segno della croce.

Furono raggiunti da rumori di zoccoli sul terreno e di cuoio che sfregava, ed Ellen si girò spaventata, temendo che Eddie fosse stato scoperto.

Bridget era in sella a Princess e lo fissava.

'Bridget, tesoro.' Ellen si alzò. 'Ti ricordi del signor Patterson, che ti ha salvato da zio Colm?'

'Sì. È ferito?' Bridget sembrava preoccupata e per nulla spaventata.

'Ha solo fame, perciò è debole.'

'Vado a casa a prendere qualcosa da mangiare.' Bridget raccolse le redini.

'Non farti vedere da nessuno,' La avvertì Ellen, stupita dalla maturità della sua bambina di solo nove anni.

Bridget le rispose con uno sguardo che sembrava appartenere qualcuno molto più grande di lei. 'Lo so, mamma.' Cavalcò via ed Eddie ridacchiò.

'Che ragazza, quella lì.' Scacciò una mosca. 'Devi essere orgogliosa di lei.'

'Lo sono, anche se sarà difficile da gestire quando sarà più grande. A volte mi chiedo se abbia nove o vent'anni.'

Eddie rispose con un sorriso sbilenco. 'Sarà circondata da uomini come mosche sullo—' Si fermò e sorrise. 'Perdonami, sono volgare. Troppi anni passati con soli uomini nelle foreste, lontano dalla società beneducata.'

Lei lo osservò, notando la sporcizia che lo ricopriva e la lunga barba incolta. 'Ti procureremo del cibo, poi proverò a farti arrivare di nascosto fino al fienile dove potrai passare la notte.'

'No, è troppo rischioso.' Eddie si appoggiò stancamente contro il tronco. 'Ho dormito qui nelle ultime due notti e ho notato che i tuoi uomini non pattugliano durante quelle ore.'

'No, non ne abbiamo bisogno.'

'Niente cani?'

'No.'

'Musica per le mie orecchie.' Si grattò la barba. 'Rimarrò qui stanotte e, dopo aver mangiato, riuscirò a camminare per qualche miglio.'

'Non arriverai lontano in queste condizioni,' Ridacchiò Ellen. 'Stasera prendi uno dei cavalli nel campo dietro le stalle. Lascerò una briglia sul palo della recinzione quando sarà buio. Dubito che riuscirò a procurarti una sella senza che qualcuno se ne accorga.'

'Una briglia basterà. So cavalcare senza sella.'

'Douglas, il nostro stalliere, dorme nel fienile accanto alle stalle. Dovrai fare piano.'

Rise. 'Sono un ricercato, sgattaiolare è la mia specialità.'

Lei ignorò quel commento. 'Lascia il cancello aperto, così sembrerà una dimenticanza, come se qualcuno non l'avesse chiuso bene. Gli altri cavalli non andranno lontano.'

Eddie strinse nella sua mano sporca quella di Ellen. 'Grazie per il cavallo. Sei una brava donna.'

'Mi hai portato indietro mia figlia.' Lei sfilò la mano dalla sua, volendo evitare di dare l'impressione che quel tocco la aggradasse. 'Dove andrai?'

'In fuga, naturalmente. La polizia mi cerca.'

'Oh, Eddie.' Desiderò che non fosse un bushranger. Se fosse stato un uomo normale, gli avrebbe potuto dare un lavoro e una casa.

Venti minuti dopo, guardarono Bridget scendere a tutta velocità giù per la collina e attraversare i campi.

'Sa come cavalcare quella lì,' La ammirò Eddie.

Ansante, Bridget smontò e sganciò un grande sacco di iuta.

'Che cos'hai portato, bambina?' Ellen la aiutò a portare il sacco a Eddie.

'Tanto cibo e una bottiglia di vino dalla cantina, una coperta e dei fiammiferi. Ho anche preso uno dei vecchi cappotti di papà.'

'Che ragazza meravigliosa che sei, Bridget, mia cara. Così intelligente!' La lodò Eddie, addentando una coscia di pollo arrosto.

'Non ti ha visto nessuno?' Chiese Ellen ansiosa, aiutando Eddie a togliersi la giacca marrone sporca e strappata per sostituirla con il lungo cappotto nero da equitazione di Alistair.

'Nessuno.' Bridget sorrise trionfante.

'Andate ora, tutte e due.' Eddie le fece un cenno di saluto. 'E grazie di cuore.'

'Non è nulla rispetto a ciò che hai fatto per me.' Ellen si fermò. 'Vai alla River Ranges del fiume Tarlo. Ho delle terre lì, sul lato ovest della catena montuosa e a sud del fiume. Nasconditi lì.'

Gli occhi di lui si spalancarono, ma si limitò ad annuire. 'Grazie e addio, Ellen. Bridget, comportati bene per la tua mamma.'

Uscita dai cespugli, Ellen aspettò che Bridget risalisse in sella, e insieme si avviarono su per la collina verso casa.

'Mi piace il signor Patterson,' Mormorò Bridget.

Ellen si guardò indietro, ma non c'era più traccia di lui. Si chiese se lo avrebbe mai rivisto. 'Ricorda, non devi mai menzionare il suo nome.'

'Non l'ho mai fatto, mamma. Non sono stupida.'

'No, non lo sei. Sei una ragazza splendida, e sono orgogliosa di te.'

Una volta arrivate in cima alla collina, Ellen percorse il sentiero attraverso i giardini, mentre Bridget diresse Princess verso il retro degli edifici in direzione della scuderia.

Sulla veranda, Ellen sentì delle voci eccitate e si chiese a chi appartenessero. Avevano forse ospiti di cui non era al corrente?

Attraversando le porte francesi, fu colpita da un corpo che le si gettò addosso, facendola indietreggiare con un grido.

'Mami!' Gridò Patrick, abbracciandola così forte che Ellen non riuscì quasi a respirare, né a parlare dopo aver preso coscienza dell'inattesa presenza del suo adorato figlio.

'Patrick?' Ellen si divincolò dall'abbraccio per poterlo vedere chiaramente in volto, quel figlio che ora era alto quanto lei e con cui ora riusciva a guardarsi facilmente negli occhi. Era cresciuto, cambiato, e somigliava a suo padre. Ellen scoppiò in lacrime, abbracciandolo come se non volesse mai lasciarlo andare.

'Oh, mio caro, caro ragazzo.' Non riusciva a trattenere le lacrime, il cuore le esplose così tanto di amore da travolgerla del tutto.

Patrick la abbracciò altrettanto forte, giurando che non l'avrebbe mai più lasciata.

Sopra la spalla di Patrick, Ellen vide Riona che si asciugava le lacrime, ma dietro di lei stava Rafe, e il suo cuore le si contrasse in petto facendo le capriole, così intensamente che pensò ne sarebbe morta.

'Rafe...' Ellen inghiottì le lacrime.

Il viso di Rafe era colmo di emozione, ma lui si trattenne nello stesso punto, e lei dubitò sul se avvicinarglisi. Poi, come un sussurro di terrore che filtrava attraverso la sua gioia, si guardò intorno alla ricerca di Austin.

'Ora, Ellen,' Mormorò Riona, con un tono a metà tra avvertimento e dolore.

'Austin?' Ellen fissò Rafe, consapevole che lui avesse quella risposta che lei non voleva sentire.

Rafe avanzò, passando accanto a Riona, con le mani tese verso Ellen, l'ansia nei suoi brillanti occhi azzurri. 'Ellen, amore mio.'

'Dov'è mio figlio?' Chiese con il petto stretto. Era morto? Oh Dio, no! Non avrebbe potuto sopportare una cosa simile. 'Dov'è?'

'È rimasto in Inghilterra. A scuola.' Rafe era a pochi passi da lei, con le mani tese, quasi implorante.

'Inghilterra?' Ellen si piegò, sentendo una sensazione di sollievo scivolarle nella mente quando realizzò che non era morto.

'Sì, voleva restare a scuola, mami.' Patrick le rimase accanto preoccupato.

'Ma sta bene?' Si girò verso Patrick, non volendo guardare Rafe.

'Sì. Stava bene quando siamo partiti. E adesso anch'io sto bene.'

Ellen aggrottò la fronte. 'Sei stato male?'

Lui annuì. 'Sono quasi morto, ma ora sto bene. Molto meglio.'

'Sei quasi morto?' Ellen fu avvolta da un senso di terrore. Si voltò verso Rafe. 'È quasi morto?'

'Sì, una febbre.'

'Rafe mi ha salvato, mami. Mi ha portato via da scuola e siamo andati a Cherrybank, dove lui, Iris e la signora Hamilton si sono presi cura di me. Mi hanno fatto guarire. Ho implorato Rafe di riportarmi a casa.' Un'espressione incerta attraversò il suo viso abbronzato. 'Volevo tornare a casa.'

Lei lo abbracciò. 'Anch'io ti volevo a casa, caro. Volevo entrambi a casa.'

'Austin si è rifiutato di venire,' Disse Rafe a bassa voce.

'Così gli hai permesso di restare in un posto dove stava imperversando una febbre che ha quasi ucciso Patrick?' Ringhiò Ellen, colma di delusione e dolore.

'Ho pensato fosse meglio lasciargli finire gli studi.'

'Hai *pensato*?' Furibonda, Ellen si voltò verso di lui. '*Hai* pensato? Non era una decisione che *spettava a te*! È mio figlio. *Mio figlio*. Non di Alistair e non tuo, è *mio*, e io lo voglio a *casa*!' Prese Patrick per mano e lo trascinò fuori dalla stanza, con le lacrime che le rigavano di nuovo il viso per il dolore della consapevolezza che non avrebbe visto Austin per anni.

'Non dare la colpa a Rafe, mami,' Disse Patrick quando Ellen finalmente si fermò e insieme si sedettero su una panchina in mezzo al roseto.

Lei respirò profondamente. 'Austin è un bambino, deve fare ciò che gli adulti gli dicono di fare, non può prendere decisioni da solo. Volevo che foste entrambi a casa.'

Patrick fissò i sassolini sotto i suoi stivali. 'So che ti mancherà Austin, ma sei felice che io sia qui, vero?'

'Oh sì, caro.' Lo abbracciò. 'Sono così felice.'

'Mi sono mancati tutti, ma soprattutto tu.'

Lei gli baciò la guancia. 'Anche tu mi sei mancato, figlio mio. Abbiamo tanto di cui parlare, tanto da raccontarci.'

'Non mi manderai via di nuovo?'

'No, assolutamente.'

'Rafe ha detto che posso continuare gli studi qui, se non riesco a entrare alla King's School.'

'Decideremo tutto più tardi.' Lo baciò sulla guancia. 'Per ora godiamoci il tuo ritorno.'

'Sono a casa in tempo per Natale.' Sorrise.

'Patrick!' Il grido di Bridget echeggiò nel giardino.

'Bridget!' Patrick corse ad abbracciare sua sorella. 'Sei così cresciuta.'

'Anche tu. Guarda, mamma, guarda quanto è alto Patrick.'

'Lo vedo.' Ellen pianse di nuovo alla vista della gioia di essersi ritrovarti dipinta sui loro volti.

'Hai conosciuto la signorina Lewis?' Chiese Bridget. 'È la mia tutrice. È molto gentile ma non le piace cavalcare. Dobbiamo andare a cavallo domani. Hai bisogno di un cavallo tutto tuo, vero, mamma? Vuoi vedere Princess?'

'Ancor più importante di vedere Princess, hai visto Lily e Ava?' Chiese Ellen, avvicinandosi a loro.

'No, stavano dormendo quando siamo arrivati.'

'Allora andiamo. Andiamo nella loro cameretta e stiamo un po' con loro prima di cena.'

Per un po', Ellen rimase nella stanza a guardare Patrick mentre faceva la conoscenza delle sue due sorelline. Lily era solo una neonata quando lui era partito, e Ava non era nemmeno stata concepita. Lui ci si affezionò sin da subito, e il sentimento fu reciproco. Le risate riempirono la stanza mentre si rotolavano sul tappeto.

Riona entrò, sorridendo con gli occhi pieni di lacrime mentre li guardava giocare, ma poco dopo trascinò Ellen da parte. 'Vai dal signor Hamilton.'

Ellen si irrigidì. 'No. Non posso.'

'Perché? Non puoi incolparlo per Austin.'

'Posso eccome. Austin non è un adulto. Doveva fare ciò che gli era stato detto. Rafe doveva riportare entrambi i ragazzi a casa. Doveva insistere affinché anche Austin tornasse.'

'Dalle lettere di Austin, sai bene quanto gli piace quella scuola. Da quando ci siamo trasferiti a casa di Alistair, Austin ha sempre voluto essere come lui. Ha sempre voluto frequentare una scuola per gentiluomini come Alistair. Avrà certamente fatto di tutto per convincere Rafe a non farlo salire sulla nave, non ci sono dubbi!'

Ellen serrò i denti. Pensare che Austin fosse ancora dall'altra parte del mondo le provocava un grande dolore, soprattutto guardando Patrick con le sue sorelle, una vista che le regalava così tanta gioia. Non poteva perdonare Rafe. Sapeva bene che li desiderava entrambi a casa. Perché non li aveva portati da lei?

'Sei una sciocca testarda,' Sussurrò Riona. 'Il signor Hamilton è ospite in casa nostra. Hai intenzione di ignorarlo per tutto il tempo? Quell'uomo ti ama e pensavo che anche tu lo amassi.'

Tormentata, Ellen uscì in fretta dalla stanza e attraversò il corridoio fino alla sua camera da letto. Camminava avanti e indietro, non sapendo cosa pensare, cosa fare. Era un gran caos. Ogni volta che guardava Rafe, provava un dolore enorme per il fatto che non avesse riportato a casa Austin.

Eppure lui era lì, finalmente a portata di mano. Il suo cuore si contrasse, e le sfuggì un singhiozzo. Lo amava. Dio, quanto lo amava. Dal primo momento in cui l'aveva incontrato diversi anni addietro a casa del signor Wilton, l'aveva tenuto nel suo cuore e nella sua mente.

Una nota scivolò sotto la porta. Ellen la guardò per un attimo prima di prenderla in mano.

Mio amore,

Stanotte resterò nella mia stanza per darti il tempo di stare con i bambini e per evitarti l'imbarazzo della mia presenza, che sembra turbarti e causarti dolore. Mi dispiace di non aver insistito perché Austin venisse con noi. Ho commesso un errore che rimpiango profondamente.

Spero che domani potremo parlare. Se sentirai ancora di non potermi perdonare, tornerò a Sydney e salperò per l'Inghilterra.

Ti amo,

Rafe.

L'istinto le diceva di andare da lui, ma non riusciva. Invece, continuò a camminare nervosamente, con la mente in subbuglio. Che piani aveva Rafe per il lungo termine? Cosa si aspettava che sarebbe accaduto una volta arrivato? Aveva lasciato tutto per venire da lei? Lui aveva detto che l'amava. Lei lo amava. Perché non riusciva ad andare da lui? Non capiva cosa la stesse bloccando. Era troppo tardi per loro? Troppe cose erano successe nel frattempo?

Un colpo alla porta la fece sobbalzare. 'Entra.'

Patrick entrò timidamente. 'Mami.'

'Sì, caro.'

'Non arrabbiarti con Rafe. Ti ama molto.'

Lacrime calde le bruciarono gli occhi. 'Come fai a saperlo?'

'Me l'ha detto lui. Ti prego, non mandarlo indietro in Inghilterra.'

Ellen si asciugò gli occhi. Guardando Patrick, vedendo quanto era cambiato e cresciuto, il suo cuore cominciò a dolerle ancora di più al pensiero di Austin. Ma suo figlio maggiore aveva deciso di non tornare quando ne aveva avuto l'opportunità. Aveva deciso di rimanere dall'altra parte del mondo, lontano dalla sua famiglia. Aveva scelto la sua strada, e ciò ricordò a Ellen la sensazione che aveva provato quando lei stessa aveva lasciato l'Inghilterra. Aveva scelto la sua strada. Austin le somigliava molto. Forte e indipendente. Non era più un bambino.

Andò al tavolo da toletta, si schizzò il viso con dell'acqua fredda e si sistemò i capelli. Si sarebbe dovuta cambiare dal suo abito verde e bianco per cena, ma quel giorno, tutto questo poteva aspettare.

Rivolse un sorriso a Patrick, uscì dalla stanza e si avviò verso la stanza delle bambine. Prese in braccio Lily e le baciò la guancia.

Fece un respiro profondo. Aveva preso una decisione. Ora era il momento di agire.

Portando Lily con sé, si diresse verso la stanza che Riona aveva assegnato a Rafe e bussò alla porta.

Lui aprì immediatamente e la guardò, poi diresse lo sguardo verso Lily. I suoi occhi azzurro scuro sembravano pieni di dolore.

'Questa è tua figlia, Lily. Compirà due anni tra due mesi. Porta il nome di un fiore, proprio come tua sorella,' La voce di Ellen si spezzò sull'ultima parola.

Il viso di Rafe si disgregò. Lacrime riempirono i suoi occhi mentre sorrideva a sua figlia. 'Lily...'

Il cuore di Ellen si riempì d'amore mentre osservava quei due volti così simili guardarsi l'un l'altro. 'Vuoi prenderla in braccio?'

Lui annuì e lei gli passò la bambina. Lily lo guardò e gli toccò il mento. Rafe trattenne il respiro. 'Non posso credere che sia mia. È bellissima.'

'E la tua immagine.'

Una luce di pura gioia gli illuminò occhi. 'Lo è.'

Ellen osservò le emozioni giocare sul suo volto. 'Grazie per aver riportato a casa Patrick.'

L'espressione di Rafe cambiò. 'Mi dispiace per Austin.'

Lei scosse la testa. 'Non è colpa tua. Non ho avuto un comportamento corretto. Hai fatto la cosa giusta. Austin ha fatto la sua scelta, così come io ho fatto la mia.'

Rafe aggrottò la fronte. 'La tua scelta?'

'Di sposare l'uomo che amo e adoro.' Gli sorrise dolcemente. 'Se mi vorrai?'

Lui la strinse a sé con un braccio, mentre con l'altro teneva Lily.

Ellen accolse il suo bacio come se ne fosse stata affamata per lungo tempo. Il desiderio e la voglia di sentirsi amata da quell'uomo le si risvegliarono dentro, come una ventata d'aria che le regalava nuova vita.

Quando le piccole mani di Lily toccarono i loro volti, i due si divincolarono a malincuore da quell'abbraccio, ma si scambiarono un sorriso, felici e commossi, senza osare credere che tutto ciò fosse vero, reale.

Ellen si asciugò le lacrime, poi fece lo stesso con quelle che bagnavano il volto di Rafe. 'Spero che ti stia bene diventare un allevatore di pecore?' Lo prese in giro.

Rafe la baciò dolcemente. 'Finché saremo insieme e avremo una famiglia nostra, non mi importa cosa faremo o dove staremo. Voglio solo amarti per sempre ed essere nello stesso Paese insieme a te.'

'Non ci separeremo mai più,' Promise lei.

'Adesso mi avrai per il resto della vita, amore mio. Non voglio mai più stare lontano da te.' La baciò per suggellare la sua promessa. 'Faremo insieme ogni cosa. Rimarremo uniti in tutto: famiglia e affari, giusto?'

'Mi sembra un piano perfetto.'

'Niente segreti tra di noi.'

'No, nessuno. Ti dirò tutto.' Pensò brevemente al ruolo che aveva giocato nella morte di Colm e all'aiuto che aveva dato a Eddie Patterson. Avrebbero discusso di tutto. Gli si avvicinò, e il suo braccio si strinse attorno a lei. Ellen chiuse gli occhi e, per la prima volta dopo tanti anni, si sentì al sicuro, protetta e amata.

POSTFAZIONE

Nota dell'autore

Cari lettori,

spero che questo nuovo capitolo della storia di Ellen vi sia piaciuto. Fin dall'inizio, ho sentito che Ellen aveva molto di più da raccontare, rispetto a un solo romanzo. 'Oltre le Colline Distanti' aveva già preso forma nella mia mente quando scrivevo il primo libro, e durante la stesura del seguito, ho già partorito nuove idee su un terzo. Quindi sono sicura che nel prossimo romanzo scriverò del futuro dei figli di Ellen. Hanno personalità così uniche che mi piacerebbe conoscerli meglio da adulti. Vedremo!

I miei antenati irlandesi si chiamavano Kittrick e provenivano dall'area intorno a Louisburgh, nella contea di Mayo. Fare ricerche sulla mia famiglia è stata un'impresa affascinante, ma anche molto impegnativa e senza fine! Ho letto dei miei antenati irlandesi che hanno vissuto durante la carestia e che spesso si sono trovati davanti al magistrato locale per piccoli reati come violazione di domicilio, consumo di alcol e altro. Ho basato su di loro i personaggi di Colm e Malachy. I miei antenati erano un po' birichini, ma non dubito che siano state delle persone forti per essere riusciti a sopravvivere durante quei tempi.

Grazie per avermi accompagnata in questo viaggio. Apprezzo davvero tutte le vostre recensioni e messaggi. Il vostro sostegno significa molto per me e mi dà la motivazione necessaria per continuare a scrivere storie coinvolgenti. Amo essere una narratrice, e sapere che le persone hanno trascorso qualche ora di piacere leggendo uno dei miei libri è molto gratificante.

I miei migliori e più cordiali saluti,
AnneMarie Brear

L'AUTORE

Autrice di oltre trentacinque romanzi, AnneMarie Brear ha creato un'ampia narrativa storica con atmosfere, emozioni e drammi in abbondanza che sicuramente soddisferanno ogni appassionato del genere. AnneMarie è nata in una piccola città dell'Australia nordoccidentale da genitori inglesi dello Yorkshire ed è la più giovane di cinque figli. Fin da piccola ha amato la lettura, appassionandosi alle storie di Enid Blyton, prima di passare, da adolescente, ai romanzi di Catherine Cookson.

Vivendo in Inghilterra negli anni Ottanta e in tempi più recenti, AnneMarie ha sviluppato un amore per la storia visitando le grandiose case inglesi, che si è trasformato in un fascino per ciò che può essere accaduto dietro le loro mura nel corso della loro lunga esistenza. Il piacere di visitare vecchie tenute e castelli di campagna durante i viaggi e l'interesse per la genealogia e la ricerca del proprio albero genealogico sono stati messi a frutto, fornendo sfondi e nomi per i suoi romanzi storici, ambientati principalmente nello Yorkshire o in Australia tra l'epoca vittoriana e la seconda guerra mondiale.

Ha pubblicato più di trentacinque romanzi storici di saga familiare, diventando un best seller di Amazon e vincendo con il suo romanzo, L'angelo dei bassifondi, la medaglia d'oro ai Reader's Favourite International Awards degli Stati Uniti. Due dei suoi libri sono stati nominati per il Romance Writer's

Australia Ruby Award e per l'In'dtale Magazine Rone Award degli Stati Uniti e recentemente è stata nominata due volte come finalista per il RNA RONA Awards del Regno Unito.

AnneMarie vive nelle Highlands meridionali del N.S.W. Australia.

www.annemariebrear.com

www.ingramcontent.com/pod-product-compliance
Lightning Source LLC
Chambersburg PA
CBHW030800210726

48290CB00002B/359